第 84 封情书

一名 60 后女文青的青春往事

骆淑景

／著

華中科技大學出版社
http://www.hustp.com
中国·武汉

图书在版编目 (CIP) 数据

第 84 封情书：一名 60 后女文青的青春往事 / 骆淑景 著 . —武汉：华中科技大学出版社，2019.2
ISBN 978-7-5680-4889-7

Ⅰ . ①第… Ⅱ . ①骆… Ⅲ . ①书信集 – 中国 – 当代 Ⅳ . ① I267.5

中国版本图书馆 CIP 数据核字 (2019) 第 004284 号

第 84 封情书：一名 60 后女文青的青春往事　　骆淑景　著
Di84feng Qingshu：Yiming 60hou Nü wenqing de Qingchun Wangshi

策划编辑：饶　静
责任编辑：饶　静
封面设计：颜小曼
责任校对：李　弋
责任监印：朱　玢
出版发行：华中科技大学出版社（中国·武汉）　电话：(027)81321913
武汉市东湖新技术开发区华工科技园　邮编：430223
录　　排：华中科技大学惠友文印中心
印　　刷：湖北新华印务有限公司
开　　本：880mm×1230mm　1/32
印　　张：9
字　　数：188 千字
版　　次：2019 年 2 月第 1 版第 1 次印刷
定　　价：39.00 元

直面自己，无可替代

缘分使然，我们一起聊天、逛街、在公园小憩，借助世俗的通道，一个 60 后和一个 70 后热烈地相向而语，追悟文学的玄妙和高深。

见过淑景姐年轻时的照片，毛桃小辫、拘谨眼神，和所有农家女曾经的青涩无异。她自称是“60 后女文青”，我对这个称号的内涵充满好奇。她把整理好的文集《第 84 封情书》发给我，那些文字的淳朴雅素、不事雕琢，渐渐感染、融化了我。她以时序排列的成长经历在我面前徐徐打开。

在“致青春”部分的《请回答 1977》里，作者身处懵懂混沌的年龄，隐忍、克己、努力，有不屈于命运的理想。她的学习环境是这样的画风：“寝室里跳蚤凶猛，好像几年没吸过人血的样子。进寝室前，我们把裤腿挽得老高，但跳蚤‘嘭嘭嘭’几下就跳到大腿根了。”60 后和 70 后搭着界，我对这样的情境感到似曾相识。她有直面境遇和灵魂的直率，以及撕开和剖白自己的勇气。《第一次远行》不仅描述了一个山村女孩来到城市后的茫然无措，还反映了一个“女文青”骨子里的敏感和反叛的萌芽。她厨艺笨拙，却有着体察他人的敏锐；她身份低微，却有着对崇高境界的追求，一切可能皆符合人物身份，饱满深沉。惨淡的灰色是她的人生背景，但是她挣扎、不甘、不屈服。正如她在后记里所说，命运从来不会抛弃每一个奋发向上的灵魂。

在《许嫣，我的青春朋友》里有这样一段："许嫣夫妇也从部队上回来了。许嫣怀孕了，妊娠反应严重。她皱眉抽鼻，一副不耐烦的样子。对于父亲的病，她似乎并不十分难过，只唠叨自己如何难受，还邀我到她的新房参观。"虽是表象叙述，但许嫣的骄纵、自私和任性，寥寥数笔便跃然纸上。简洁自然、不露声色、洞察人性幽微，这是写作资深的证明。

"致爱情"部分的几篇，青春少女的情窦初开是有共性的，但农家女的情事夹杂着困窘和前途未卜，倾向精神世界的交融和浪漫诗意则是属于作者的独特。《醒来觉得更是爱你》中，语言的简洁营造出澄澈的意境，两个文学青年的相恋直击人心。真实是写作的伦理，唯有真实，才能打开触动心灵的缺口。《远方那道紫蓝紫蓝的岚烟》，写一个异地求学的女生对语文老师暗生情愫，文学女青年的敏感自尊和内向羞涩交叉结缠，特别是几首小诗的介入让作品丰沛恣意、气息悠远。电媒时代，文化快餐泛滥，《第 84 封情书》的情节尤让人钦羡。粗糙简陋的邮局、翻越万水千山贴着花花绿绿邮票的信件、忐忑不安的焦灼等待——我手写我心，在信里或喃喃自语或指点江山，皆是性情本真。如果时光倒流，我也愿意来一场纸质的缓慢恋爱。

"致家乡"部分的《乡居的动物们》，描写了豫西山区特有的风物，那些树、鸟和动物，唤起了我内心深处珍藏的乡间记忆。作者机巧地用原生土语解读，既增加文本意趣，也以向下的姿态拉近与生活的距离。《山乡草世界》的草，在作者笔下鲜活而具体，一草一木纷至沓来，犹如一幅幅素描，散发出烟火的温暖气息，让我们在阅读中获取宁静与安然。家乡风土人情的细致描摹，关乎家园的情怀，表达了作者对生她养她的这块土地的深切眷恋。

童年是每个写作者的精神故乡，也是一生挖掘不尽的矿藏。《疯玩的童年》何曾不是我童年的模板。清风、山花，旷野奔跑的少男少女，这些清冽的镜头是人生的基底和亮色，也让一个人可以对抗年长的患得患失和芜杂。还有她随笔里关于日常的书写，不乏调侃、自嘲、内省，是她和现实困局的斗智斗勇，也是她努力生活的轨迹。

虽然她的文字还欠缺精准和考究，深度也有待挖掘，但对于修行参悟文字的人来说，今天的脚印总是覆盖在昨天的脚印上，每一天都是在向自己突围，每一天都是朝上慢慢走。

年代的局限覆盖着她，她钦羡后来者。但我对她说，每个时代每个人，都无可替代。

同为豫西深山区对文字葆有热爱的农家女，地域、气息和灵魂的质地相近，注定我们彼此惺惺相惜。我为她散文集的面世，文学梦迈上一个新台阶，送上深挚的祝福。

石淑芳

中国作协会员，三门峡市作协副主席

出版有长篇小说《山女的世界下着雨》、散文集《长在山间的文字》等

90后眼中的60后

毕竟在二十世纪六七十年代那段风云际会的岁月里，发生了很多历史教科书里都语焉不详的事情，所以，对于我这个90后来说，有关母亲年少时经历的点滴故事，只能不成体系地从外婆和母亲口中获得，跟实际上她的遭遇往往大相径庭。

就像本书中《清明偶书》这一篇写到的那样："我四十岁以前对老家没有印象，即使有一点，也是从别人那里听来的，难以复原成一个囫囵的梦。"越和你有关的，你往往越知之甚少。如果没有一个机会再去了解，尘埃落定之时，那湮灭掉的，将永不见天日，依稀残存的，也会独木难支。

母亲没有在老家出生，更没有在老家生活过，所以从小生活的"他乡"其实还真的就是"故乡"，40岁之前，没有印象，40岁之后，开始接触了解。在我小时候，我们朝夕相处，在我工作后，我们也时常联系，我却始终没有机会去完整了解母亲到底经历过什么，直到最近读完这本文集。

之前只知道母亲高考失利是因为报考了并不擅长的理科，却不知道她从来都没有获得过一个良好的备考环境，时间和精力全花在了心理建设上，最后想改成文科，却发现自己也驾驭不了啦；只知道母亲曾经做过代课老师，结交过一些“文青”，却不知道她从黄河此岸到彼岸，并非到处都有花香，青春始终无处安放；只知道母亲经历过笨拙的爱情，却不知道她有关爱情的理解和希冀，来自四处偶遇的文学作品，来自从不改色的山河大地……

对母亲有了更多了解后，我发现自己年少时经历过的，她也都换个年代变个花样地经历过：时而自卑时而清高、非常在意他人看法、幻想世界洁白如雪——纵向来看，一方水土一方人，中原大地上成长起来的，个个都是矛盾综合体。

再结合此前看过的有关60后的书籍和电影，自然又会发现，那个年代祖国儿女经历过的，母亲也都七七八八地经历过。亦即横向来看，60后的青春，总是会被时代洪流推着走，努力奋斗远没有机缘巧合更能让大家接近出人头地。

所以这本书里记录的，不只是一个人的过去，更是一代人的经历。

大概因为人都只关注自己的缘故，青春总有各种疼痛，再小的喜悦也可能会被无限放大变成狂欢，再小的悲伤也可能会无限蔓延变成灾难，大起大落里的，都只是一个人的自我。而成长的过程就是停止自怨自艾，开始真正关注他人、关注世界的过程。

每个人都会经历这个过程，母亲也不例外，于是她写了城里来的表哥、洋气的表姐、志大才疏的许嫣和各种以诗歌为名挥霍青春打发时间的同龄人。刚开始她还裹搅着自己的感受，后来开始认真观察、分析他人，直到“我用土地的宽阔救赎了自己，而他为自己虚无的理想付出了沉重的代价……”彻底与自己的青春完成和解，封住记忆，画上一个潇潇洒洒的句号。

随后，成家、相夫、教子的那个人，被现实推着走，开始关心“粮食和蔬菜”，开始琢磨人情往来，一会儿熟练一会儿笨拙，至于年少时期“我不知道我要的是什么，但我要的绝不是这些”的思绪，早已是过往云烟。

母亲的中年生活在县城度过，如打仗一般节奏飞快，战役此起彼伏，激烈焦灼，让人一眼望不到头，却总会在某一个云淡风轻的午后戛然而止。这场战争，她没有赢，但生活也没有赢。

逃离一个地方，又奔向另一个地方，看得见的时光匆匆流逝，看不见的果实暗度陈仓。无论如何，到了 21 世纪，一切魔幻现实主义题材的桥段再也没有土壤去上演，终于有幸过了几年踏实日子，于是母亲有了如此感悟——

人生原来不过如此，抓住眼前的，过好自己的生活，才是最大的政治。天下事，让天下人去管。

她半主动半被动地接受现实，忘掉诗人情怀，放下包袱后，似乎接下来就可以享受生活了。但半个世纪以来养成的生活节奏，也不是说慢就能慢下来的。正好赶上我大学毕业找工作，工作稳定了又娶媳妇，母亲劳心劳力地操持着，倒也把快节奏的生活持续运转了下去。

直到我这边诸事安稳，母亲也正好退休，有了工夫整理修改这些年陆陆续续写的文章。她不忍自己思绪飘零数十年，便结集成册，以期杀青付梓。

这本书里的诸多故事，免不了零零星星有我的身影。那些事情，我自然都有印象，但这印象对于我理解彼时彼刻发生了什么，并没有任何帮助。故事里的我，像牵线木偶一样跟着父母来来去去，却不知事发之时，身边的人，早已经历了几重爆裂无声：

一次，我带着丈夫还有儿子去看他。他也带着他的妻，还有女儿……我努力抑制住自己的感情，抑制住内心的冲动，平静地坐着。瞬间，我的心跃过了千沟万壑。

这种强烈的信息不对称，总是在所难免，我们和父母总不会真的无话不谈，各自都有各自的秘密，或忘却不谈，或羞于提起，或善意蒙骗，再加上“不同的世界，不同的梦想”，使得对对方的经历了然于胸，实为一件不可能发生的事情。

然而不了解，其实并不重要，只要彼此一直在陪伴，就足够了。明白了这一点，我也就会不再纠结于曾经纠结的“和父母之间的代沟、隔阂如何消解”这件事情。

但事发之时，我们并没有机会去获得这些感悟，所以青春年少和风华正茂，乃至中年困苦和老有所得，还是需要有一本集子来安放，好让两种情绪乘风而来，有一个平台可以对比，不至于暮暮惘然。

张哲

作者的儿子，现在成都工作

Contents

目 录

致青春

致爱情

致家乡

致岁月

致 青 春

第 84 封 情 书

1. 请回答 1977

昨夜，我又梦到高考了，那场景很清晰很清晰。依旧是有许多题不会做，看看数学题没做完，物理又不会。翻开哪本书，都有大半本没复习到，心里很着急。一急，我就醒来了，醒来后还心有余悸，摇摇头，确认是睡在自家的床上，这才长吁一口气。心想，这一辈子都不用高考了，一下子就轻松了。

每次的梦，地点不同，情景不同，但梦中暗示的忧愁、焦虑却是一样的。许多朋友告诉我，他们都做过这样的梦，包括一些考上大学的女生。

1977 年 7 月，我高中毕业后回到生产队干活。一个妇女全劳力每天能挣 8 分，我们这些十五六岁的女孩子每天能挣 5 分。白天下地挣工分，晚上学打毛衣，生活过得平静而快乐。10 月份，我在苇园地拽豆子、在前河畔掰玉米、在老坟边摘棉花、在后村崖上夹柿子。这一个月我一共挣了 120 分。豆子、棉花、玉米、柿子是论斤称，我是快手，干这些活我不吃亏。

10 月下旬的一天，父亲下工回家对我说，他今天碰见城里一个老亲戚，到后岭上七里坡给他女儿借书。亲戚说国家恢复高考了，想让女儿复习考大学。他听说七里坡的董子安以前上过高中，后来搬到乡下了，课本可能还保存着，就跑 20 多里山路去借。两天后，我们村在公社高中教书的老余也证实了恢复高考的说法。老余是洛阳人，早先下放到我们大队教书，后来又升到公社高中，他和我父亲关系很好。老余说，这次不论成分了，只要达到高中文化程度，都可以参加。他鼓励我也参加考试，还给我找了一份以前的高考卷子。

平地一声春雷，我心里泛起阵阵涟漪。从小学到高中，没有人对我说过考大学的事。有时学习用功了，其他同学还讽刺说：“学那有啥用？你还想考大学吗？”现在，真的时兴考大学了，这不是做梦么？

但怎么考，考什么，我们都一无所知。

父亲替我选择了理科。他说，学文科危险，过去历次运动，很多写文章的人都被打倒了，还是学理科保险。当时流行一句话，说是“学好数理化，走遍天下都不怕”。

但我的理科知识近乎零，从哪里开始呢？

首先是没有课本。我上的两年高中后来叫“戴帽高中”，物理课学的是《工业基础知识》，生物和化学课学的是《农业基础知识》，数学课学的是“优选法”，上课就是去丈量操场，去猪场称猪，或者勤工俭学，上山背木头，下河挖鱼池子。语文课上唯一能让我记得的，是北大工农兵学员集体创作的《理想之歌》：“红日、白雪、蓝天……乘东风，飞来报春的群雁。从太阳升起的北京启程，飞翔到宝塔山头，落脚在延河两岸。”

我到城里找来表姐的课本，物理的，还有数学的。表姐是 1972 年毕业的高中生，并且她上的是县一高，正儿八经的学校。表姐不愿意参加高考，她不相信“不论成分”，还笑话我是“异想天开”。

表姐的课本很薄，但我啃起来还是很吃力。

匀速直线运动，加速度，作用力和反作用力，质量和重量，牛顿定律，万有引力，电与磁。我在小本子上字迹恭正地抄写着一个个公式、一条条定理。数学里的因式分解、等差数列、等比数列、三角函数、对数，我连听都没听说过。

离高考还剩 10 多天时，父亲用自行车带我去邻县复习。三舅在邻县一所高中教数学。距离 174 里路程，有很多上坡下坡。那时汽车很少，一天只有一趟班车，车票很难买。因此，父亲就决定骑自行车带我去，遇到下坡路父亲带我，遇到上坡路我下来帮忙推车。早上天蒙蒙亮时上路，下午 4 点我们才到。

在三舅那里待了 10 天，他们上课，我去听，但我听不懂，下课问老师，也没法问。若是某些方面不会，或某个题不会，可以问。全部都不会，怎么问？这次复习，我好像只弄懂了电流是安培，电阻是欧姆。

12 月的一天，我坐在县一高某个教室的考场上，茫然无措地做题。前面第一排坐着我们学校的物理教师孙保， 他那时 30 岁。他似乎做得很轻松，不长时间就搞定了。前后左右离他近的几个同学都蠢蠢欲动，有几个还真抄上了。但我离得很远，根本不可能抄上。浑然中，时间就到了。

记得语文卷子上有一题是：“给下面一句话注音：对待同志要像春天般温暖。”下来后我查了字典，心里很懊恼，声调错了几个。作文题是“我的心飞向毛主席纪念堂”，之前我也看了一些报纸，报纸上说全国各地争相把本地最好的物资运到北京，献给毛主席纪念堂，还有女工怎样织最好的毛主席绣像的新闻。但写作文时我怎么就没有用上呢?

那一年，物理老师孙保考上了河南师范大学，全县一共有 5 个人考上本科，他是其中一位。那两位抄上的同学也分别考上了大专和中专，剩下的全是陪衬。我们大队只有父亲在教育局工作的何粉考上了洛阳医专。她知道消息早，复习也早。那一年，我们班 50 多名同学有 10 多人参加高考，没有一个考上。全县考上大学（包括大专、中专）的人，被写在一张红纸上，贴在县委门口。4.7%，是那一年的全国录取率。我们这个教育落后的山区小县，没有达到这个平均数。

第一次没有考上，在我意料之中。进进场，试一试，感受一下。随后我开始正儿八经地复习。新年过后，我又回到原学校复习。县里最好的高中是县一高，但我没有在县一高上过学，也没有熟人介绍，只好在母校复习。学校的老师，原来都是教初中的，后来升到公社高中了。比如余老师原来在本村教初中语文，胡老师原来是教我初中英语的。他们现在都是我的高中老师。

我要复习，但生产队不同意。他们已把我算作一个劳力了。母亲去跟队长说好话，让她一晌不落地参加生产劳动，换取我去复习的机会，队长才勉强同意了。

学校没有住宿的地方。有的同学在学校附近的村里找房子。我们几个没有住校的，早上从家里步行到学校，自带干粮，比如玉米面馍馍，中午在学校接点开水，凑合一顿，晚上回家吃饭。15 里路，晃晃悠悠在路上就耗去不少时间。

随后，余老师给我们几个找了一间寝室。寝室里跳蚤凶猛，好像几年没吸过人血的样子。进寝室前，我们把裤腿挽得老高，但跳蚤“嘭嘭嘭”几下就跳到大腿根了。

半年后的 1978 年 7 月，我又坐到了县一高的考场上。语文、政治感觉考得还可以，数学也还做了不少题，但物理一上来就把我唬住了，个个都似曾相识，个个都条理不清。后来据余老师说，我这次考了 240 分，距中专分数线只差 5 分。

回到村里，支书的女儿指桑骂槐地笑话我。在地里摘棉花时，她嘴一撇，眼一挤，高声说道：“哼，我敢说咱村就没有人能考上大学，老坟上就没有那苗蒿！”她说的“咱村”，这时只有我一个人参加高考，经过第一次的冲刷，村里几个高中生都偃旗息鼓了。我忍受着村人的讥笑，一边参加劳动，一边心里暗暗不服气。

正当我情绪十分低落的时候，妹妹却成了全大队唯一一个考上了县一高的人。

父母没有埋怨我。父亲鼓励我说：“从头开始，你年龄还小哩。不要听她们胡说。她恁能，咋连考场都不敢进呢？”

随后，我被录到县一高复习。在县一高复习的人太多，学校就在操场上给学生上大课，闹嚷嚷，乱哄哄，黑板上写的字也看不清，老师讲的也听不清。更重要的是，我不是这所学校的学生，感觉理亏。在这里上过学的人都很优越，他们可以“近水楼台先得月”，充满气势地去找“张老师”“李老师”，问难题，受点拨，得到一些内幕消息。而我则不行，我和他们不熟悉。

我的理科基础不行，上课时老师都是讲重点，别人一听就会了，而我才刚刚入门。正想继续钻研，却下课了。另一节课，又换成其他内容了。我总是赶不上。老师讲完后，会把大量时间留给我们做习题。别人做题，像羊吃草一样，头低下，“哧哧哧”一路往前攻，我却很慢，总是被拦路虎挡住，问同桌，问老师，这一道题解决了，下一个又不会了。我的心很痛苦。

在复习的日子里，我最大的收获是背诵了大量的古文，如《劝学篇》《师说》《游褒禅山记》《送东阳马生序》《六国论》等，以前课本上没有，现在学到了，感觉很新鲜，很有趣。同时，我还阅读了大量的现代散文名篇。

女生寝室是大铺，一溜睡着 20 多个人。晚上乱哄哄的，夜里 12 点大家还睡不了觉。你要关灯，她要撒尿，谁也不听谁的。我躲在被窝里，读刚刚买来的复习资料里的好文章。《小米的回忆》《我们爱韶山的红杜鹃》《挥手之间》《白杨礼赞》《歌声》。那一年，报刊杂志上忽然发表了许多优美的散文，我如痴如醉地读着，感觉新鲜、清爽。有几个白天，我也不进教室，躲在寝室里读语文。但老师说，语文是“橡皮课”，学得再好也拿不了多少分，考试还得靠数理化。我也明白这个道理，但没办法。我就一边心里不安着，一边逃避着。

火麦连天的日子里，哥哥到学校里为我和妹妹送馍送面。望着哥哥憔悴的脸，我心里一阵难过。我问：“家里怎么样？”哥哥含含糊糊地说：“家里都好，你别萦记，好好复习。”谁知这时候，母亲正躺在医院的病床上。她得了肾盂肾炎，很严重。80 万单位的青霉素一连注射了 40 多天，她的臀部、手臂、脚上到处都是针眼，臀部隆起几块又青又硬的疙瘩。以后，每到夏天，我都提心吊胆，生怕母亲的病再犯了。呋喃咀啶、复方新诺明，成了我们家常备的药。

原来，为了让我复习考大学，母亲带病参加劳动。别人干几天，还可以休息一下，而母亲却不能。割麦，摊场，打粪，锄地，她要一个人顶两个人。由于累积的劳累，母亲终于病倒了。

我在心里自责，都是因为我，母亲才累病了。我不想复习了，我要回家劳动，替母亲分担家务。但父亲和哥哥都劝我，家里有他们撑着，让我集中精力复习。哥哥说："咱妈是为了你考学才这样的，你要是半途而废，妈受的打击才大呢。"哥哥还说，每次去学校给我和妹妹送面，他心里都很自豪。他想，自己虽然没有机会上学，但他有两个妹妹都在县里这所最高学府学习呢，他感到自豪。他相信我们都能考上大学。哥哥的话让我欣慰，同时也让我的心理负担更重了。我要是再考不上怎么办？村里人该怎样笑话我挖苦我？我怎么对得起父母？我整天就想着这些问题，闷闷不乐，与此同时又憎恨自己自制力差，心理素质不好。

每天晚上，班上一个成绩好的乡下同学，都要买一个麦面馍，奖励自己。看着他拿着那个长长的、四两一个的麦面馍，我心里很馋。但我不能去买一个吃，因为我的成绩不好，我没脸吃麦面馍，我觉得自己不配吃那种好馍。

这期间我曾想改考文科。比我高一届的两个女生，最早选择英语，她们都考上走了。我选择理科，这是一个很大的失误。我找来了全套的文科课本，一看头又有点大。古代历史、世界历史、中国地理、世界地理，短时间里也不是容易攻下来的。我只好硬着头皮，将错就错，继续考理科。

我的前排坐着城里学生李军，他的理科成绩班里第一。老师教的内容似乎不够他学，课后，物理老师还给他开小灶。他拿着厚厚的习题集，做了一本又一本。小个子陶陶是县一高物理老师陶敏的儿子，他和李军坐一桌。下了课，其他人还在埋头做题，但陶陶和李军两个人却在说玩笑话。他们俩你到我头上摸一下，我在你屁股上贴个纸条。学习对于他们来说，似乎很轻松。我一边听着他俩的玩笑话，一边在心里羡慕。我的同桌小琴文科不好，她拿笔的手是斜着的，字写得像蝌蚪。但她数学好，整天低着头，一道题一道题地做。

我是个用功的好学生。教室熄灯铃响了，我和几个同学还在点着蜡学习；下课铃响了，我还坐在教室里不出去；临高考科目应试的前几分钟，我还抱着书本在看。但关键是，我的用功效率不高。对于物理和数学，我总是越学越糊涂。

临近高考，我的思想压力陡增。为了我和妹妹上学，家里人省吃俭用，把仅有的一点麦面全送到学校。哥哥一星期来给我和妹妹送一次馍，让我们增加营养。但他每来一次学校，我的心就难过一次。我曾经暗暗发誓，我若是考上大学了，一定要把父母接出农村，让他们过上幸福生活；我若是考上大学了，一定要帮助哥哥。但现在我考不上，怎么办？

那年，李军考上西安交大，成为轰动全县的佳话。陶陶也在第二年考上一所重点大学。我的同桌小琴考上一所省气象学校。班里还有几个和我同等水平的女生，通过各种渠道，或上了本县的师训班，或上了函授，最后接父母的班，可谓“榜上无名，脚下有路”。

妹妹是应届生，我在复习班。我自己成绩不好，就希望妹妹能行。如果妹妹考上了大学，我的压力也会小一些。但临近高考了，妹妹却得了猩红热。

一开始，妹妹说她发烧、头痛，她要回家。我很生气，觉得自己不争气，妹妹也不争气。我认为她娇生惯养，受不了症，不想学习了，才寻个理由回家。我把她凶了一顿，她哭着走了。

后来父亲说，妹妹得的是猩红热，急性中毒型，幸亏治疗及时，否则疹子出不来，要憋死人的。

我的名字最终没有出现在县委门口那张红纸上。走在回家的路上，我小腹发热，双腿发软，像遭了雷击一般。

据说，假如上帝在你面前关闭了所有的门，一定会给你留下一扇窗。

而我的那扇窗，它在哪儿？

2. 第一次远行

1983 年，新年快到的时候，我穿着一双绿布鞋去了武汉表叔家。第一次远行，我穿的就是那双绿布鞋。豆绿色，涤卡的，毛白底，带襻儿。

表叔给我绘了一张图，按图索骥，灵宝、洛阳、郑州、许昌、漯河、驻马店、信阳、广水、孝感……经过一天一夜的颠簸，武汉终于到了。

我第一次吃馄饨，第一次听说武汉三镇，第一次用抽水马桶，第一次吃鱼。

我像一个北非的土著一下子来到欧洲繁华的大都市巴黎一样。

而表姐第一次见了我，竟笑得直不起腰。她躲在厨房里，"咯咯"笑得上气不接下气。笑足笑够之后，表姐出来，还是忍不住用手捂住嘴。虽然表叔表婶一再拿眼睛瞪她，但表姐还是忍不住。

表姐的笑，让我打量了一下自己：上衣是天蓝色的军便服，那个时候流行的，胸前两个兜，还有风纪扣，下面一条灰色裤子，脚上一双绿布鞋——都是簇新的。那双鞋曾经让我感觉良好，因为涤卡鞋面和毛白底，并不是村子里每个姑娘都能拥有的。现在想起来，那色彩自然十分不协调。但表姐说，她不是笑这，她是笑我的脸。

我的脸黑红黑红，像粗砂纸打过一样，红的地方几乎透出血丝，黑的地方又透光发亮。我俩熟悉后，表姐告诉我，她就是不明白我的脸为什么那么黑那么红，太健康、太结实了。她不知道，那是长期在大田里劳动，一任紫外线随意照射的结果。而表姐的脸是那种城市特有的灰白色——白，纤柔、细腻，带点灰，和城市的房屋设施都很协调的那种颜色。

表叔是搞文学的。从“五七干校”到市文联，五年时间，他创办杂志、举行讲座，培育了不少文学新人。后来他被调到省文学研究所了，表婶也随之被调到省社科院，只剩表姐一人在十堰报社工作。我来这里，一是陪伴表姐，二来可以借机好好读些书、见见世面，遇到机会说不定还可以借此跳出“农门”。表叔家有许多书，他又和文学人士来往密切，这对我是很有利的。表叔写信让我来，我对此行也充满了玫瑰色的梦想。

我们在武汉停了一段时间。春节过后，我和表姐回到十堰。

南方的山水和北方自有一种不同，那秀丽圆润的小山包，碧绿的橘子树，一汪一汪的水田，那太阳下一望无际的大平原，都让我这来自山村的眼睛看不够。

表姐带我去烫了发，买了一双高跟鞋，又给我做了一身衣服。草草收拾过后，表姐说，好了，这下可以拿出手了。表姐的意思是，可以带我出去见人了。但我依然感到很拘谨、无措，感到一种强烈的不协调。我知道，我是一株生长在北方乡野上的树，要和这个城市达到协调一致，和眼前这个世界协调一致，道路将又远又长。

表姐让我把那双绿布鞋扔掉，但我舍不得。我把鞋襻儿剪掉后，改成了拖鞋，在家里没有人的时候，偶尔穿一下。

穿过一段幽暗的过道，文化局第五个窗口，就是表姐的家。我和表姐在这里度过了半年时光。

报社大楼建在表姐家对面的山上，要走过一道沟，再走过很长一段路才能到。表姐每天忙着编稿，下厂采访，业余时间还要上电大，每天回来都嚷道，累死了，累死了。表姐身体瘦弱，需要经常补充营养，但我除了下面条、蒸米饭外，会做的菜很少。

星期天，表姐买回来一条鱼，我站在水池边，呲咧着嘴，咬住牙，用刀刮鱼鳞。我不敢看，又不能不看。终于将一条鱼收拾完，我也快呕了。再一个周日，表姐说，咱们喝排骨汤吧。我说行，我就去排队买排骨。我们做了一锅排骨莲藕汤，喝了一顿，第二天又喝。有时候，我不会做，表姐也不想动，我们就做最简单的捞面条。表姐把酱油熬熬，浇上面，就是一顿。时间一长，表姐就喊："我受不了啦。"但身体茁壮的我，根本就觉不着。表婶知道我们的生活后，也心疼得紧，她不断托人捎回奶粉、麦乳精之类。

北方的菜我不会做，南方的菜更不用说了。在家里，一年到头都是糁子饭、糊涂面。夏天扯个黄瓜，拽点灰条菜、人仙苗，焯一下，调点盐，就是一顿菜；冬天，家家窝一大缸酸黄菜。除了过年，我们一年四季很少吃炒菜。而表姐他们南方人很讲究，吃一顿米饭，至少要炒四个菜，有鱼有肉。

表姐生气的时候总是说："淑景，你写文章那么有灵气，做饭怎么那么笨呢，真是笨死了，笨死了。"这时我就笑笑。是的，在做饭上我对自己很失望，我承认我缺乏这方面的天赋。

最初的生活很快乐。表姐上班后，我就一个人在家里读书。表叔家的藏书很多，《普希金诗选》《莱蒙托夫诗选》《泰戈尔诗集》《少年维特之烦恼》《呼兰河传》《郭沫若文集》《西方哲学史》等，一大箱子一大箱子，都是我在家里渴望已久的。表叔给我开了一个书单，他让我循序渐进，边读边写作，并把我以前写的一些诗拿出去推荐。表姐也带我去见报社副刊编辑，听来十堰的作家讲课，比如戴厚英、陆星儿、水运宪等，还带我去听十堰的文学青年讲座，带我去看两分钟组装一辆车的流水线。

每天傍晚表姐下班后，是我一天最快乐的时光。表姐给我讲单位里的故事，讲李谷一，教我唱“太阳太阳像一把金梭，月亮月亮像一把银梭”，还有“江南雨不说一句话”，或者“谁知道角落这个地方”，讲女孩子怎样自我防卫。我则给她讲我们村子里的故事，诸如“吊死鬼”、村子里的女孩，讲我们县的诗社。我们一起天南海北地乱扯，然后各自睡觉。

我暗暗喜欢上表姐。她美丽，活泼，直率，大方。尤其是声音，那唱歌一样拉长了喊我名字的声音，特别好听，特别有韵味。而表叔不时来信关照，他叫我“丫头”，很亲切，很真实，发自内心的那种。

然而时间长了，我逐渐感到一种空虚，一种窒闷。表叔给我开列的书单，我也看不进去了，我把书箱子打开，胡乱翻阅《西方哲学史》《文心雕龙》等，什么印象也没有留下。写作也停滞不前。

二楼有一户人家，女主人生孩子休完产假后，着急要上班，但找不到合适的保姆。她找着表姐，说：“让你表妹给我看一段时间的孩子吧。”我心里也是很愿意干这事的，起码和小孩子逗弄着，不至于那么寂寞。但表姐不愿意。打发走来人后，表姐说：“哼，找我们家的人当保姆，我们还想找保姆呢！”在我的脑子里，没有那么多高低贵贱的等级观念，干什么事都行。但表姐她们却是相当讲究的。当我们在一起时，我是“我们家的”，但在“我们家”之间，又是有区别的。

表姐谈了一个朋友，是个工人。两个人感情很好，但表叔和表婶都不同意，一家人闹得沸反盈天。表叔家是知识分子，且是高级知识分子。表姐找了一个工人，明显的门不当户不对，以后的日子可怎么过？表叔自己崇尚学问，他一定要女儿找一个有学问的人，硕士或者博士。

我当时对这一点很不以为然。多年之后，我已认同了这种价值观念，我觉得表叔的想法是正确的。

青春的时候，我们都以为，爱情就是一切，有了爱情什么都可以克服。但很多的事实表明，不同阶层联姻是悲剧的。这悲剧不仅是对门户高的一方，对门户低的一方更是。

但在当时，从表叔他们的谈话和行为中，我敏感的心，逐渐触到了阶层差别坚硬的核。

在家里时，因为繁重的体力劳动、繁杂的家务，我整天埋怨没有时间读书，没有工夫写作。来到这里，有了大块大块的时间，我却读不进、写不出了。

中午，表姐不回来的时候，我就一个人沿着山，一条山沟一条山沟转，或者爬到山上，在公园里一坐就是一下午。

柔和的夕阳照在我身上，大地十分平旷，温和平静的气氛簇拥着我，然而我却感到空虚、惶惑，一种身居异乡的感觉包围着我，使我难以平静。我的心已飞回故里，飞到我亲爱的人身旁。

下雨天，我打着伞，在街上慢慢走，二堰、三堰、四堰、五堰。雨点滴在伞上，也滴进我的心里。

傍晚，门前池塘边，总有许多拿着粘网的人在水边粘青蛙。我坐在埂沿上，呆呆地看着他们的欢乐、他们的惊喜。我是一个异乡人，我不属于这个城市。

那青青的杉树，那连天的芳草，那火红的夕阳，都使我忧伤，都使我无端地落泪。

每天，表姐上班后，我一个人空对着四堵白墙，心里充满恐惧。这个城市没有一个我认识的人，没有一件事与我相关。我思念家乡，思念亲人。

一个星期天，表姐到武汉去了，我一个人不想做饭，就上街买那种6分钱一个的饼。我慢慢咀嚼着，一点一点咬，仿佛咀嚼着我的忧伤，品尝着我的孤独。那种6分钱一个的饼，很好吃，很实惠，我现在还记得那种特有的香味。

夏日的午后，寂静异常，连空气好似都不曾流动。窗外传来一个中年妇女的叫卖声："冰棍——雪糕——绿豆冰棍！"屋子里的我，正好读到莱蒙托夫的诗《高加索》：

南国的峰峦啊，

虽然命运在那朝霞般的岁月，就使我与你们分离，

但只需来过一次，便终生铭记：

犹如我爱故乡的甜美的民歌，

我爱高加索。

在我童年的时候母亲就去世了。
但仿佛是，在嫣红的日暮时分，
那草原向我重复熟稔的声音。
因此我爱丛山间的千峰万壑，
我爱高加索。

山谷啊，跟你们一起我真快乐，
五年逝去了，我总在怀念你们。
在那里我见过一双绝妙的眼睛；
心中悄声低语，当想起那秋波：
我爱高加索！
……

一种无名的忧伤袭上心头，我的泪马上涌流下来。家乡的草、家乡的竹林，这时候想起来都是那么亲切，那么遥不可及。

以后的每天中午，“绿豆冰棍”的声音都会准时传进耳膜，它和《高加索》、正午的寂静，还有白房子，一起构成了这座城市夏天的记忆。

表姐的生活有目标有奔头，她每天忙着上班，忙着上电大、考新闻系，还忙着谈恋爱。虽然眼前她很累，但前景很可观。而我的生活呢？除了寂寞，便是空虚和茫然。

表叔对我的初步规划是，边读书边写作，虚心请教一些老师，逐渐发表一些作品，闯出一条路，以后即使回到农村，也可以继续写作。

这期间，我也写了不少东西，寄给表叔修改，也让表姐拿到报社去。

但他们说，缺乏光明的尾巴。表姐说：“农村土地下放了，农民的日子已经好过了，你写的东西还是那么悲观、沉重，怎么发表呢？”我在心里说：是的，土地下放了，农民有吃的了，但农村依然贫穷，农民依然愚昧和落后。我写的作品是：“韩二婶的小儿子前几天得病死了，被扔在医院的后坡上。韩二婶夜里做梦，梦见儿子又活过来了，第二天一早逼着韩二叔前去看，让他把儿子拾回来。”“老队长不久前得了癌症，送到西安看病，人家医院不接收。”“会计家的房子盖在崖根。地基已经下好了，但他偷偷往后挪了一米。结果崖塌了，儿子和侄子被埋在土下，压死了。”

也许从我的诗文里，表叔和表姐以为我是单纯的、朴实的。他们不知道在我憨厚的外表下，脑子里已装满了乱七八糟的东西。我读过《红与黑》，读过《叶甫盖尼·奥涅金》，读过《忏悔录》。我崇拜的偶像是于连，是雪莱，是拜伦，还有我们家乡一个脸颊削瘦、长发蓬乱的诗人。对那些诸如《耧铃叮当的季节》《芝麻开花节节高》之类歌颂农村的作品，我不屑一顾，更写不出。

我们互相之间都感到一种隐隐的失望。在我的心目中，知识分子应该是很高雅、很脱俗的。但表叔也发脾气，也和表婶吵架，也骂儿子，也絮叨。在表叔的心目中，农村姑娘应该是心灵手巧、纯朴善良、很听话的。他不知道我还那么笨，还思想叛逆。有一次，表叔惋惜地对我说：“丫头，我有些朋友都是市里的领导，你要是手巧一些，要是在他们家服务一段时间，服务好了，他们会给你找工作的，那么婚姻问题、户口问题都迎刃而解了，可惜你不是这块料啊。”我心里倔倔地想，我才不去伺候他们呢。虽然我也渴望逃离农村，但我隐隐约约觉得，我要的不是这样的生活：一个工人丈夫、一份工作、一个城市户口。我不知道我要的是什么，但我要的绝不是这些。

现在想来，表叔对我的失望和我对表叔的失望，都是正常的。书信里的人和作品中的人，毕竟只有单面。而不管是伟人、名人还是凡人，都是多面性的。真正生活在一起后，不同的生活习惯、不同的行为方式，甚至一些细微末节，都会导致磕磕碰碰的矛盾。何况是在城乡这两个充满巨大差异的环境中塑造出来的人？唯其如此，也才是真实的。

表姐给我的钱，如果不买书，用于日常开销是足够了，但我还要买书。家乡的诗人给我寄来一份书单，让我为他搜寻以下书籍：

《诗学》亚里士多德，

《美之根源及性质的哲学研究》狄德罗，

《美学原理》克罗齐，

《生活与美学》《美学论文选》车尔尼雪夫斯基，

《普列汉诺夫美学论文选》普列汉诺夫，

《没有地址的信》普列汉诺夫，

《判断力批判》康德，

《艺术的社会根源》哈拉普，

《拉奥孔》莱辛，

《四溟诗话》谢榛，

《别林斯基论文学》别林斯基，

《文赋》陆机，

《罗丹艺术论》奥古斯特·罗丹，

《诗艺》贺拉斯，

《论趣味的标准》休谟，

《艺术论》托尔斯泰，

《诗品》钟嵘，

《艺术哲学》丹纳，

《柏拉图文艺对话集》柏拉图，

《唐璜》拜伦，

……

这些书高深莫测，和我的水平大不相宜。表叔说，大学里搞文艺理论的研究生才读这些呢。但我崇拜诗人，他看的东西肯定都是好的，我也要高深起来，我也要生吞活剥这些。我就经常跑书店，陆续为他购了一些书。但有的书，在当时的十堰也是很稀缺的。除此，我还买了《诺贝尔获奖作品集》《尼尔斯骑鹅旅行记》《傅雷家书》等。

十堰的汛期还没过，我就要求回家。一开始，表姐让我再住两个月，后来又求我陪她到7月底，到那时她考试完毕我再走。但在我一遍又一遍的念叨下，表姐也烦了。

7月25日早上，表姐把我送上火车，她千叮咛万嘱托，生怕我在路上被人拐跑了。

火车开动的那一刹，望着表姐孤单的身影，我的泪“哗”一下流了下来。

我回来了，山还是那样的山，水还是那样的水。但我感觉自己已经变了，我的灵魂已崩溃过一次。

3. 穿行在黄河岸边

读书、教书，为生存而奔波。从 1985 年到 1990 年的五年时间，20 多次，我独自一人穿梭在黄河两岸，感受母亲河的春夏秋冬，日夕晨昏，潮涨潮落。

从卢氏坐汽车在蜿蜒的山区公路上北行 156 里到桃林，从桃林再坐汽车到秦岭脚下，西行 40 多里到小镇常闫下车，然后走 20 多里河滩路到大禹渡，再坐船过了黄河，爬上高高的河岸，再走 20 多里才能到山西省的芮城县。这是水路。

还有一条旱路。从桃林坐火车到陕西渭南市的孟塬，再从孟塬车站转乘北上太原的火车到风陵渡下车，在风陵渡再坐班车走 80 里路，就到芮城县城。

俗话说，隔山不远隔河远。二十世纪八十年代中期，道路交通远没有现在这样方便。火车还没有提速，更没有个准点。孟塬是个大车站，又是个机务段，过往车辆要在这里加水、换头，客货交混，杂乱无章，很让人操心。汽车也没有现在多，小蹦车、摩托车更没有现在这样普遍。

边远一点的路线，像两省、两地区之间的交往就更麻烦了。

走水路，直线距离看起来近，但除了偶尔幸运能搭辆顺风车外，一般情况下全凭两条腿。坐火车虽然不走路，但绕得很远，从桃林坐上下午 1 点 46 分出发的火车，一个小时左右就到了孟塬。而在孟塬往往要等四五个钟头，才能坐上北去的火车。有时遇到客流旺季，过去三四趟火车都因爆满而不停。于是，每次我都是早上就从卢氏出发，晚上八点或者夜里两点才能到芮城县。其艰难曲折程度笔墨难尽。

冬天的天，黑得早。我从桃林火车站下车时，已是下午一点，又坐小蹦蹦车到汽车站，刚好有一辆去故县的车，我赶快跳上去。走了一截，谁知人家不走常闫这条路。我在新华书店门口跳下来，又回到汽车站，等啊等，终于等到了一辆去故县的车。司机很和气，一问，走常闫了。于是又等了一个钟头，车才开。到常闫下车，一看表已是下午 3 点了。时间有点晚，我心中无把握，脚步迈得很急，只怕走到渡口跟不上最后一班船，心里嘀嘀咕咕，犹豫不决。走，还是住下？一想到小镇旅社那种油腻腻、脏兮兮的情景，一个夜晚也不是好熬的，拿住劲走吧，兴许到渡口还有船。

走了 5 里路，同行的小姑娘到家了，就剩我一人。奇怪，今天没有一个旅伴。我一边走，一边心里不踏实。我有点底气不足，以往还能碰上顺风车，而今天越是晚了，越是没车。我犹豫不决地走着，心里嘀嘀咕咕想着三个问题：一是我能不能赶天黑走到渡口，二是我走到渡口还有船没有，三是过了河离县城还有 20 多里，没有车我怎么办？而现在，最重要的是到渡口还有船没有。

冬日的太阳有气无力地照着绵远的黄尘古道，村庄、枣树、土墙，还有我的影子。这就像行走在祖先居住过的部落一样的感觉，有几许荒凉，几许凄清。在家时，母亲说我口讷，从小嘴不甜，给谁称呼个“婶”“叔”都觉得很难，但现在出门在外，无依无靠，也只得由自己来问路了。经验告诉我，问路要问上年纪的人，他们不打诳腔，实话实说。于是，到了一个村庄，我上前问一个正在打粪的老头：“老伯，我想问一下，我现在走到河边，还能坐上船不能？”老伯看看我，说：“满！”满？满跟上，能跟上？没问题的意思吧。我又走，心急腿快。走了一节，碰见一个拉柴禾的中年男人，我又问：“大叔，你说我现在往河边走，还能坐上船吗？”拉车人抬头看了看我，也只说了一个字：“满！”这下我有信心了，又走。又走了几里路，看见一个在地里干活的人，我又上前问，他说：“走快了能跟上，走慢了不强中。”住在河边的人，对过往船只和渡口情况最了解。听了他的话，我又加快了步伐，一边走，一边在心里狐疑：到河边，没有船，天黑了咋办？还不如现在回去，住到常闫镇上旅社里，明天一早过黄河。但又心存侥幸。又走了一截，我碰上一个骑自行车的中年人，他好心地劝我：“别往前走了，太晚了，过不了河咋办？回去住到乡政府旅社吧，我就在乡政府工作。”见我犹豫再三，他又说：“你不想回去也可以，回去还得走七八里路，前面那个村子有我的一个熟人，我给你写个条子，你去找他，今晚歇他那儿，明天一早过河。”说着，他撕开一个烟盒，拿出笔，在膝盖上写开了条子。条子上歪歪扭扭写道：“领子：你好！今向你交代一件事，现有淑景同志要过河，但天晚了，让她在你家住一夜。你要好好招呼。王相林。1987 年 11 月 23 日。”真是古道热肠啊，我接过条子，谢了他。

这时我已准备按这位好心人的意见办，但望望日头还高，又准备往前走。我不认识眼前这个王相林，更不认识他的朋友领子，不是万不得已，我怎么能去一个陌生人的家里住？看我的神情，他又好心地劝我："不敢走了，你一个小女家，天黑了会怕，住到村里还安全些。"是啊，这里毕竟是河南地界，那亲切的乡音听起来就让人舒服，心理上安全些。其时，我已做好了两种打算，如果到河边，有船，我就走了；如果没有船，我再回来，拿着这位王相林的条子去村里找那个领子。这里到河边，有五六里路吧，即使天黑了，回来也不怕。

"行行重行行，与君生别离"，我想起古诗十九首里的羁旅之思。大概是沿途最后一个村庄了，我又上前问一个中年男人："能过河不能？"他说："满！"这下，我下定决心走过河滩，走到渡口。走啊走，我前望望，后望望，人没有人，车没有车，苍苍茫茫，无际无涯，心中着实有些害怕。"前不见古人，后不见来者，念天地之悠悠，独怆然而悌下。""登高壮观天地间，大江茫茫去不还。""无边落木萧萧下，不尽长江滚滚来。""红叶晚萧萧，长亭酒一瓢。残云归太华，疏雨过中条。"——我的脑海中翻腾着一些诗句。幸亏年轻，幸亏体健，行囊里装着未成章的诗句，热情还浪漫，否则我如何能受了这等苦楚？走啊走，我忘了饥饿，忘了疲劳，忘了观望，只有一个念头：走！平生没有走过这么快。

终于走到大禹渡口，但机帆船已经开走了。河边聚了连我在内4个要过河的人。他们说，上边杨家湾渡口还有小船，可以去那边。杨家湾渡口距大禹渡有一两里路，我就和他们又往上游走。走了一段路，到了杨家湾渡口，万幸，还有一只小船。是那种羊皮筏子似的小船。

我坐上小船，船上总共 5 个人。小船晃晃悠悠在河里走，我有些害怕，款款伏在船中心，一动不敢动，终于过了黄河。

太阳已沉下山际，深沟高岸，长河落日，摇曳的荇草，还有吱吱嘎嘎的水鸟，远远近近一片苍茫。坐车是没有指望了，要到县城，还得走 20 多里路。我和刚才船上的两个人—— 一个老一点的男人和一个半老女人相携往岸上走。他们说带我走近路。我以为他们是一家，其实不是。老头带路，我们沿着大禹渡水电站的管坡往上爬—— 一千多级台阶啊。从远处看，水电站四根管子顺着管坡直插云霄，蔚为壮观。而人在它上面走，就小得像蚂蚁。我边走边和老头拉话。原来那女的是个神婆子，会看地方。这个老头是专程到桃林请她的。上了管坡顶，高矗在崖头的那棵大禹渡的千年古柏，已看不清模样，望上去只有黑森森一片。老头和神婆子往西陌去了，我一个人穿过村庄，向公路方向走去。走管坡，原本是求近的，结果却越走越远了。这时，天已经完全黑下来了，我走着问着，不知道究竟还有多远。走到一个村口，我又问一个老头，老人家说："哎呀，你咋弄这事，这里离县城还有 20 多里，你怎么能走到呢？"我说："老伯，只要能走到大路上，我是不害怕的。"正说着，一个少年骑自行车打这里过，老头喊住他，让他带我一截。于是少年带我走到他们村——程村。但一问人才知，这里距离县城还有八九里。

只有走吧，天已那么黑了，但路上还不断人，我还不怎么害怕。只是脚实在是困了，疼了。刚才紧张的心情一过，脚痛的问题又被提到议事日程。刚才走到河滩，我心里急，不觉乏，现在困乏、饥渴一齐都袭来了。路平平展展，似乎没有尽头。我走一段，问问人，还是七八里；再走一段问问，还是七八里。天哪！一辆汽车走过来了，我试探性地扬扬手，没有拦住；一辆摩托车过来了，我再次羞羞怯怯地扬扬手，还是没有拦住。最后，一辆拉沙的拖拉机开过来，这一次，我不敢再错过了，决心挡住它。我走到路中心，大声喊，向他说明情况，还好，拖拉机停住了。我赶忙跳上去，突突突，一直坐到芮城县街口。其实时间并不是太晚，只是天黑得太早了。

终于，我在晚上 8 点多，敲开了姑姑家的门。

……

记不清这是第几次分别了，只有隐隐的酸楚依旧。汽车迎着寒风，碾着积雪，呼啸着开出车站，把送行的人远远地抛在身后。匆匆，太匆匆。我又要离开温馨的家，踏上风雪凄迷的路途。晓星，已冉冉升起；残月，还斜挂在黑魆魆的山头。一阵黎明的奇寒袭来，我打了一个哆嗦，紧紧地裹住大衣。索性做一个梦吧，一个繁花似锦的梦。朦胧中，车厢传来一阵嚷闹声。睁开眼，天色已大亮，远山近水尽收眼底。又是那个玩铅笔套的小痞子在翻动嘴皮子，诱哪个不知情的傻瓜上当："在家靠父母，出门靠朋友。舍不得二百二，换不来四百四，舍不得三百三，换不来六百六，舍不得四百四，换不来八百八。舍不得孩子打不了狼，舍不得老婆捉不住和尚……" 我想，他都胡说些什么啊，也不嫌累。

孟塬车站。蜂拥的人流向检票口涌去。从早晨到中午，西去的列车还没有开过来一趟呢。等啊等，只有等了。3 点，4 点，5 点，一趟，两趟，三趟，车是来了，但严重超员，车门不开。有人从窗户爬进去，里面传来吵骂声。唯一开着的车门，下者下不来，上者上不去，乘务员在叫骂着把人往下拉。车一辆辆开走了，站台上的人有增无减。我不能傻等啊，我和一个西安公路学院的女学生商量，咱们去第二站台吧。还有一个中年妇女也随着我们去。但去第二站台要走过高高的天桥，绕很远。我们决定钻过一个停靠的货运火车，尽快走过去。我挎着包刚钻过去，脚还没有站稳，车就开动了，那个女学生正准备钻，发现车动了就赶快退回去。而这时谁也没有注意，那个中年妇女已钻到车头下面，吓愣了，乱动弹。车上地下的人一齐惊呼："啊，趴在中间，不要动！"车站工作人员也一起呐喊，但车一时停不下来，轰隆隆，车头拖带着几节车厢呼啸开过，震耳欲聋的声音把那个妇女的心都要震碎了。车开过后，中年妇女脸色煞白，瘫软在轨道中间。我和女学生慌忙拉起她。这一下，差点把人吓死，从此我再也不敢钻火车了。

一阵惊险过后，我们又开始在第二站台上等车。终于，最后一列火车开来了，人们一拥而上。我不能失去这最后的机会，鼓足勇气，一手挎包，一手拼命抓住车门，往里挤。下面的人簇着，拥着，不知怎么就糊里糊涂上来了。车门就在我身后关闭。我正庆幸自己终于上来了，然而立刻就反悔：车厢里密不透风，赛过炎夏酷暑。我被牢牢地固定在车门背后，想挪动一步都是不可能的。两个大汉一左一右像两座大山，胳膊架在我头顶上方。我觉得呼吸不畅，心想弄不好会被捂死的。其实那时捂死也就捂死了，那个热、那个闷呀。

火车开动以后，空气似乎流通了一些。透过脏兮兮的玻璃门，我望得见星光下的秦岭峭拔的身影。紧张慌乱、不安全感暂时撤出大脑后，疲劳就准时袭来了。我摇摇晃晃地睡着了，仿佛又回到汽车上那个梦中：一只鸽子，红红的小嘴正在啄蒲公英的花朵；草地上，孩子们翩翩起舞，鲜红的绸节随风飘扬；一个瘦弱的小男孩睁大黑亮的眼睛出神……

186次列车正全力以赴，凭感觉我知道它正在通过黄河大桥。风陵渡车站到了。我将要经过一番拼搏才能下得车来，再坐汽车熬过四个小时。午夜两点，我从车站走到东关姑姑家。一路星辰一路风，只有刻在心上的两行大字在支持着我走完余下的路：在水一方情如故，离愁别绪终有期。

命运，以这样的形式让我和母亲河亲近，壮阔我的行色，沉郁我的底蕴。

4. 许嫣，我的青春朋友

认识许嫣那一年，我 25 岁，她 20 岁。我高考落榜后在家里干农活，很苦闷，就给姑姑写信诉说。许嫣去姑姑家玩，看到我的信。姑姑对她说我性格孤僻，只知闭门苦读，20 多岁了，没有工作没有对象很愁人。许嫣就对姑姑说："把她交给我吧，我来帮助她。"许嫣给我写信，我俩在信上指点江山，激扬文字，谈理想、谈信念，交流对爱情、友谊、孤独、苦闷的感受，探讨"人生的路该怎么走"，大有相见恨晚之势。

许嫣是 C 城小有名气的女作者，14 岁就在《少年文艺》上发表了小说《大雁学飞》。17 岁时，一篇《野河滩的男人》让她名扬三晋，每年的地区创作会议，必邀她参加。许多人崇拜她羡慕她，把她当成心中的女神，就连在老山前线自卫还击的 C 城籍战士，也爬在"猫耳洞"里给她写信。

许嫣的父亲在县文化局工作，他 19 岁时因为写了一篇小说被打成右派。那时刚平反不久，他正信心满怀地主持创办一份名叫《春风》的文学杂志，扶持奖掖文学青年。他希望女儿继承他的志向，成为一名卓有成就的作家。

通信半年后，许嫣力邀我过黄河去她那里。她说：“来吧，姐姐，带上你所有的作品，我帮你找事做，帮你推荐发表作品。让我们并肩比翼齐飞！”我兴奋至极，辞掉家乡小学代课教师的差事，去会见虽未谋面但“神交”已久的许嫣。

七月流火，我独自坐船过黄河去见许嫣。登上高高的河岸，远远望去，许嫣和姑姑各骑一辆自行车飞奔而来。朋友见面，很是激动，我和许嫣不好意思地互相打量着，一时不知说什么好。我长途跋涉灰头灰脸，姑姑戏称我是“黄山来的姑娘”。相比之下，许嫣就精致许多，她长得小巧玲珑，一头乌黑的披肩长发，用发卡高高地隆起，脚上穿着一双红皮鞋，鞋跟足有 8 厘米，这给她增加了不少高度。她的眉宇间透着一股凌厉之气。隐隐约约中，我却感到一丝失望。

这一夜，我就宿在许嫣的住处，我们聊了一个通宵。许嫣是县志办的临时人员，负责打字。县志办设在博物馆院内，这地方非常幽静，除了几名工作人员，整天难见外人。许嫣的房间很大，桌子上放着一部铅字打印机，两个文件柜装满各种资料，还有一些文学名著，比如《静静的顿河》《猎人笔记》等。从鸡飞狗跳的农村出来，这环境令我羡慕不已。但许嫣却说这里是“青灯古佛殿”，工作枯燥乏味。

初来乍到，我俩有说不完的话。童年、故乡、青春苦闷、女性秘密，都成了“取之不尽，用之不竭”的话题。时间一长，我就有些厌倦了。但许嫣抓住我，好像抓住一个难得的倾诉对象，她给我讲县城里的红男绿女，讲她和未婚夫谈恋爱的详细过程，模拟他们在小河边、田埂上说的话，甚至他对她唱的《塞北的雪》，都向我重复几遍。有时候我实在瞌睡得不行，她却把我拉起来，听她说话。看得出，这个少年得志的小才女是太寂寞了。她需要倾诉，而我就是她倾诉苦闷的最好听筒。许嫣说，她有许多朋友，有的在广播站，有的在幼儿园，还有的在乡镇。但她和他们没有共同语言，她只和我有共同语言。

许嫣爸笔名叫“柳岸”，取柳暗花明之意，我称他“许伯伯”。许伯伯很和善，他个子不高，戴一顶鸭舌帽，眉宇间透出一股刚毅之气。他每天忙着组稿、编印刊物，回复文学青年的来信，还经常外出参加文学活动。他对我非常好，在我没来之前，他就到姑姑家询问我的情况，给我写信，鼓励我克服困难，自学成才。他还在《春风》上发表了我的诗歌。我来了之后，他对我更是关心，劝我不要着急，好好熟悉一下环境，再慢慢找工作，还把我的作品推荐到《河东文学》去发表。他以为我和许嫣在一起，整天在切磋写作的事。却不知我俩在一起，从不谈写作。

县文化局离县志办不远，我们有时到文化局和许伯伯一起吃饭，剩下的时间就是泡在一起，胡吹海侃。一个多月过去了，我和许嫣过着一种癫狂的生活，有时一天只吃一顿饭，有时上街买些饼干充饥。有一次实在饿极了，我俩把屋子里的“钢镚”搜寻尽，又把桌子上的两张邮票拿去换钱，才买了两个油饼。许嫣对姑姑说：“把淑景交给我，你就放心吧。”对许伯伯，许嫣又说：“我和淑景一起探讨写作，你不用操心。”这样两头不透气，大人们根本不知道我俩在一起干些什么。

一天，我们突然发现了图书馆这个宝库，就去借书。我们不是一本一本借，而是论捆。管理员李林整理的书，不是按类别而是按书本的大小，把果树栽培、科学养猪和世界名著捆在一起。李林是许嫣的粉丝，自然是大开绿灯。我和许嫣意外地从借得的两捆书里发现了《简·爱》《一个世纪儿的忏悔》《茶花女》《悲惨世界》《包法利夫人》《木工小史》等，我们高兴得手舞足蹈，饿着肚子缩在文化局那间偏僻的房子里读书。两天没有出门，渴了喝凉水，饿了啃饼干。我们争着看《红与黑》和《一个世纪儿的忏悔》。许嫣说："咱们轮流读吧，人歇书不歇。前半夜你看，后半夜我看。"我就先看，看到眼花缭乱，看到实在睁不开眼了，就交给许嫣。等她睡着了，我又悄悄起来读。但这样的情形没有持续几天，我俩就刹声了。

除了读书闲聊，我俩还经常出去"体验生活"，比如到电影院看电影，到会堂看戏，借机观察人物。时间一长，这严重干扰了许嫣的工作，她的案头堆满了许多等待打印的资料。有一次，主任来问材料打得怎么样了，许嫣说，还没打出来。主任批评了她，许嫣不服气，还当场顶嘴。过后许嫣又向我诉说她的苦闷：写作写不下去，读书读不进去，工作乏味，日子过得太无聊。而那时的我，寄人篱下，生活无着，当务之急是找一份事做。比起我的处境来，许嫣的只能算是闲愁。何况，有许多是她自找的呢。

酷暑盛夏，我们到剧院看戏。许嫣故意打扮得与众不同，她把头发梳得高耸入云，穿着无袖低领小褂，手摇一把粉红小扇，很是惹眼。我跟在后面，就像一个跟班。坐在剧院里，有许多后生拿眼瞅她，然后喊喊喳喳议论。这时许嫣就会猛然回头，大声斥骂道："瞅什么瞅？八点子！"八点子是当地骂人的话，神经蛋、脑残的意思。她的声音之大，引起很多人的注意。我感觉所有人的目光都射到我俩身上。而许嫣根本不在乎，越多人注意她，她越高兴。后面有人故意挤挤撞撞，她就回头大声骂道：“你做巴子哩！”这话很粗野，与她雍容的打扮和曼妙的身姿绝不相称。这时我就很尴尬，恨不得有个地缝钻进去。

8 月的一天，地区少年管教所组织少年犯来演出。一个晚上，许嫣进进出出，都很活跃。她坐在第一排，故意摇着粉红小扇，给那个唱主角的少年犯抛媚眼。那个少年犯，长得高大帅气，很像电影明星陆毅。他大概也发现了许嫣对他有意，唱着唱着都走神了。趁少年犯出来上厕所之机，许嫣躲开看管人员，大胆上去和他攀谈，问他的家庭住址、犯了什么事、狱中生活等。

第二天许嫣就扯着我和她一起去找那个少年犯的家，打听情况。我有点不愿意，但许嫣说：“姐姐你 25 岁了，还没有对象。这个少年犯看起来多帅气，又多才多艺，他因寻衅滋事被劳教，也不是什么丢人的事。咱们现在趁他在难中关心一下，他就会感恩，对你产生好感。若是你能和他结缘，不也是一件大好事吗？”我觉得这很荒唐，她看上少年犯了，却拿我说事。但我架不住许嫣的软磨硬缠，就和她一起去了。我们对许伯伯说，天太热，回村里住两天，又对姑姑说，我去许嫣老家玩去了。我们在许嫣村里的家住了一夜，第二天一早就坐火车去少年犯所在的县，又步行 20 来里，辗转来到少年犯所在的村子。我们装扮成地区报社的记者，询问少年犯的思想性格、成长经历，其实重点是想问人家有对象没有。但少年犯一家人很冷淡。他母亲和妹妹用直勾勾的目光在我们身上逡巡。我们问一句，她们不答，反过来一个劲问我们：“你问这干啥哩？你打听这啥意思？”没有得到预期的效果，许嫣不甘心，又辗转找到他的邻居家打听。邻居说，少年犯有一个女朋友，就在同村，他被劳教后，女孩子还在等他，还感叹现在像这样的女孩子不多见了等等。一听说少年犯有对象了，我俩就像皮球泄了气。夜色降临了，我们就宿在镇上唯一的一个旅店，旅店很脏，被褥、床单都不敢细看，我和许嫣闭着眼躺下。刚住进来就没电了，我们喊店家点蜡。烛影摇曳，蚊虫叮咬，我们糊糊涂涂睡了一夜。第二天一早，许嫣还要去打听，我坚决不去了。这一次出行，花掉我从家里带来的不多的一点钱，使我很紧张了一阵子。

秋天开学时，我终于找到一份教书的事。许伯伯的同学是县教育局的副局长，通过这层关系，我到一个镇上中学代课。许嫣、姑姑和副局长，一起把我送到学校。我对这地方很满意，一间小屋，一床一桌一凳。学校四周是田野，院墙到处是豁口，翻过墙就到田里了。不远处就是中条山，峦烟缭绕。这里距县城70多里，坐车需要一个多小时。许嫣不明白我为何对这个只有一个邮电所的小镇满意，她说换作她，一天也待不下去。说实在的，我想离开她，想静静思考一下今后的出路。这样无穷无尽地泡下去，实在有违我的初衷。还有，我想距离县城远一点，这样就少打扰亲友一些。

但我到学校教书后，许嫣一有空就去。

这天是星期日，我和许嫣在一起度过了一个比较愉快的假日。当我俩谈了很久以后，她忽然幽幽地说："我越来越觉得，我们之间缺点什么。""缺点什么？""缺一个可以谈得来的男子汉。我们虽然无所不谈，却总觉得有点单调。男子汉的观察角度、思维方式都和我们不同，如果能和他们交谈，将会丰富我们的性格。""那你给张贤亮、张承志写信吧。"当时正是"二张"火爆的时候。"去你的！人家拿一个严肃的哲学问题，就把你吓回去了。我是说如果能在我们周围发现一个程度相当的男子。”“那你去发现呀。”不久，许嫣就发现了一个。

十月的一天，许嫣带着青年摄影家大卫来学校看我。之前，她曾对我说过大卫。“淑景，我今天给你瞅了一个对象，哎呀，长得绝了。他是咱县的青年摄影家，名叫大卫，在县城开有一家照相馆，还经常在地区报上发图片，很有才气呢，无论是长相或是气质都绝对好。怎么样？接触接触？”我白她一眼，没有当回事。许嫣总是大包大揽，几次为我找对象，都落空了。我没来之前，她就从《青年之友》的征婚广告里，给我介绍了一个陕西的小伙子。我们互通一封信后，无疾而终。后来去看那个少年犯，她也说是为我找对象。这次又是这样。许嫣还喋喋不休地给我灌输大卫的好，怂恿我给他写信，我没理她。

大卫是个潇洒的男子汉，高高的个子，头发蜷曲蓬松，一举手一投足，都透露出一股艺术家的气质。许嫣和几个女孩子争相和大卫在一起拍照。她让我看过照片，照片上几个年轻人高瞻远瞩、意气风发。但可惜的是，大卫已经订婚，未婚妻是同村姑娘。许嫣便愤愤不平地对大卫说：“你是搞艺术的，一场平庸的婚姻，就把你的艺术生涯断送了。”她还自告奋勇，要拯救大卫，上门说服那位未婚妻解除婚约，但据说最后被骂了出来。以后许嫣每次去照相馆，未婚妻和大卫的姐姐都冷脸相对。看得出，许嫣对大卫有点动心了，她的感情在未婚夫有志和摄影家大卫之间摇摆。

许嫣和大卫拿了一大堆照片，让我给题诗。照片的内容很广泛，有农村的，有街市上的，有学校、厂矿的。我在一幅题为《父亲》的照片上写道：“父亲，回家吧。”照片上的这位父亲正在街市上守着一堆扫帚，愁眉不展地等待买主。他俩拍掌大笑，说："题得好！父亲，回家吧，人家不要扫帚了，人家用吸尘器呢。"还有一幅《蓓蕾》，我在上面题写道："幽闭了多少时光 / 攒聚了多少力量 / 等到明晨又一轮朝阳升起 / 你的热情会怎样怒放？"

我们玩了整整一天，眼看天黑了，许嫣他们也没有要走的意思。我提醒她，晚上 7 点以后就没有班车了。但许嫣竟说：不走了，我们仨凑合挤一夜吧。天已经很晚了，我实在困极了，就依墙和衣睡下。至于他们俩是什么时候睡的，我都不知道。第二天，我支应他们吃了早饭，又给他们买了车票，送到车站，才把他们打发走。后来听说他们当天并没有回县城，不知又去哪里玩了一天。

这事让姑姑知道了，姑姑很生气。她说："你这里是学校啊，你是一名教师啊，要注意影响啊。许嫣来这里，耽搁你上课不说，还带男孩子在这里过夜，这叫怎么回事？她爸要是知道了，不打死她才怪。你爹妈把你交给我，我要对你负责。现在找一份工作容易吗？你不能和许嫣这样混下去了。"我说：她不听我的，还说我思想僵化，观念落后。姑姑就去找许嫣，提醒她不要干扰我的工作。这下又得罪了许嫣。过后有几次，她恶狠狠地对我说："她不让你和我来往，我恨死了她！"

许嫣的未婚夫在部队考上军校了，他们是青梅竹马的娃娃亲。未婚夫比许嫣大几岁，他非常爱许嫣。许嫣说，她也很爱未婚夫，但远水不解近渴。她是一个女作家，感情生活不能出现空白。因此，她有意无意地总在寻找着知己。后来为这件事，她未婚夫不明就里，还写信责备我不关心许嫣。他说："嫣，她小，不懂事。你是姐姐，为什么不劝劝她？"我感到很委屈，心想，你真是太不了解许嫣的禀性了，我怎么能管了她？但这种事又解释不清，我就给他写信说：“这件事起于许嫣，结束于许嫣，欢乐和痛苦都属于她，与我无关。”这样又得罪了他。

我到小镇教书不久，许嫣就辞掉了县志办的工作。她是那么决绝，说不干就撂下了。随后，她到我所在的学校住了半个多月。许嫣来我处的时候，就是我的末日降临时。她让我整天陪着她，陪她吃饭，陪她上厕所，陪她写小说。她让我当评论员，说她写得好，她说我讽刺她，说她写得不好，她又说我诬蔑她，让我无所适从。我备不成课，改不成作业。她无聊时，一会把衣服穿上，一会儿又脱了，一会儿描眉画眼，一会儿又擦掉，一会儿把头发高高梳起，一会儿又梳成平头。有一天，她说要写作，不能让人打扰。我就轻手轻脚，不敢弄出一点声响。就这也不行，她一会儿说我打断她思路了，一会儿说我破坏她情绪了，弄得我哭笑不得。许嫣没有工作后，住在文化局父亲的房间里，父女俩互不理睬。她觉得快要闷死了，一来这里就不愿回去。

我的房间很小，她整天偎在床上，把我的被褥弄乱，吃水果随便扔果皮，刷牙时把泡沫吐得满地都是。她一会儿要吃饼干，让我去给她买，一会儿想吃西瓜了，又让我去给她买。她自己静不下心来写东西，却怨天怨地。看在许伯伯的份上，我不想和她闹翻。但我一味迁就，又使她更加肆无忌惮。

学校食堂的饭她不想吃，让我上街给她买香槟喝，买麻花吃。有时她伸出一只小手来，向我要钱。给少了吧，不好意思，多了吧，我实在拿不出。我那时月工资只有 47 元，显得很拮据。她在这里闹着，严重影响了我的教书生涯。我千哄万哄，才把她送回去。

当我俩回到文化局时，许伯伯黑丧着脸，只简单地和我说了几句话，而和许嫣一语不搭。屋子里的空气是凝固的，我俩都清楚地明白故障出在哪里。第二天一早，我试图拿想好的话劝许伯伯：“许嫣整天待在屋子里，写不出作品。她这一段时间情绪很不好，希望你不要给她施加压力，不要提‘写作’二字。她才20岁，以后有的是时间。现在她只要好好生活，有了工作，心情愉快了，不愁写不出好东西。”但许伯伯的一番话，使我无言以对。许伯伯说：“她太任性了，找一份工作多不容易，凭我的老脸，人家才让她去县志办，说是干几年，逢着机会，就可以转正。但现在她辞职了，让我给人家怎么说？她写不出东西，我不逼她，她可以边读书边积累，只要是正儿八经来啊。但你看她整天疯疯癫癫，不务正业，我永远没法原谅她！”

新年快到的时候，许嫣忽然提出，她要结婚。她说也许结婚能给她带来新的激情。于是父母也满足她的意愿。村子里像她这么大的姑娘都出嫁了，并且未婚夫年龄也确实不小了。许伯伯开始忙着给爱女置办嫁妆，做家具，买电器，请人纳被子，连厨师都请好了，日子订在农历腊月十三。

婚期临近，许嫣又忽然说，她不想结婚了。她亲自去给媒人退话，给未婚夫写信解释，这下把许伯伯气个半死。他是个很要面子的好人，活了半辈子没有过“过事情”，如今给爱女置办婚嫁，许多老友都欢欣雀跃，要前来庆贺。现在怎么给人家解释呢？许嫣私下里给我说的理由却是，现在结婚，明年这时就挺个大肚子，她就没有自由了。“你想，我正是享受青春快乐的时候，一结婚不就完了吗？哼！”

许嫣苗条的身段，苍白的脸色，纤纤的玉手，都令人不由得“可怜见儿”。她也很会利用女性的优势，达到她要达到的目的。第二年7月，许嫣又找了一份工作，来到距我10里远的乡政府文化站，为乡政府写新闻。她很善于利用名气，指挥一切，调动一切。来的这天，一辆嘉陵摩托把她的一应物件带来，有几个男女朋友相送。刚好这一天，县委书记来该乡调研，乡里安排得非常隆重。许嫣也趁机面见了县委书记。她希望通过做一点实际的贡献，作为跳板进入县委通讯组。她又说，写新闻，只不过是捎带，她的本意是体验生活。

引荐许嫣来乡政府工作的是诗人刘烽。刘烽是个小个子青年，很精干，诗写得很好。他对许嫣崇拜已久，几次来我这里打听许嫣的情况。这次，终于有机会接近了。但许嫣在乡政府只干了两个月就不干了。原因是她和刘烽之间产生了感情。一次许嫣喝多了酒，在刘烽房间里哭哭笑笑，最后只好一走了之。9月份，许嫣到部队上结婚去了。

许伯伯病了，一发现就是肝癌晚期。他到西安等大地方游历一圈后，回到老家。得知这消息，我痛苦万分。我请了三天假，到许嫣老家看望许伯伯。许伯伯瘦了，疼痛使他的脸变形。他忍着痛苦，勉强地对我笑了笑。长期的饥饱劳困，熬夜改稿，还有许嫣的使气任性，都是他发病的诱因。看着许伯伯，我心里很难过。我为他洗漱，端饭送水，想尽一点自己的心意。这样一个好人，就这样忍受着极度的痛苦，一点一点离我们而去。许嫣夫妇也从部队上回来了。许嫣怀孕了，妊娠反应严重。她皱眉抽鼻，一副不耐烦的样子。对于父亲的病，她似乎并不十分难过，只唠叨自己如何难受，还邀我到她的新房参观。

许伯伯去世后，我又去了几次许嫣的家，但阿姨和弟弟见了我都很冷淡。阿姨还冷着脸向我追要许嫣的书。其实她不知道，许嫣最后一次从学校走时，卷包带走了我所有的日记和我俩的来往信件。她说自己是名人，不能留隐私在我手里，以免我将来损害她的名誉。我不知许嫣是怎么说我的，让他们都把我看成是一个忘恩负义的人。

我和许嫣的友谊终止于我考上师范学校之后。入学那天，我在街上见到许嫣夫妇。许嫣到县委找人去了，她丈夫有志抱着一个男孩，那男孩是那么可爱，我忍不住想上前去抚摸孩子的小脸蛋。我那时只顾着奔波，忙着求学，找工作，还谈不上生孩子。所以我羡慕她。我上前打招呼，但有志像没有看见我一样，转身给我个后背。我很受伤。我觉得我没有对不起许嫣的地方，即使我对她说："我受不了你啦。"那也确实是被逼无奈。从那次起，我下决心不再去找她，不再祈求和好。

多年后，我辗转找到许嫣的电话，我俩在电话里畅聊。许嫣告诉我，她现在在市文化局工作，还是市政协委员。儿子已经结婚了，有志也调到市里了。我想，以她的性格，她是决不会平庸的。

5. 城里的表哥

表哥是二舅家的孩子，二舅一家都生活在省会郑州。对于我们这个偏僻的小山村来说，谁家能有一个城里的亲戚，是一件很值得骄傲的事。

表哥来我家的时候，是 1976 年唐山大地震刚刚过后。父亲在门外场地上搭起了一个“抗震棚”，就是用几根刺槐木棍子撑起一块油布，上面再苫些茅草就成了。夜里，表哥和父亲、哥哥睡抗震棚，我和母亲、妹妹睡在屋子里，一旦有情况，他们好随时叫醒我们。

17 岁的表哥高中毕业，被送到郊区农村当知青。这些“末代知青”们感到生活枯燥，前途渺茫，于是打架斗殴偷鸡摸狗，经常惹是生非。舅舅怕表哥学坏，就把他送回老家，让他跟着我父亲学木匠。

表哥这徒弟当得还算称职。每天早上，他背着木匠家伙，和父亲一起到邻村去干活。拉大锯、刨木头、凿榫眼，除了不让他使唤锛子以外，其他的活都干。只是表哥瘦高，长胳膊长腿显得有点吊儿郎当。

没有活干的时候，表哥就在村子里玩。他和一群男孩子到竹园里捉斑鸠，到崖头上逮毛哥狸，还爬到树上逮猫头鹰。一次，表哥在东岭上逮了一只小猫头鹰，架在肩膀上到处晃悠。他给猫头鹰吃老鼠，喂它喝水。但失去自由的猫头鹰，一星期后还是死去了，表哥很伤心。

秋天核桃熟了，表哥干活回来，顺路摘了许多。没有东西装，他就把长裤脱掉，两头一扎，装了两裤腿扛回来。母亲见状，连声说："好娃呀，可不敢啊，让队长看见了，不把你绑到树上才算哩！"表哥一伸舌头，说："没事，他撵不上我。"有时，母亲正在厨房里做饭，表哥跑进去，变戏法似的从腰里掏出两穗嫩玉米，说："大姑，给我煮煮吃！"母亲又是一番劝说："可再不敢了啊。"

干活的时候，表哥绘声绘色地给父亲讲他们在城里调皮捣蛋的事。他说，有一次，一个老乡用自行车推着菜进城卖，下坡的时候，一捆菜掉了。他和一群孩子大喊，但老乡就是刹不住车。原来他的自行车闸皮掉了。孩子们拾起闸皮，一看都磨光了，追上去连声喊："乡下老闸皮，乡下老闸皮！"以后他们见了农村人，都喊"乡下老闸皮"。

城里来的表哥，让我在女伴面前很自豪。说起他的时候，我心里就窃喜。

父亲对表哥的评论是"聪明异常，顽劣异常"。他说如果表哥走正道，干什么都能成，如果学坏了，也是不得了的事。父亲就对表哥言传身教，进行一些乡村木匠式的朴素教育，比如什么"人无远虑，必有近忧""富不过三代""学会手艺不压人""自食其力"等等。好在表哥很听话，他对我父亲的话都很听。

我暗暗喜欢表哥，但表哥是男孩子，男孩子轻易不和女孩子一块玩。他只和哥哥玩，和村里的男孩子玩，只和父亲说东说西。

深秋季节，外面下着雨。表哥、父亲他们坐在抗震棚里谈天说地，天南海北，讲许多故事。我就坐在一边静静地听。听到可笑之处，他们在那里开怀大笑，我一个人在一边偷偷笑。那年的雨特别多，外面大下，棚子里小下。嘀嘀嗒嗒的雨声伴着笑语喧哗，让我感到这个深秋很温暖。

星期天，我们一群女孩子在麦场里学自行车。表哥也去了，他骑车的姿势很潇洒。开始是一手握把，后来干脆两手一撒，在麦场里骑几圈都不倒。眼看要倒了，他两条长腿往地上一撑，车子就支住了。把我们羡慕得要死。

表哥是城里来的，个子很高，比村里同龄的男孩子都高。他见多识广，说普通话，这一切都是我所没有的，在他面前我感到有点自卑。

有一次在河边洗衣服，我很羞涩地对他说："我将来要写书，要当作家。"我比表哥学习好，这是我唯一的长处。但表哥对写书好像不感兴趣，他点点头，说了一声"可以"，就去逮蜻蜓了。过后我就觉得有点吹大话，见了他很不好意思。

一年后，表哥被招工回城。表哥走后，我有点失落。

以后的岁月，我们各自长大，彼此很少见面，只是从经常回老家探亲的舅舅口中得知，表哥娶媳妇了，表哥的工厂倒闭了，表哥不满足于跟舅舅干企业，自己出来开公司了，表哥当人大代表了，还有他的许多逸闻趣事。

时间到了2000年，我丈夫遭遇了一场官司。由于对方背景深厚，市中院不敢决断，案子一波三折，几次请示到省高院。接近年关的时候，有好心人透露消息说，省高院第二天就要开审委会研究，让我赶快到省会，找着某某某，并把此人的电话告诉我。我一听心急如焚，省城离这里三四百公里，我一时赶不到。怎么办？情急之下，我赶快给表哥打了电话。表哥很忙，当时他的公司草创未就，一应事务都要他一个人跑。他的黑提包里时常装着两部手机，往往是一部正接着，另一部又响起来，或者两部同时响。时间对于他来说，非常宝贵。打电话的时候，表哥正在酒店里，人声嘈杂。我简单将情况向他叙述后，告诉他，人家告诉我要怎么样怎么样。表哥说："好了，你把电话给我就行了，下面的事我知道怎么办。"

当晚表哥就和那人接上头，并请人家喝茶。第二天一早，我赶到省城，表哥又带我去给人家送材料，他让我和那人上楼，他自己又下去给人家买了好多礼物。随后我们去找那人介绍的律师。律师要价很高，超出了我的预料，我有点犹豫不决。表哥把我叫到一边说："没办法，现在的社会就是这样。救人要紧，这件事我做主了。"当我拿出仅有的2000元钱时，表哥推开我，说："把钱装起来吧，你还要过日子呢。"他拉开包，替我交上了1万元的律师费。回来的路上，表哥说，前一天接到我电话时，他脱不开身，就给一个朋友打电话，让朋友在下午五点银行下班之前，替他取出两万元准备着。当我向他表示感谢时，表哥说："咱们兄妹之间，不要说这客气话。你哥好赖还能拿得出，如果你哥是个下岗工人，不是想帮你也帮不成吗？"我说："那我缓过来了还你。"表哥说："你打官司花了不少钱，就不要再提这事了。以后你经济宽裕了，想还也可以。经济不行，就不要再说了。"表哥的义举，让我在那个寒冷的冬天感到一丝温暖和安慰。

后来对方到省高院活动，要求维持原判，并请市中院院长到省高院说情。由于对方极力阻挠，事情没有收到立竿见影的效果。但表哥的这次帮忙为后来的案件平反奠定了基础。问题解决后，我丈夫两次到省城看望表哥。他对表哥的印象很好，连声说：“表哥可以，豪爽大气，是个干大事的人！”

再后来，我一晃六七年没有见过表哥了。2008 年 9 月，我到省城开科协年会，抽空去看望舅舅。

表哥听说我来了，就赶快驾车过来。见到表哥，我还是有一点小时候的羞怯和自卑。但一搭话，隔膜马上就没有了。表哥穿着一件带红条的半袖衫，看起来容光焕发。我们聊分别后的情况，聊老家的人和事，谈论省城的变化等。

表哥坐在沙发的一边，我坐在沙发另一边的凳子上，距离有点远。但如果我坐到沙发上，距离又有点近。我们就这样坐着，谈论着，时间很快就过去了。

最后表哥送我回宾馆。在路上，我说：“好好干，姊妹几个都靠你庇护呢。”表哥说：“那是。”我说：“父母老了，和咱们的角色来了一个转换，以前是他们在保护我们，现在轮到我们保护他们了。”表哥说：“那是。”虽然我还有一点拘束感，但更多的是亲切，是随意。

也许，我们年龄都大了。

6. 在革命小说里想象爱情

从九岁起，或许更早时候，我就爱读课外书。那时能找到的书，只有革命历史题材的作品，还有也不知从哪儿弄来缺页卷边的《苦菜花》《林海雪原》《红日》《平原枪声》等，我都看得津津有味。

我想象着自己是一个小女兵，正和那高大挺拔的英俊男生一起参加战斗。我那时最大的理想就是当一个卫生员，像《苦菜花》里的卫生队长白芸那样，在战火纷飞的战场上抢救伤员。

还有《林海雪原》里年轻的 203 首长少剑波和女卫生员白茹的爱情故事，我不知看了多少遍。我想当女兵，想像电影《孔雀》里的姐姐高卫红一样，都想疯了。

然而，现在是和平年代。我只有想象，整天沉浸在书中想象。我是个耽于幻想的女孩子，而阅读课外书，更使我耽于幻想。

我爱看的书，也都是同学们爱看的。有时是别人找来的书，我拿去看；有时是我得到的书，再传给别人。男生中间也在传看一本《苦菜花》，他们看了之后，互相怪声怪气地扯长嗓子学书中的一句话："啊，像老鹰抓小鸡一样，像老鹰抓小鸡，嘻嘻嘻，哈哈哈……”这是书中描写坏人宫少尼强奸杏莉妈的一段，特别让男生的神经兴奋。女生们都羞红了脸，装作没听见，过后低声骂道：“不要脸，流氓！流氓，不要脸！”

那时的文学作品中很少有描写性爱的。仅有的一点描述，也是一笔带过，或高度概括。《苦菜花》里偶尔有那么一句，能不让男生们兴奋吗？最让人激动的是《林海雪原》里面关于少剑波和白茹的爱情描写，茫茫林海中，皑皑雪原上，18 岁的少女白茹和年轻英俊的小分队队长少剑波，一来二去好上了。

少剑波在日记里写下的诗：“万马军中一小丫，颜似露润月季花。体灵比鸟鸟亦笨，歌声赛琴琴声哑……”大家都争相抄写，男生们又开始怪声怪气地喊：“小白鸽，哈哈哈，小白鸽……”每当看到这些地方，我都无来由地脸红耳热，赶快跳过去，等到无人的时候，又忍不住再看。

除此，我还看样板戏剧本。那时样板戏非常普及，广播上播放，收音机里教唱，家里还有《红灯记》《沙家浜》《杜鹃山》《智取威虎山》等样板戏剧本，无事时我就拿上反复看。

样板戏的唱词也很精彩。你听《沙家浜》郭建光唱的“朝霞映在阳澄湖上，芦花放，稻谷香，岸柳成行，全凭着劳动人民一双手，画出了锦绣江南鱼米乡”，《智取威虎山》少剑波唱的“朔风吹，林涛吼，峡谷震荡，望飞雪满天舞，巍巍青山披银装，好一派北国风光，山河壮丽万千气象，怎容忍虎去狼来再受创伤”，还有《杜鹃山》柯湘说的“鱼不上钩，钓饵犹存；鱼若上钩，饵鱼同尽”等，对我的词汇积累、语言表达都产生很大影响。

我心目中的偶像就是少剑波、郭建光、柯湘这些英雄人物。可以说，我是在革命英雄主义的熏陶下成长起来的，我那时最崇拜的人物就是柯湘，那齐耳的短发，扎着皮带的身姿，还有那伸出去的兰花指都让我羡慕不已。

这一时期，父亲还给我找了不少郭沫若的书，有剧本《棠棣之花》《蔡文姬》《卧薪尝胆》等。我看得懵懵懂懂，半懂不懂的。我只记得《卧薪尝胆》里的范蠡比文种聪明，范蠡早早逃离，文种却被越王勾践赐死。还记住了“飞鸟尽，良弓藏，狡兔死，走狗烹”。

那时我读书几乎到了痴迷的地步。找到一本书不容易，找到好书更不易，我就抓住什么看什么。没有书的时候，甚至连老工人忆苦思甜的回忆录都看。

母亲不识字，但对于我看书，她不反对。她把家务活基本上全包了，腾出时间让我看书。但我也有太过分的时候。有一次，母亲做好了饭，着急要去磨面。她一等二等不见我回来，赶到学校去找，原来人都走光了，我还趴在那里看一本通俗版的《三国演义》，“张郃中计”“木牛流马”“六出祁山”“七擒孟获”等，十分有趣，我看得放不下手。母亲十分生气，回到家，她顺手把我的书扔到窑顶的楼板上，后来怎么也找不着了。

小学五年级时，有一天父亲进城回来，给我买了两本书，一本是描写抗美援朝时志愿军保卫钢铁运输线的故事，书名叫《激战无名川》，另一本是儿童作品《闪闪的红星》，作者李心田。

我看得津津有味。尤其是《闪闪的红星》，儿童的语言，儿童的心理，描写非常精彩，内容是红军后代潘冬子寻找父亲的感人故事，情节曲折动人，富有人情味。这本书后来被拍成电影，影响很广。但我觉得电影和小说相比，就逊色多了。

我在帮母亲烧火做饭时看书，走在放学路上时看书，睡在被窝里看书，趴在床上时也看书。最初是看连环画，即小人书。那时的孩子最大的享受就是看小人书，孩子们中间流传的多是《鸡毛信》《两个小八路》《小兵张嘎》等，我还记得《鸡毛信》上的海娃责备自己的话："海娃呀，海娃，你是怎么搞的？鸡毛信送不到怎么办？"时间长了，这些书根本不能满足我的需要。

我就到处搜集，从姨家表哥那里找来过去的学生课本，上面有《小英雄雨来》《黄道婆的故事》《詹天佑》，还有赵树理的《李有才板话》《小二黑结婚》，这都是我现在的课本上没有的东西，我读了一遍又一遍，有的词句都背下来了；还有表哥的地理课本也很有意思，我从这上面知道了地球上的五大洲和四大洋，还有麦哲伦航海等故事，眼界开阔了许多。

初中二年级的时候，出版社出了一套鲁迅的作品，父亲就给我买了一套，有《鲁迅的故事》《且介亭杂文集》《故事新编》《野草》《呐喊》《彷徨》等，大约十几本，没事的时候，我就拿起这些书反复读，有的意思能懂，有的半懂不懂。

有一段时间，学生中忽然流行起看连环画，有《三国演义》《水浒传》《梁山伯与祝英台》等，一套都是十多本，在同学手中流传，大家争相抢看，谁抢到手谁先看。

有一次，我和几个女生得到一本《梁山伯与祝英台》小人书，但有人说这是“黄书”。为了避免别人看见，我们几个女生就逃课，钻到学校背后一孔草窑里看完这本书，出来时每个人的头上、身上都沾满了麦秸。有同学告状，老师就让我们站到堂台上，站了一节课，还把书没收了。

上课时，我经常在课桌下面看书，有时入迷了，老师走到跟前也不知晓。为此，我被老师没收去了不少书。有一次，我好不容易从同学手中抢来一本《钢铁是怎样炼成的》，还是竖排版，看起来很费劲的。上课了，我又在课桌下面看，一个没注意，老师上前一把夺过去，说：“上课不准看课外书！”就把书拿走了。下课后，我鼓了好大勇气，去老师房中要书，但他就是不给。我急得不知怎么办，一连愁了几天，后来老师把书还了，还说：“给你吧，我看完了，以后有什么好书让我也看看。”

饥馑年代，物质奇缺，精神食粮也是少得可怜。那时能找到的，除了《苦菜花》和《林海雪原》外，还有《野火春风斗古城》《红岩》《红日》《红旗谱》，还有《战斗的青春》《烈火金钢》《平原枪声》《新儿女英雄传》等。

我看这些书，来源主要是城里的表姐，表姐那时正在上高中，她总能找到书；还有本村支书女儿小粉，也不知道她从哪里找来的书，假期里下地干活时，她就给女伴们讲故事，把大家都吸引到她身边。她讲过知青小说《征途》《晋阳秋》等，都是我没有看过的；还有民兵排长小根子，他不知从哪里弄了那么多的书。因为我父亲也爱看书，小根子就把书拿给父亲。有一次小根子拿来一本《金陵春梦》，父亲说这是一本禁书，只让我在家里偷偷看。

贾平凹在小说《带灯》的序里说过一句话：许多人的不成功是因为“有牙的时候没有锅盔，有锅盔的时候没有牙”。是啊，青春年少时，精力旺盛，求知欲强烈，却没有好书可读。现在家里到处堆满了书，各种好书应有尽有，我却没有精力、没有心情，更没有欲望去读了。

7. 歌声飞过记忆

每一代人都有自己挥之不去的童年记忆。我们上学那会儿，遵照毛主席的“学制要缩短，教育要革命”的指示，小学只有五年，初中高中各是两年。那时学校并不怎么抓学习，但对音乐课却很重视。一周两节音乐课，老师孜孜不倦地教唱了很多“革命歌曲”，也就是现在所说的“红歌”。

那时，每次上课、下课、早操以及全校大集合进行什么活动，文体委员都要组织大家唱歌。活动开始时必唱《东方红》，活动结束时必唱《大海航行靠舵手》。

记得有一次，学校举行歌咏比赛，全校各年级只唱一首歌《伟大的领袖畅游长江》。当时班里的文体委员病了，实在挑不出人，班主任就让我上台代表一年级去唱。我胆子小，嗓音也不好，上到台子上战战兢兢，嗓子都直了，最后竟然还得了个三等奖。那歌词是：“伟大的领袖畅游长江，全中国人民欢呼歌唱，我们多么幸福，我们浑身是力量，万岁万岁毛主席，我们跟着您乘风破浪；万岁万岁毛主席，我们祝您万寿无疆！”

许多革命歌曲，歌词都枯燥乏味。只有一首《远飞的大雁》，不仅歌词富有诗意，曲调也婉转抒情，带着一点淡淡的忧伤，我最喜欢。一次，班主任组织一帮小女生把这首歌排练成小歌舞，参加学校的演出。我们站在讲台上，挥动着两只小胳膊，一边学着大雁飞翔的动作，一边唱着歌词：“远飞的大雁，请你快快飞，捎个信儿到北京，翻身的人儿想念恩人毛主席。手捧语录本，眼望北斗星，为革命刀山敢上火海敢闯，革命的战士想念恩人毛主席。”

大约在三年级时，上边忽然号召大唱革命历史歌曲。音乐课上，老师把抄好的歌页子挂在黑板上，她拿着一根长长的木棍，指着歌谱和歌词，一遍一遍教我们唱了五首革命历史歌曲。她先一句一句教唱，然后让大家在后边跟着唱，最后再分唱合唱，把气氛弄得热火朝天，一节课下来，同学们都兴奋好长时间。

这五首革命历史歌曲是《山丹丹开花红艳艳》《毕业歌》《工农一家人》《大刀进行曲》，还有一首《军民大生产》。其中《军民大生产》这首歌最有意思，老师先让大伙合唱：“解放区呀么嗬咳，大生产呀么嗬咳，军队和人民西里里里嚓啦啦啦嗦啰啰啰太，齐动员呀么嗬咳。”

然后是男声唱：“兵工队呀么嗬咳，互助组呀么嗬咳，劳动的歌声西里里里嚓啦啦啦嗦啰啰啰太，满山川呀么嗬咳。”

接着是女声唱：“妇女们呀么嗬咳，都争先呀么嗬咳，手摇着纺车吱咛吱吱咛吱咛嗡嗡嗡嗡吱儿，纺线线呀么嗬咳。”

接着又是男声唱：“自己动手么嗬咳，丰衣足食么嗬咳，加紧生产西里里里嚓啦啦啦嗦啰啰啰太，为抗战呀么嗬咳。”

又是女声：“又能文呀么嗬咳！”

又是男声：“又能武呀么嗬咳！”

最后合唱：“人问我什么队伍，一、二、三、四！八路军呀么嗬咳！”

有调皮捣蛋的男生，唱到“吱咛吱咛吱咛吱咛嗡嗡嗡嗡吱儿”时，故意把“吱儿”拉很长，提很高，惹得大家一阵哄笑。

唱《山丹丹开花红艳艳》时，每当唱到“热腾腾的油糕”时，我就忍不住流口水，想起过年时父母炸的油菜，那种又香又甜的美味，心里充满着盼望。还有“滚滚的米酒”，总让我想起正月十五看灯笼时，在街上吃的醪糟。那时怎么总是想到吃呢？

前些年，中央电视台《星光大道》推出歌手阿宝，唱陕北民歌《山丹丹开花红艳艳》，很多人感到新鲜和新奇。我在心里想，我小学三年级的时候都唱过了。

据说后来，这些革命历史歌曲，很多都是重新填词。比如《毕业歌》，也不是原来的歌词，都是经过改编的，早都失了原来的味儿。

不但如此，我们在学校唱的国歌，歌词是这样的：“前进，各民族英雄的人民，伟大的共产党领导我们继续长征。万众一心，奔向共产主义明天，建设祖国，保卫祖国，英勇地斗争。前进！前进！前进！我们千秋万代高举毛泽东旗帜，前进！高举毛泽东旗帜，前进！前进！前进进！”

直到 1982 年第五届人大第五次会议才通过决定，恢复了田汉原词原貌的《义勇军进行曲》。

不但我们唱的《义勇军进行曲》歌词被改，就连《歌唱祖国》也被改过。

以至于后来，我听到原版的《歌唱祖国》里那句“宽广美丽的土地，是我们亲爱的家乡”时，都激动得难以抑制。

一个人的成长是伴随着歌声的，记忆留存了它们，你的人生已被它们涂上了浓重的底色。

致爱情

第 84 封情书

1. 山有木兮木有枝

14 岁那年，我偷偷喜欢上了体育老师。

青春期不期而至。我的胸脯发育长出了小小的乳头，我心里很惶恐，也有点莫名的激动。那时市面上没有女孩子的胸罩卖，只有母亲给纳的小背心，我穿着窄小的背心，把胸脯箍得紧紧的，希望把乳头箍住不长。但不论我怎么箍，胸脯还是一天天饱满起来。班里有个女生上厕所时月经来了，她没有卫生垫之类的物品，便躲在厕所里不出来。几个女生还围在外面看她笑话。最后她都急哭了，还是教数学的女老师给她送了一些卫生纸，帮她收拾好才出来。

十四五岁的毛孩子，青春刚刚觉醒，朦朦胧胧，有一丝莫名的兴奋，还有一点不安的骚动。男生想和女生在一起，又怕别人笑话。互相接触的最好方式就是吵架，同桌画“三八线”，你推我一下，我打你一下，在笑骂中感到一丝快慰。下课后大家一起打篮球，但女生争不过男生，球老是被男生抢去。后来女生抢到球就抱到女厕所，男生就跑到女厕所里去夺。

小时候的我很活泼，整天扭着小抹角辫，唱啊，跳啊，在人群中跑来跑去，从不关心自己的相貌。现在一觉醒来，我忽然发现自己长得不美丽，不漂亮。脸蛋胖嘟嘟的，眼睛像竹眉子画出来似的，细细的，还有塌鼻子，鬈发，向四面卷着，总之是哪儿都不好。懂得这些之后，我变得沉默寡言。一种忽然觉醒的少女的羞涩，阻止我，使我不愿到人群中去。我由此而变得很内向、自卑、敏感，别人一句无意的话，我都要想上半天。现在，我喜欢上了体育老师，心里更加波涛起伏。体育老师高高的个子，浓眉大眼，每天早上带着我们上操，站在队伍内，吹着哨子，“一二一，一二一！”非常精神。他还爱打篮球，每天下午都在操场上奔跑。我和一群女生坐在操场边，看他跃起投篮的样子，看他带球传球的样子，真是帅极了。

我的眼睛总是随着体育老师来回转，那穿着一身蓝色球衣的身影，那鱼跃而起的样子，是多么让人向往啊。相比之下，我身边的男生，不是流鼻涕涎水，就是痴眉瞪眼，都不值得理睬。我经常在心里想，他今年 20 岁，我今年 14 岁，他只比我大 6 岁。等我长到 20 岁，高中毕业了，就可以和他谈恋爱了。我一边设想着美好前景，一边又灰心丧气。看着初二有那么多女生喜欢他、围绕在他身边，我心里很难过。我在心里比较着自己和他之间的距离，越比越丧气。一是他年龄比我大很多，二是我长得丑，不能引起他的注意。

体育老师是我们村的，他是民办教师，星期天和农忙假期也参加生产劳动。他和我哥哥同龄，他们经常在一起玩，一起拾柴，一起给兔子拽草。而我是个女生，并且是个小女生，我和他之间没有什么交集。而我又非常想引起他的注意。于是上早操时，我就故意踩前面同学的脚后跟。一踩，前面同学就停下来勾鞋，队伍就乱了。体育老师发现是我在捣乱,就大声训斥道:“你咋回事？你一个女同学,还这么调皮？”下一次,我又踩同学脚后跟了,体育老师就让我站出来,“你,站出来！”受到他的批评，我不以为耻，反以为荣，心里暗暗高兴。

我爱看课外书，容易耽于幻想，恋上体育老师后，更是沉浸在自己的内心，拔不出来。我看小说《苦菜花》，想象着自己就是卫生队长白芸，体育老师就是排长王大海。在激烈的战斗中，他英勇负伤了，我赶快给他包扎伤口，然后背着他冒雨走了几十里路。到了一个老乡家里，我给他熬汤，然后用小勺子喂他。我自己拿着小勺子，一口一口给自己喂水，却想象成是给他喂水。后来又看《林海雪原》，我就把他想象成年轻的小分队队长少剑波，而我就是那个女卫生员“小白鸽”。我一边想象着，一边又哀叹，现在是和平年代啊，没有伤员，我也当不上卫生员啊。

不久，物理老师请假回去生孩子，体育老师临时代教我们物理，我内心的喜悦无法对人讲。上物理课时，我目不转睛地盯着他，却常常记不住刚才讲的是什么内容。为了和他接近，我下课故意去问作业题。在他给我讲题时，我出神地看着他说话，根本没听清他在说什么。有一阵子，我的思绪不知飞到哪里去了，直到他问我：“听懂了吗？”我才回过神来，脸上立刻发烧。女孩子的心思如在春风中狂舞的柳絮，这很影响学习。后来听人说，他和初二班女生雪莲好了。雪莲是一个长得弱弱的女生，很惹人爱怜，家就住在后岭上。我不愿意相信这个传言，直到有一天眼见为实。

一个星期五的下午，我和一群女孩放学后在水洼坡割草，看见体育老师骑着自行车带着雪莲，他们有说有笑地走着，根本不去注意路边的我们。原来他在送她回家。很长时间，我心里都很难过。雪莲初中毕业后，他们两个就分手了。因为雪莲是独生女，他也不可能去当上门女婿。

一年后，体育老师当兵去了。那时当兵很光荣。临走时，附近几个有女儿的家长都托人提媒，想跟他订婚。大人都同意了，但他一个都没有表态。有对面村的小平，那个长得最好的女子，还有我村的刘梅，也想跟他。还有人说，他表妹都想跟他好。如果不是因为近亲，他们早都订婚了。我想，有这么多女子都想跟他，哪能轮到我呢？她们都占据着许多优势，要么长得漂亮，要么年龄相当。而我这个丑小鸭，不是异想天开吗？

体育老师据说在部队上进步很快，入党，提干，都要当军官了。但部队派人前来调查社会关系，调查发现他姑夫有历史问题，最终影响到他，他没有留在部队。三年后，他复员回家，又当上了民办老师。附近还有几个女子想跟他，但他没有在近处找，而是到几十里外找了一个对象，并且很快结婚。结婚后，他把自己的民办教师指标让给了媳妇，自己回到村里当了一个农民。

很长时间，每次回村见到他，我都不由得脸红心跳。直到成年以后，我才学会在他面前保持自然。每次见到他，我都在心里为他打抱不平，为他的人生没有达到应有的高度而遗憾。

2. 黎民，你使我的天空迷乱

黎民是县城《七月》诗社的社长，在他的周围围绕着一群热爱诗歌的圣徒。

在我们这个远离省会 800 多里的山区小县，20 世纪 80 年代，同样得风气之先，“哗啦啦”先后成立了“春萌”“蒲公英”“绿风”“七月”“青春潮”等诗社。而“七月”是所有诗社中年轻人最多的地方。各个诗社自立山头，互相竞赛，互不服气。

记不清我是先爱上黎民后爱上诗歌，还是先爱上诗歌后爱上黎民。总之，我被他迷得颠三倒四、魂不守舍。有四五年时间，我的心思只在他一个人身上。

黎民住在县城巷子深处一个大杂院里，每次进城找他，我都要走过长长的小巷，而每次，似乎都在下雨。

黎民给我念徐志摩的诗，从我一进屋他就开始念，用他那带点阴柔的男人的声音。望着黎民苍白的脸色，我在心里说：你是我的偶像，你是我的导师，你是我的精神领袖，你是我通往外界的窗口。但黎民听不到，就像我没有听见他念什么一样。他不知道我心里在纠缠些什么意象。我要走了。黎民站起身送我，他给我掀起门帘，然后张开伞。他总是那么心细如发，怜香惜玉。走过长长的甬道，我们没有说一句话。我从他的眼神里看出一丝留恋或者深情。但我不知道他是假意还是真心。每次都这样，每次。

我不再参加高考。我觉得只要拥有黎民，我就拥有了整个世界。那些工作呀学习呀，还有一技之长、谋生之道，我都可以不要。我相信爱情的力量可以战胜一切，身份、界限、财产等。我相信，我的爱比一切人的都崇高都伟大，不掺任何杂质。我迷恋黎民，迷恋他的思想，还有身体。他削瘦颀长的身材，他在雪地里展臂奔跑的轻盈，他骑车沿坡飞驰而下的飘逸，他深夜抓着栏杆翻越大门的敏捷，都让我着迷。他读过那么多的书，他知道尼采、萨特、卢梭、唐璜、叶甫盖尼·奥涅金，还有于连，并且向往他们，或者说他就是他们的集合体。我从他那里收获了许多“新鲜的草叶”——杂乱无章的说教，纷至沓来的思潮。我像捕捉空中的雪花一样捕捉他的思想，还有眼神。相比之下，我是那么无知、闭塞、孤陋寡闻。我崇拜黎民，除了他，没有人能够引我到那个美丽的、新奇的、诗性的彼岸。我爱听他滔滔不绝地讲演，我心疼他忧郁、深邃、不可测的目光，我怜惜他削瘦的脸庞、紊乱的长发和他没有规律的诗人的生活。

黄昏，夕阳，一首《题〈伊菲格尼〉》，黎民用他那特有的阴柔的男中音朗诵道：“也许是黄昏 / 浅赭的天空渐渐低垂 / 在异国的海边 / 有异国的土地 / 伊菲格尼 / 轻轻的海风把你守卫。夕阳染红了你的祭司衣襟 / 像战争刺伤了你心灵的血迹 / 在异国的海边 / 在异国的土地

/ 伊菲格尼 / 小草轻轻地把你伴陪。你冷漠的面庞对着大海 / 可要把满心的忧愤埋进海底 / 在异国的海边 / 在异国的土地 / 伊菲格尼 / 海浪为你奏响深沉的哀曲。你绝望的目光飞过了大海 / 你的心是否也长出双翅 / 飞回故里 / 在异国的海边 / 在异国的土地 / 伊菲格尼 / 你可知道这罪恶的渊薮来自哪里？”漫天的悲伤，让我们哭泣。

但我不在黎民的审美之内，我知道。我是丰盈的、饱满的、健康的，但黎民不需要。他渴望病态，需要“一个丁香一样结着愁怨的姑娘”，我为不能符合黎民的理想而自卑。我拼命塑造自己，闻鸡起舞、读书、写诗并痛苦。“现在我需要你的拯救，但随之我要拯救你。”我望着黎民苍白的脸，在心里说：“我不怕你穷，不怕你母亲病，不怕你没有房子住、东搬西迁，不怕你欠许多债。只要我们相爱，一切都可以克服。”我想，只要有足够的时间，黎民会爱上我的。我努力充实自己，我要和他比翼齐飞，我要和他相提并论。我把母亲给的零花钱，还有上山挖药的钱都换成了《歌德谈话录》《十日谈》《神曲》《拉奥孔》《荷马史诗》，然后半生不熟地啃。

“七月”诗社的成员来源广泛，成分复杂。女的有百货公司的加贝、养殖场的刘粉、税务局的李莹、县志办的小燕，还有正上高中的幽兰，男的有代课老师杨豪、个体户大山、牙医王明等。他们在一起为写诗争论，自办《七月》杂志，他们谈论拜伦、普希金，在红绿灯下，声嘶力竭地吼叫，他们向往大海、帆、流浪；他们昼伏夜出，喝酒打架，争风吃醋，尽情地挥霍着青春多余的热量。而黎民的现实身份其实应该是商人，他在街上开服装店，手里拿本莱蒙托夫的诗歌集，冷淡地对待每一个前来的顾客，因此生意门可罗雀。他将钱花掉，然后再贷款进货。他向往的是拜伦式的自由、唐璜般的多变，这样的职业委屈了他。

黎民不大重视身边的女孩子，明眼人一眼可以看出，他随意支使她们给自己洗衣服，收拾房间。但他喜欢被人围绕的感觉，喜欢众星捧月的感觉，喜欢当导师。他欣赏她们的小肚鸡肠，欣赏她们的“疏影横斜水清浅”，喜欢她们的忸怩作态或曼妙姿容，还有幼稚，然后写诗或者解剖。我一面渴望融入这个团体，这是我接触外面的世界，让青春冲破牢笼，上下翻飞的唯一通道；我一面又本能地拒绝，清醒地批判她们的行为。我只爱黎民，我只想拥有他。我在黎民面前努力地保持着矜持和适度的自尊，我不能向他表露自己内心炽热的爱，更不可能和他谈婚论嫁，因为在他看来，这些都是“庸俗”。

我没有向黎民表白，他也没有向我承诺过什么。他说“我们要做好朋友，不要那么狭隘”，我就相信他。他只在眼睛里流露出某种很深的东西，让我去猜测，去捕捉，去想入非非，上下撕扯自己。在南河岸，在小树林，在老虎鼻子，我们畅谈，留下了足印。水草，金黄的旋复花，危崖上的红叶，天边的流云，远处深黛色的山峦，还有我心中无可把握的忧郁和悲哀。黎民滔滔不绝地说着，用多重转折的句子，我静默地听，细心揣摩其中的婉转之意。黎民说，他一生的宿命是过流浪的生活。我在心里说，我愿和你一起流浪。

父母对我是宽容的。母亲只是劝我，20多岁了，正儿八经找个婆家，不要和黎民在一起，他一家都是“捣崽鬼坯子”，不是好好过光景的人。但我听不进，我觉得母亲世俗功利，不理解我。我写了许多诗，写了许多信，但我感觉，我在把自己的心丢进一个深不见底的洞里，发出来的也只是我自己的回声，与黎民无关。他也给我写，让我感受更多的狂乱、迷乱和无奈。我不能进城的日子，妹妹当了我的信使。每次回来，我都细心询问妹妹，黎民接过信是什么表情，他都说了些什么。

时间一天天流逝，我对黎民的爱有增无减。有一天，终于有一天，黎民说他想离开故乡，到外面去流浪，问我愿不愿意一起去，能不能找一个驿站。我毫不犹豫地同意，并说去小姑家吧。我设想第一站先到小姑家，至于怎么对小姑介绍黎民的身份，出去怎么生存，我没有来得及想。

天上飘着雪花，我托城里的姑夫给我买好了两张去桃林的票。那时的车票很紧张，得走后门。姑夫认识人。我计划第二天一起走。傍晚，我敲开了黎民在巷子里的小屋。他没在，他弟弟小民出来了。由于经常来往，小民与我很熟。我问："黎民呢？"小民让我进屋坐下，然后说，事情闹大了，黎民昨晚和李莹跑了，现在李莹的父母正缠住他父母要人呢，他在哥哥的屋子寻找，想看有没有留下什么字条，还准备派人去我那儿问，看他俩跑去我那儿没有。

天！我只觉得天旋地转，小民又说了些什么，我都没听见。小民让我坐，他去给我倒水，我痴痴地望着被北风吹动的窗帘，"啪哒啪哒"，像飘舞的经幡，又像荒原上的祭旗。多日来隐隐的猜测终于被证实了，李莹，那个副县长的女儿，比黎民小五岁，一只叛逆又温顺的小鸟，他和她一起跑了，他终于把她勾引到手，终于做了一回于连！

我不知道是怎么摇摇晃晃地走出小屋、又走到雪地上的，十里路，我不知道怎么回的家。天摇地动，我的脑子里一片空白，像被人抽了筋一样无力。风搅着雪，跳着回旋舞，我在风雪中旋转，把两张票撕碎，扔进旷野，看着它们如雪花一样飘逝。回到家，母亲吓了一跳，连声问怎么了怎么了？我无力地笑笑，躺倒在床上，烧了一天一夜。第三天，我起床参加了村里一个女孩的婚礼，我和大婶大嫂们一起包豆馅馍，一起说笑忙碌。我看看天，天没有塌，我望望地，地也没有陷，村里人依旧奔波操劳，而我却像死过一回一样。我对着所有人微笑，但只觉着那笑憨傻而痴呆。

黎民与李莹没有跑远，他们只在一个同学家待了一夜，就被双双“捉拿归案”。先上车后买票，李莹家人无可奈何地承认了他们。他们的出走在小县城引起了一阵小小的轰动后归于平寂，然后是张罗布置新房，举办婚礼，和其他人没有什么两样。

第二年春天，我离开了故乡，离开了这个让我眷恋又感到伤痛的地方，到黄河对岸去谋生。“只有送行的月亮和乍暖还寒的风在沙拉拉响……”我用了五年的时间，来救赎自己破碎的灵魂，梳理迷乱的天空，直到遇见了大志。

婚后，李莹有了一份工作，黎民不干服装生意了。杨豪也辞了工作，他们把本地的烧鸡往广州贩。等到了广州，麻袋里的烧鸡都臭了。他们把烧鸡潇洒地倒进珠江，空着手回来了。然后他们又到山上办养兔场，把100多只兔子养死，又赔了一大笔钱。后来，黎民又办起服装门市，然后又驴打滚式地赔光。跟着他的杨豪、王明都丢了工作，成了真正的流浪者。幽兰很自然地没有考上大学，先后和三个诗人“柏拉图”之后，赌气地跟了一个大她十多岁的有妇之夫。加贝去了外地，刘粉也找了一个“小白脸”。

黎民和那个“丁香一样结着愁怨的”李莹，在一起过了10年的“丁克”光景，最后离婚。李莹调到省里，嫁了一个大她十岁的男人，生下一个男孩。

一年冬天，我丈夫遭遇牢狱之灾，我担着极大的压力。黎民很关心我，一天晚上他备好酒菜，邀我去坐，也许还有别的意思，我理解。但我不想说眼前的事，我滔滔不绝地胡说乱道，剖析过往时日的悲剧，他们的所作所为，他们的灵魂。黎民曾经是我的导师，我曾经毕恭毕敬地倾听他的谆谆教诲，但现在他开始宾服我的分析。我感到一丝报复的快感，同时又很悲哀。我们都是一群出身下层的青年、一群饥饿的儿女，当时没有工作、没有地位、没有饭碗，我们本末倒置，不是思谋着怎样在社会上占有一席之地，而是在追逐所谓的西方的自由，用污泥浊水冲刷我们并不清醒的头脑，最后走向生活的深渊。我庆幸我是大地的女儿，和庄稼山川河流接近，在我感觉虚无的时候，父母的操劳、农人的艰辛唤醒了我，我用土地的宽阔救赎了自己，而黎民他为自己虚无的理想付出了惨重的代价。

天已很晚，但我实在找不到一点感觉。我明白地对黎民说了。黎民笑笑说：“我想你一定很寂寞，很苦，叫你来，是想安慰你。但你太强大了，不需要。你走吧。”

黎民的生活依然没有什么起色，他欠下了过多的债，还清无望。房子被执行，家具都给了李莹，为躲债，他只好到外地去生活。诗是绝口不谈了，连书报也很少看。昔日的追随者都风吹云散了。兄弟姐妹们也都成家立业。他孤身一人。后来，40 岁的黎民用他最后的魅力吸引了一个小他 10 多岁的本乡女青年，在外地生了一个女孩，回家乡来过满月。真正是吃饭没锅睡觉没窝，他们住在单位楼上凄凉得很。

亲戚朋友凑了钱，给他的女儿过了一个满月。女方的娘家要打要骂，闹得沸反盈天，最后给人家1万元准备金了事。他邀请了我，我当天没去，我想象不出瘦弱衰老的黎民抱着一个小毛娃是个什么样。我还想，黎民半世浪漫，最后只收获了一个秋瓜蛋子，也不知将来能养活她不能。

满月过后，他临走时我去了他家。床上乱七八糟地堆着小孩的尿布片，那个面带愚鲁的女人正满足地抱着孩子。面对黎民，我曾如怨鬼般纠缠的初恋情人，我大张着嘴，像对着永逝的青春一样，说不出一句话。

3. 醒来觉得更是爱你

1986 年春天。

学校门前油菜花开放的时候，我收到大志的一封信。

大志是家乡《绿风》诗社的成员，桃林人，从学校毕业后分配到我县。他是一个真心爱诗、苦心学诗，不带一点油滑的大男孩。我从《七月》转战《绿风》后，有几次诗社成员学习时，我曾用眼角的余光睄过他。这样说不是卑视，而是我俩不属于同类。一是他比我小，二是他有正式工作，三是他的诗写得一般化。人们对与自己无关的人和事从来不关注，我也如此。

现在大志来信，我感到有点意外。虽然他的口气含蓄而矜持，但意向是明显的，他要和我谈朋友。我没有在意，还在心里笑，也不问问我是啥情况，就敢来招架？我高考落榜，在家乡没有出路，投亲靠友，来到这个黄河北岸的小镇中学教书，临走时就没有准备再回去。况且，同事刚给我介绍了一个成人师范的男生。我没有回信。半个月后，大志又来了一封信，问我接到前信没有，是什么态度，有点急切，有点忐忑不安。看来他是认真的，我不能不理睬了。

我怀着脚踩两条船的心情，同时给他和师范生各发一封信。给大志的信，口气很平淡，除了谈诗外，就是让他谈谈他的家乡、他的生活。又过了半个月，很准时地，大志给我来了第三封信，15 页。他像小学生一样认真，谈他对诗歌的追求，他在黄河岸边的家乡，家乡七月的原野，原野上一望无际的青纱帐，还有大红枣，什么媳妇枣、婆婆枣、灵枣、木头疙瘩枣，介绍得像一篇说明文。我暗自发笑，心想，这个傻瓜！很快，我和那个师范生的故事无疾而终，我开始一心一意对待大志。我 26 岁了，漂泊在外，工作、生活两无着落，怎能不愿意尽快找一个称心如意的郎君呢？只是别人介绍的都实在难以苟合。我想，女孩子总想找一个现成的好丈夫，天上掉馅饼，哪有这等好事？好丈夫需要自己去发现，去培养，大志说不定是个好坯子。

《绿风》诗社成员基本上分两类，一类是有工作的单位青年，一类是无工作的社会青年。有工作的人都比较正统比较稳重，他们写诗学诗只是业余爱好，思想上不那么复杂，不那么混乱，而社会青年要么恃才自傲，要么狂妄自大，或者消极颓废玩世不恭，我见得多了。这个大志对我有好感，他曾以《绿风》诗社执行编委的名义，把我散乱地发在各种自办和地区刊物上的诗，全部收集起来，细细阅读后，写了一篇诗评《唯有果实是不朽的》。诗评写得很好，条分缕析，评点很到位。我暗自佩服，过后曾向他表示过感谢，但仅此而已。

信来信又去，从春到秋，书信上的称呼从“×××”到“××”到“亲爱的××”到“亲爱的×”再到“×”再到“我的×”，我的感觉从无到有，思念越来越强烈了。

学校放麦忙假时，我回到家乡。大志兴高采烈地迎接我，在他林场的单身宿舍，他笨拙地给我打荷包蛋。最后荷包蛋煮飞了，我胡乱吃了，也没尝出什么滋味。接连几天，早晨、黄昏，我们漫步在洛河滩，漫步在公路边，还有刚收获过的麦田里，谈读书谈写诗，讲自己的经历，还有向往和追求。末了，他都把我送到城东的亲戚家住宿。

我们漫无头绪地说了许多话，不期然，观点是那么一致，看法那么相近。但这些都是虚无的东西。假期过完，我要走了，该和大志谈点实质性的问题了。夕阳下，小树林，我问：

“你今年多大了？”

“23 岁。”

“你知道我多大吗？”

“知道，你 26 岁了。”

“你知道我没有工作吗？我现在只是代课，说不让干就不让干了。”

“知道。我不怕，我们林业上，只要评上助理工程师，就可以带家属。我可以把你从农村带出来。”

“嘁，你还带我哩。你知道我和黎民的事吗？”

“知道。”

“我喜欢他好多年，他对我的消极影响很难消除。”

“我知道，我不怕。”

“我现在在那边教书，咱们不在一起，你选择我，就是选择了离愁别绪，选择了颠沛流离，还有孤独思念。”

“我知道，我不怕。”

“你这个傻瓜，你什么都知道了，为什么还要找我？”

“我……我……我喜欢你啊，这就是一切。”

听着他傻乎乎的回答，我一时感动，忍不住流下眼泪。大志像做错了事的孩子，手足无措，却不敢给我擦泪。

我和大志恋爱后，暂时不想让外界知道。我想，如果诗社的人知道我和大志谈，会笑话我，说我一向自视清高，追不上黎民了，才去找一个小弟弟；而他的熟人若知道了，会笑话他找了一个“大姐大”，还没有工作。如果谁存心丢一个石头，大志心一动，我们的事说不定就黄了。再一个，不管从外观上，还是从精神气质上，我们都不像一对。大志细高瘦长，长胳膊长腿；而我却低矮、浑圆、壮实。他乐观向上，走路昂首阔步，毫无防范；我却心事重重，沉默忧郁。但大志不体察我心中的想法，到处招摇，给一个个朋友打招呼，好像他逢到了天大喜事，拣到了天大的便宜似的。

一次，他非要带我去见他最好的朋友建伟，拉着我的手，边走着还边哼唱“让我们踏上峰巅，去接近那蓝蓝的天”，这天我们玩得很愉快。但不知是我心思多，还是真是这样，我说我看见建伟脸上闪过一丝讥笑。大志说：“我怎么就没有发现呢？”我说：“因为你傻，只管高兴，哪里能觉察到？”我随之警告他，这是我们俩的事，与别人无关，不要到处招摇。但大志不同意，他说我多心。这是我们第一次闹不愉快。

黎民对我的影响是深重而久远的。他的悲观厌世，追求浪漫虚无，还有喜怒无常，都在我身上留下深刻烙印。偶然地，我会在最欢乐的时候突然哭泣，或者猛然想起什么而情绪一落千丈，让大志摸不着头脑。

大志是聪明的，他不直接说，总是不断用诗来劝慰和警醒我：“你

为何总是吃力地 / 仰视你的第一座大山 / 何不退后百步 / 端详荆棘小路如织的发难 / 谛听发自幽谷的咆哮 / 来自远山的呼唤 / 当你把桂冠看得不那么重的时候 / 桂冠已悄然戴在你头上”。“你独自在纸上涂抹太阳 / 你把韶光交给它 / 你总是忘情地给别人画窗子 / 却忘记留一扇给自己 / 你不相信有一个人 / 他把他的窗子向你洞开 / 紫罗兰的香魂不散 / 窗子不关”。

随着时间的推移，我和大志之间的距离逐渐缩短。大志的清新明快、乐观向上，还有工作生活有秩序，慢慢影响了我，我逐渐变得自信阳光，性格也稳定下来。熟悉了以后，大志才坦言，他是先看上我的字，我写的诗，然后才看上我这个人的。他说，一个女孩子能有那么刚健有力的字，性格一定不俗。他早已从我的诗里一点一点了解和体察我的心情、志向和追求，渐生爱意，一发而不可收。

春去秋来，大雁南飞。穿梭在黄河两岸的信使，把我们聚少离多的日子紧密连缀。半月，各自收到对方一封信，若是哪一次稍有延迟，我就会疑神疑鬼、惴惴不安。在享受爱情的甜蜜之时，我们也充分品尝了思念的痛苦。

秋忙假，我忙不迭地回到家乡。大志决定带我回他的故乡。我这个丑媳妇也得见公婆了。他的家在黄土塬上，深厚的黄土，皇天后土。延伸的丘陵，整块的地，一眼望不到边，土是沙壤土，粉状的，适宜各种庄稼生长。一望无际的田野，棉花、大豆、花生、绿旺旺，延伸到天边。农人头上都戴着羊肚手巾，风俗淳厚古朴。我忽然理解了大志，他的大气和傻气，都来自于黄土塬。它的厚重，它的宽阔，仿佛能承载起无边的苦痛，承担起深重的灾难。

桃林农家的土炕，都是七尺长五尺宽，还有拦炕沿。造这么大的炕，就是为了生养。男人娶回来一个媳妇，就是让她睡到这面大炕上，给这个家庭繁衍、生殖，生一窝娃娃，使一个家族繁荣昌盛。生养生养，庄稼还有人，在黄土地上生生不息。一切都厚重、大气。土布手巾，大红枣，蒸馍用大锅，人们说话的腔硬硬的，粗糙，绝不小巧玲珑。我忽然明白大志为什么喜欢我，一个从思想到行为都不合规范的女人。

成年以至于今天，我一直认为，许多城市男人之所以喜欢小女人，除了审美意义外，更多的是因为他们本身的孱弱。这样无论从视觉上，还是从心理上，以及身体健康等方面，他们才能显得强大一些。而大志他本身是强大的，他的心理素质特好，大方、大气、大度，他就不怕女人的强大。

和大志的恋爱，让我懂得了，爱情不仅仅是苦涩，它还有甜蜜，有快乐，而且快乐应该是爱情的主调。否则，我们为什么要孜孜矻矻地追求它呢？有了爱的滋润，我的眼睛变得黑亮黑亮，头发也特有光泽。有时我们像两只俏皮的小鹿，头羝着头，长久地互相对视。我看着他瞳仁里的我，他看着我瞳仁里的他，嘻嘻傻笑。只有两情相悦才是快乐的、正常的。我对自己以前的行为感到追悔。

随之，我的好事接踵而至。先是我考上了成人师范，迈向了成为一名国家干部的第一步。第二年暑假时，我没有离校，我在等成人师范的录取通知书。大志来信说，他要趁机请假来学校相聚。他准备从茅津渡过黄河，来到我教书的学校。信末他说，如果请下假就来，请不下假就再找机会，让我不要操心。但我却固执地认为，那个星期天，他一定要来，就借了一辆自行车，骑 20 多里路到黄河滩接他。

盛夏的黄河滩旷远渺茫，大河上空弥漫着一层热雾。一轮大太阳悬在当空，火辣辣地炙烤着大地。我穿着半袖衫坐在岸边等待我的恋人。风呼呼刮着，似乎不那么难受，但不久我的两条胳臂就开始火辣辣地疼。一拨一拨的人过尽了，眼也张望得有些累了，还是没有他。真是“过尽千帆皆不是，斜晖脉脉水悠悠。肠断白苹洲。”

大志的失约，让我烦躁。又过了十多天，学校都开学了，我的耐心达到极限，他才一个人悄没声地来了。天黑下来了，我窗户大开，看了一会书，就伏在桌上睡着了。猛然睁开眼，大志就笑盈盈地站在我面前。事先，我已让一个同事留下他房间的钥匙给大志住。我这时已考上了成人师范，学校已不给我安排教学任务了。白天，我们除了到伙房里吃饭，剩下的时间就是在一起聊过去未来、天上人间、童年故乡、风俗土物等。有时，我俩翻墙到外面田野上散步，秋天的长空洁净无尘，大红枣挂在枝头，令我心旌摇荡。夜里，我们坐在月亮地里，尽情地亲吻，我的心跳得快要窒息了。

头两个夜晚，大志都很老实地住到那个老师的房间里。第三个晚上，大志不去了，他要挤在我的小床上，还说一根扁担也能睡两个人呢。这是我们第一次亲密接触。一开始，我们都很别扭，两个人睡在床上，身子不敢接触，你背一只手，我背一只手，很难受。后来不知是谁先搂住了谁，只是搂住以后，就再也不愿放开了。在这中条山下的小镇中学，老师都是走读生，没有人干扰，我们地老天荒地爱着，尽情享受爱的欢愉。

我们开始阅读对方的身体，从上到下，从外到里。大志的裤腰开了缝，他让我给他缝。我的手抖着，缝不成。大志笑着鼓励说：“不要怕，扎住了也没事。”他的镇静感染了我，一刹那，我发现了这个男人的幽默。

一个午后，我伏在大志胸前，悄声说：“现在，我整个的人都是你的了，你想什么时候拿走都可以。”大志更紧地搂住我。但是，他并没有拿走。过后，他说当时还没有足够的心理准备要对一个女人的一辈子负责。我们如胶似漆地在一起了一周，离别时，两人都恋恋不舍，分别后，又想得死去活来。大志给我寄信，不惜代价，两毛钱的邮票他贴了4张，他要挂号，他怕信丢失。我又写信指责他的傻气。

我和大志的恋爱是平等的、双向的、同步的，我们一起生长，一起成熟，一起学习探索性爱知识。我想，就是他了，即使这个男人有一千条缺点，我也要嫁给他。

这年的国庆节，我和大志在林场幽静的房间里，又开始乐此不疲的游戏。我们把门锁紧，窗户也用黑布蒙上。一个同事来敲门，我们屏息静气，大气不敢出一声。

这一夜，大志拿走了我保持26年的处女贞操。一开始，我笑嘻嘻的，没有在意，但大志的脸在逐渐扭曲、变形，我有些恐惧，还有些兴奋莫名。我知道，今夜，我在劫难逃。只听见一声闷哑的“嘭”地裂帛一样的声音，我在心里说“完了”。

第二天，大志早早起来做饭。他按住我说：“今天，你不用起来，看我的。”大志一边哼着小曲，一边做早餐。一整天他都高兴得难以抑制。他说，现在，他拥有一个完整的女人了，他是一个真正的男人了。

紧张快乐的师范学校生活，使我暂时忘了那一幕。然而两个月后，大志却撵到了学校。我心里就有点不高兴，这个尝到甜头的“小公狗”！

男人怎么都这样呢？不高尚，不高雅。我带他去看望了姑姑。大雪纷飞，大志拉我在姑姑给他安排的房间里亲热，我感到很尴尬。没办法，我跟学校请假，我们赶到风陵渡住了两夜。从此，风陵渡，这个一脚踏三省的交界地，就留下了我们的印迹。

在性爱上，男人永远是主动者。大志一方面在我的身体里探索，一边给我讲了许多粗话、酸故事，开启我的心智。他慢慢地把我处女的羞怯颠覆殆尽。他把在山上林区工友那里听来的段子都说给我听，这让我又认识了男人的另一面。从骨子里来说，大部分男人都是“流氓成性”的。他们爱一个女人，首先想到床。有人说，女人把爱放在心上，男人把爱放在床上。还有，一个 20 岁男人的经历和见识要比一个 30 岁女人的更丰富、更全面。

经过一年多的恋爱，又一个秋天来临的时候，我们终于步入婚姻的殿堂，光明正大地住在一起。婚后，回到他的故乡桃林，婆婆也给我们做了七尺长的大床，纳了很厚的被子，被子四角缀有核桃、枣。意思是早生贵子、多生贵子。可惜，因为计划生育，我只给他们家生了一个崽子。

婚后，大志的身体和思想都迅速成长。他逐渐成了我的主心骨，年龄的差距也不复显现。在性爱上，我觉得大志应该评劳模。他像一张勤奋的犁铧，辛勤地耕耘着广阔的土地。每一次，大志总是得意地说：“怎么样？没有叫你受委屈吧？”我只好承认，你厉害。

转正，调动，奔波，劳碌，经历无数的折腾，我们终于调到一起。之后，我们白手起家，单枪匹马打天下，一切从头开始，步入平庸的婚姻生活，建设小小的家。

大志是宽容的，他的性格具有很强的包容性，就像他故乡的黄土塬一样。以后不管我是下乡、调动，还是写作，他从来持鼓励态度。他总是开玩笑地说：“我对你实行开放式管理。”还经常开玩笑说：“我当年找你是‘风投’啊。”每当我在感情上心有旁骛，大志都像如来佛望着孙悟空一样，他知道我跳不出他的手心。时常，我向他倾诉单位同事之间的纠葛、工作上的烦恼、心理上的矛盾时，他总是说：“小菜一碟！小事一桩！”或者“松得像裤裆一样！”总之，他能给你壮胆，让你觉得世上没有什么好怕的。

谨以此文纪念 20 世纪 80 年代那场青涩的恋爱。

4. 远方那道紫蓝紫蓝的岚烟

45 度仰角。深蓝色西服。红色的衬衣掖在裤腰里，露出皮带的金属扣环，一闪一闪，时隐时现。西服的下摆，随意飘荡在扁平的腹肌上，显示出潇洒和力度，还有居高临下的自如——每一个站在讲台上眉飞色舞的男老师，都会对台下的女学生构成一种致命的诱惑。何况，他，那么年轻，才华横溢，风度翩翩。何况，我，一个资深“女文青”，外表平凡，内心浪漫。

C 城师范学校设在一条公路边，距县城 30 里，周围是田野、村庄和树木，环境幽静，视野开阔。远处的中条山像一条长长的手臂从东到西护卫着大半个县，黄河从“鸡鸣三省”的风陵渡铁路大桥拐过弯来后，由西向东绕县环流而过。从西南向东北，整个地貌由低到高，滩、塬、台、沟、山五形俱备，气象万千。

盛夏和深秋，早、中、晚，不同的时间里，站在校园里眺望远处的中条山，一层岚烟缥缈其上，紫蓝、苍青、深黛、褐灰，不断变幻着斑斓的色彩，让人生发出无垠的想象。朗朗晴空下，中条山上面高高低低的峰峦，错落有致，如削如染。宋代词人柳永在一首《满江红》里描写道：“山如削，波似染。”这里只需把“波”改成“川”就行了。冬天，从黄河滩上刮来的风，吹着尖哨，打着旋儿，把校园后面斑驳的土墙打得“扑嗖嗖”“哗啦啦”，墙土直落，给人一种苍凉幽古之感。你会觉得这场风是从春天就开始刮起的，一直刮到现在，故有“一年四季一场风”之说。

二十世纪八十年代，有两年时间，我就是在这里度过的。

1987 年 10 月 1 日国庆节，我和大志在一番苦恋之后，终于迈进婚姻的殿堂。结婚后一回到学校，我就发现班主任换了，由那个稳重老成的王老师换成了年轻英俊的任明。

任明二十四五岁的年纪，刚从省教育学院毕业。他中等个头，头发黑亮，眼睛细长，讲课时眉梢上扬，一举手，一投足，都洋溢着无限风情。他的到来，立刻把班级风气弄得十分活跃。而我，第一次看见他，就在心里震了一下。

我们班 20 多个女生，性格各个不同，有的聪明，有的愚鲁，有的内敛，有的外向，但她们都喜欢这个班主任。这从她们忽然爱上语文课，从她们背后嘁嘁喳喳的议论声中，还有脸上那种窃窃的、喜悦的表情，都可以看出来。

女生们有的积极参加各种文体活动，表演节目，参加普通话大赛；有的精心打扮，描眉画眼，或者聚在一起高声喧哗，“咯咯咯”“嘎嘎嘎”，有意无意展示各种媚姿，以引起他的注意。细想这是很可以理解的，但我有我自己的方式。

任明是中文系毕业，他教我们古典文学。在家时我已生吞活剥地读了不少古文，包括《古诗源》，包括《楚辞》。课堂是老师的天地，他的知识、才情、风貌，都在这里得到了充分的展示。任明讲课时神采飞扬，板书也极漂亮。我喜欢听他用很好听的、抑扬顿挫的本地口音朗读课文，“关关雎鸠，在河之洲。窈窕淑女，君子好逑。”“两家求合葬，合葬华山傍。东西植松柏，左右种梧桐。枝枝相覆盖，叶叶相交通。中有双飞鸟，自名为鸳鸯，仰头相向鸣，夜夜达五更……”课堂上，他给我们讲古诗词，讲元曲，讲杜丽娘和柳梦梅。有的同学趴在课桌上睡着了，有的呆若木鸡、面无表情。只有我听得心领神会，心思飞扬。在这种讲与学的互动中，我们产生了深深的共鸣。

任明性格开朗，脾气好，他关心学生，热心助人，课上课下，都是一副笑嘻嘻的模样，让我无端地想起《诗经》里的那个“氓”。熟悉了以后，我曾对他说：“你像那个抱布贸丝的‘氓’。”他说：“胡说！我怎么能是那个‘氓’呢？我骗过你吗？”我说：“你对哪个女生都好，无原则，无立场。”他又说：“胡说！那不一样，志趣，懂吗？这才是最重要的。”我常常学他说话，他把“说”念成“雪”，他也笑话我的河南腔。“中”是河南人的标配，为了改掉这个“中”，我就费了很大劲。每逢要说“中”时，我赶忙用“行”“可以”代替。

任明订有《小说月刊》和《文学评论》，我有时也去借杂志看，间或谈论一下文学。在这种有一搭没一搭的谈论中，我们有了更多的共识。

然而有谁知道，在这副笑嘻嘻的面孔背后，隐藏着巨大的希腊式的悲剧。在他很小的时候，母亲就去世了。他和父亲、弟弟过着凄苦的日子。20 岁那年，他遵从父命，娶了一个农村姑娘。妻子很能干，很贤惠，只是他们不在一个层次上。如果说妻子是《朝阳沟》，那他就是《卡萨布兰卡》。他们本不应该结合，但他们却结合了，并生下一儿一女。他成全了家庭，而选择放逐自己的灵魂。望着课堂上神采飞扬的任明，我总在想，他那样生动，那样多彩，和妻子在一起都讲些什么话呢？我能体会到他的无奈，他的寻寻觅觅、期期艾艾。

师范学校的生活是枯燥的。新婚燕尔，劳燕分飞，我一个人在他乡，心情凄苦。对大志的思念和对任明的依恋交叉进行，难解难分。我分不清哪一种感觉更强烈。

大志是需要我在未来的岁月里慢慢品尝的，而任明却是现成的，近在眼前。晚上，学校经常停电。我坐在第二排，任明总是拿着一根蜡烛到我这里点着，然后放在堂桌上。他距离我如此之近，那优美的头颅，那一双颀长的男人的手，我想象着握住这双手的感觉，抱住这颗头颅的感觉，该多么美妙。然而我不能。

我喜欢老师，但我不能显露，否则排山倒海的流言蜚语就可能把我湮没。一个人痛苦万分时，我就来到野外。我想起夏天的太阳落山后，大地上绚丽壮观的景色。我捧着一本《简·爱》走到小树林，一直坐到第二节晚自习结束才回去。西边的天空还残剩一片可爱的、空灵的橘黄，晚风习习。远山浓墨重彩好似染就一般，一层深似一层，又像刀剥般显明，棱角突出。

女生寝室的前窗，刚好对着老师住房的后窗。每个晚上，他房间灯亮的时候，我都很高兴。我就知道他人在，正在改作业，或者在备课，或者在和别人聊天。这时候，我多么想找个理由，进去和他说说话啊。但每次我都没有去。如果哪天晚上，他房间的灯没有亮，我就很灰心，郁郁寡欢，无趣睡下。每次从他房间路过，我都拿出很大勇气，想进去坐一坐，而最终都没有去。我的眼睛瞟着他房间的门，我希望门是开着的，同时又希望门是关着的；我希望里面没有人，同时又希望里面坐满了人。

对于任明的感情，千折百回，让我想了很多。我知道这种喜欢是绝望的，没有用的。但我还是寻寻觅觅，有意无意地想得到某种佐证。当我从他的眼睛里，看出他对我也有一种真诚的喜欢，我是欣慰且痛苦的。

我们不能在一起，不能随便说话。我们只能用眼睛交流，用诗歌交流。我在痛苦的辗转中，写了一首《有赠》，然后又用很大的勇气，送给他：

我独自苦吟着走向黄昏 / 那一天为何要遇见你 / 路边的梧桐远远地站立 / 空气平和而又温馨 / 只有风儿在悄悄传递 / 一种信息 / 一种默契 / 一种淡淡的忧郁 / 我独自苦吟着走向黄昏 / 那一天为何要遇见你 / 不再平静的心，是为你 / 火的热情 / 风的性格，抑或是你 / 男子汉的长身玉立？ / 我独自苦吟着走向黄昏，那一天为何要遇见你？

我还抄了一首青年诗人苏历铭的诗——《全部》赠予他：

全部的意义不在于瞬间的欢愉 / 而在于从今往后的所有时间 / 在于一遍遍地由心底轻唤你的名字 / 一遍遍更新生活的每一个细节 / 一遍遍热望你能在我最孤独的时刻 / 把手轻抚我的肩头 / 我会如最初一样握着你的手 / 绕过栅栏 / 绕过迟暮的丘陵地带 / 与你在向阳的绿色坡道上 / 走在我们永远不会衰老的风景里 / 全部的阳光都凝聚在你亮色的额际 / 亘古的天空蔚蓝得如你一样的纯洁 / 我是其中的一片云 / 一座

山，甚至是守候在丛林中的一株雪松 / 我知道你已经懂得 / 全部的爱情不在融化为水 / 而在于流动 / 在于我们变成一条 / 由内陆到海洋的 / 不朽的河流。

任明通晓古典文学，他不擅长写现代诗。但毕业时，他却写了一首白话诗《两棵树》，让我“指正”：

一棵树望着另一棵树 / 中间是发呆的田野 / 暴风雪过去之后 / 本来枯萎的树 / 还有不甚绿的田野 / 一片银白。皜色是世界 / 纯洁是大地 / 雪总要消匿 / 两棵旷野上的树啊 / 有时不免各自叹息。一棵树永望着另一棵树 / 中间是冰雪消融后的泥泞 / 还有猛兽和朔风 / 两棵树永远不会呆死 / 枝叶必定互相沟通。

我能感觉到他对我这个异乡人的关心，不同于对待别人的那种。我们在一起时很兴奋、很欢喜，我们一起读乔治·桑的《我与肖邦》，一起唱《在水一方》，“绿草苍苍，白雾茫茫。有位佳人，在水一方。”然而谁是佳人，我还是他？都不是，是那种境界，那种无奈。

任明的气质是城市和乡村的结合，是理想与现实的凝聚，大雅大俗。日常生活中，他活泼开朗，热心助人，很容易让人接近。而在理想的世界里，他又是灵动的、多彩的。

在我身上，一方面是追求理想，追求爱与美，诗歌与文学，另一方面又很现实很世俗，我渴望被世俗所承认，渴望获得世俗意义上的成功，荣华富贵，大红大紫。而在这两个方面的交叉点上，任明与我很契合。他很聪明，善于把握一切机会，不论在现实社会还是在理想世界里都是成功的、引人注目的。

毕业时，我送他一本日记本，装作很大气的样子，在扉页题上郑玲的诗：“友谊是人间最没有樊篱的感情，它像阳光与草原的结合，一样自由，一样美丽。”但其实我根本做不到。

我渴望和他在一起，但我又不能。想他的时候，我常常是一个人来到野外。我是如此熟稔夏天的中条山，它像烙印一样烙在我心上，时常让我火烧火燎。它像一个深紫湛蓝、五彩闪烁、虚幻美丽的梦，我做过的无数美好的梦中的一个。灿烂的夕阳落下后，那美丽的梦被点燃了。橘黄的天空和湛蓝的山峰交相辉映，那是人间最壮观的美景。中条山，中条山，你昂然屹立在黄河之边，看似和我毫不相干，却是我命运的见证人。你如削如染，风姿绰约，让我呆望，让我痴迷于遐思冥想。

有几个星期天，同学们都走了，只剩我们在学校。可以说，外界没有任何障碍，但我总是在关键时刻退却。我总觉得那是一块敏感又惊心动魄的领域，苟安的我不敢去触碰。我宁愿在内心把自己折磨得一丝两气。在这方面，我就像那个偏安一隅的南宋小朝廷。

我对任明的感情是和这块土地紧紧联系在一起的。一踏上这块黄土塬，我就有一种火烧火燎的感觉。那时，县城有家“苗苗扯面馆”，每次过了河，我又饥又渴，吃上这样一碗充满乡土味的扯面，是何等的滋润；还有那种尖角酥油饼，有一次任明从市里回来，路过我教书的学校来看我，我就用这种酥油饼招待他；还有大禹渡的千年古柏，那山，那水，那人，深沟高岸，长河落日，还有河边那招摇的水草，都触动我无尽的思绪。

我常想，我和任明，这是一种什么关系呢？师生？朋友？恋人？都不是，但又这样牵挂着，思念着，想着，一生一世，从少年到白头。

它就像远方那一道紫蓝紫蓝的岚烟，你说它不存在吧，它却时时横亘在你心里，让你昼夜牵挂；你说它存在吧，它却缥缥缈缈，看不见，也捉不住。

一次，我带着丈夫还有儿子去看他。他也带着他的妻，还有女儿。梦中多少次，眼前才是真啊。眼前这个人，我多想上前轻轻亲吻他，那张让我日思夜想的脸，那双生动的眼睛，还有颀长的手。然而，儿子、女儿都坐在身旁。我努力抑制住自己的感情，抑制住内心的冲动，平静地坐着。瞬间，我的心跃过了千沟万壑。

每次见面，他都要请我吃饭，但每次我都是心不在焉。再好的饭，我也觉得无味。我的心思不知在何处飘着，游荡着，觉得时间是那么短，如此就过去了。它总在人心里飘着、游荡着，永远不会消失，又永远找不到，就像那飘荡在中条山上紫蓝紫蓝的岚烟。

5. 第 84 封情书

2016 年，微信开始风靡。3 月的一天，我学会了发微信。我记得很清楚，这天下午，我用刚买的红米手机给夫发了一条微信：晚上请按时回来吃饭。5 秒后，我收到他的回复：好的，一定。这种手指间的即刻传递，让我有一刻钟的迷蒙。我想起 30 年前，也是一个春天，我收到他的第一封求爱信。他说他在忐忑不安的等待中煎熬了 15 天，才得到我的回复。随后我询问他安全的消息，也是 15 天以后才得知。

手机、互联网，30 年前人们做梦也不会想到的东西，现在已经成为我们生活中不可或缺的一部分。未来人们还会发明什么更神奇的传播工具呢？我猜测不出。但我还是忘不掉“我手写我心”靠写信交流感情、传递信息的“信时代”，忘不了期期艾艾、幽幽怨怨的“牛郎织女”般的生活。

其时，我正在黄河北岸一个叫岭根的小镇上教书。说是小镇，其实只有一条土街。乡政府大院对面有一个大戏台，戏台旁边有一个供销社的门市部。一条公路从中条山上蜿蜒而下，在这里和土街形成一个“丁”字路口，每天有班车在这里停靠一下，就是车站了。这些都不重要，重要的是丁字路的西边，有一个小小的邮电所。

据说邮电所是在我来的前一年才设立的，由两间小平房组成，前面是一间业务室，办理信件、包裹、电报等业务，后面是一间工作人员的住室，再后面还有一个小院。多少年过去，我还记得业务员是一对夫妻，那个胖乎乎的中年妇女，名字叫朵朵。每次我去送信，朵朵都笑嘻嘻地说：“又写信啦，放这儿吧，没问题，今天就能发走。”

我那时刚开始异地恋。这个小镇上的邮电所，就成了我和恋人之间联系的桥梁和纽带，成了我通往外面世界的唯一窗口。

我俩约定，收到对方的信要立即回信。这样信写了发出去，在路上要走七天。他回信后再走七天到我手中。也就是说，我们每半个月收到对方一封信。我月圆之夜的思念，他要到初一才知晓。而他初一的喜怒哀乐，我要到十五才能体会到。当然，这是指正常情况下。若是收到信没有及时回复，或者他出差了、下乡了，或者我进城了、去培训了，或者邮局哪个环节出了差错，这样收到信的时间会更长。

他曾对我分析说，邮路之所以这样漫长，是分属于两省并且隔着黄河的缘故。比如他写信投出去以后，信要从本县发到本市，从本市再发到河南省会郑州，从河南省会郑州再发到山西省会太原，然后从太原再到市，市再到这里的县，县再到这里的小镇。

现在看来，两地直线距离不到200里，自驾的话，车程不过两个小时，但在那时却极不方便。我每次来回，不管走水路还是陆路，都要一整天，还要起五更打黄昏。路上没有固定的车、船，顺利与否全凭运气。有一次，我放假回家，一天坐了六种运输工具，分别是自行车、拖拉机、机帆船、小蹦蹦车、货车，最后是班车。

漫漫邮路，把人的思念拉长再拉长，把人的耐心锤炼再锤炼，就像一首歌里唱的，“我的心在等待，永远在等待”。

学校是乡镇中学，距离街上还有三里路程。校园很空旷，土围墙外面就是庄稼、苹果园，还有枣树。围墙有许多豁口，都是学生或村里人翻墙形成的。有时候我不想走正门，就翻墙过去，走过坑坑洼洼的小路，路过高高低低的房舍，走到公路北边的邮电所去送信。

星期天，老师和学生都回家了，空旷的校园只剩下我一个人。我静静地坐在斗室内，给恋人写信。一段时期的心情，读书的感悟，大自然的朝晖夕阴，都是写信的内容。

从信寄出的那一刻起，心里便多了一种期待。每天下午四点，我都会跑到学校的收发室问一下，有没有我的信。有时候信意外地来早了，我就高兴得喜不自禁，迫不及待地跑回住室，关上门窗，一个人独享这份美好。要是到时候信还没来，我就心神不宁、胡思乱想。学校收发室没有，我就跑到邮电所去追问，直到收到信，心才安生下来。

最初两个人写信，像打太极一样，你来我往，迂回曲折。童年啊，故乡啊，人生啊，理想啊，还有诗歌。那时全民写诗，诗人就是青年人心中的神。他在信里大谈他喜欢的诗人，艾青、流沙河、周涛、杨牧，还有女诗人郑玲、舒婷、梅绍静、马丽华等。诗人们有了什么新作，他都第一时间知道并抄写引用。接到他的来信，我也很高兴，除了诗，就和他谈这里的山川地貌，“中条山下，黄河岸边”；以及天气，早、中、晚不同时间里，我站在校园里，眺望远处的中条山千变万化的景象；还有春天来了，我“走在金黄的菜花田里，让金黄的花粉敷了我一头一脸”。等到关系确定了，我们才慢慢敞开心扉，直抒胸臆。

寒冷的冬夜，从黄河滩上刮来的风，吹着尖厉的呼哨，打着旋儿，把校园后面斑驳的土墙打得“扑嗖嗖”“哗啦啦”，墙土直落。我坐在斗室内，给他写信，在纸上给他唱《望星空》《十五的月亮》。他则用马丽华《我的太阳》鼓励我：“让目光翻越那山 / 迎迓日出 / 为东方的草原 / 镶好了绯色滚边 / 就要踩着红地毯来了么 / 那宇宙与我共有的 / 永恒的灯 /……/ 心为之激动又复归宁静 / 爱因之升华后更加深沉 /……/ 从未相许的是我的太阳 / 永不失约的是我的太阳。”那高昂悲壮的格调，使我暂时忘掉眼前的寒冷、寂寞以及困苦。他还用马丽华的诗句“哦，兄弟，我们这一群是中国最后一代浪漫主义诗人”来自诩。

有一次，我 20 多天没有收到他的信。我坐立不安，一天两次到门房探问，但总是没有。我又到邮电所问，还是没有。正在这时，中央电视台播送了一条消息，说河南豫西境内发生特大交通事故，310 国道一辆大客车翻到深沟里去了，死了 40 多人。上封信里他曾说，他最近要去市里开林业现场会。莫非他就坐在这趟车上？说不定他已经出事了？我越想越怕，越怕越想，同事见状提醒我，赶紧发个电报问问啊。我就发了个电报过去，然而三天过去了，电报也不见回。我又几次三番跑到邮电所去问，一向脾气很好的朵朵也烦了，说：“没有嘛，没有嘛，有消息我能不赶快给你送去？”等不来电报，我越发认定他出事了。我沉浸在自己假想的悲剧中，痛不欲生。天色渐渐暗下来，又一个白天就要过去了。我躺在床上有气无力，这时同事从街上捎回一封电报，上写“平安无事”。看着电报，我喜极而泣，一下子来了精神。随后他来信说，他搞森林普查去了，钻进深山老林里，写不成信，也看不到电报。信中还摘录南阳诗人陈峻峰的诗句“深山里没有邮局/没有邮局就没有邮局吧”。

那时发电报一个字是七分钱，挺贵的，一般都是尽量减少字数。但名字地址总得有，只好把说事情的字数减到最少。

经常写信，邮票也是一笔不小的开支。最初一张邮票是八分钱，后来涨到两角。一封平信要贴两角邮票，挂号信通常是四角。一般的信纸写上七页，正好，若超过七页就超重了，就要多贴一张邮票。为节约邮票，我有时也在信纸反面写字。

有一次，我弄到两本文学名著，《红与黑》与《忏悔录》。看了以后，我把书邮去让他看，他看了以后又写了一大篇读后感并邮来给我。这次的信，不但超重，还挂号，结果一下子贴了4张两毛钱的邮票。我觉得他很傻，又写信数落他。

在这荒原上的小镇，写信成了一种最自由的创作。在雪白的信纸上，我们信马由缰地表达自己的爱恨情仇。通过写信，自己把紊乱的思绪整理成章，同时也是一种很好的文笔锻炼。还有，恋人之间那种令人脸红耳热的情话，如果面对面，很难开口，但写在纸上，就顺利了。

2016年春天，我俩驾车前去造访岭根。小镇比三十年前更荒凉了。乡政府已在十年前的撤乡并镇中被取消了，学校也被裁掉了，偌大的校舍成了某个工厂的厂房。那个邮电所还在，只是在原址上盖了新房，名字也由“中国邮政”换成了“中国联通”。我站在门边照了一张相片，怅然若失。

来岭根两年后，我到成人师范上学，同样是在一个小镇，小镇上同样也有一个邮电所。但这次我不是一个人写信盼信，而是一群人。

班里20多个女生，有的结婚了，大部分正在谈恋爱。她们的未婚夫有的在军营，有的在外地工作。每天一下课，大家三三两两跑到学校大门口的收发室去看信。学生的信，有时是交给班主任，由班主任再交到每个人手里；有时门卫也把信放在桌子上，或者外面窗台上，让大家自由取。

寝室里谁的对象来信了，大家都跟着高兴，让她给大家买糖块、瓜子和花生吃，哄哄嚷嚷，这一天就像过节一样。

但女伴们的信都少，也没有我的信长。班里最小的一个女生小美，18岁，天真活泼。有一次她说，我的信像树叶一样稠。她不明白我们每封信都七八页、十来页，密密麻麻都说些啥，因此很好奇。她说她写信老是没啥可说的，就要求看我的信，说向我学习写信。看她很真诚的样子，我有时也把信给她看。一天午后，我几次去门岗看信都没有，心里犹豫不决，正准备和女友到街上去发信，走出教室，忽见班主任手上拿着我的信，我高兴之极。但女友却死拉硬拽地让我和她到街上去。等我回来时，信早已让小美取走，并拆开先睹为快了。我心里很不爽，但又没法恼。

又有一次，是个冬日的下午，门岗告诉我，有我一封信。等我做完功课去取时，信却不翼而飞。我以为门岗看花了眼，他却很肯定地说："有，绝对有，我看得清清楚楚。"回到教室，我问遍了所有女生，还说，谁把信拿出来，给她买好吃的。但她们都说没看见，不像开玩笑的样子。我绝望了。好不容易盼来了恋人的信，却丢失了。我的心情恶劣到极点，千头万绪涌上心头。距家遥远，漂泊在外，远离亲人，一无所盼，好不容易等到来信，又遭这样的打击。我坐在教室里，忍不住嘤嘤哭泣。

一天过去了，没有消息，两天过去了，也没有人承认。无奈我又给他写一封信，说明情况，让他再回信时把这封信补寄过来。谁知这天晚上睡觉时，我却在枕头下发现了那封丢失的信。信纸已被揉得皱皱巴巴，但一页不少。可能是拿走我信的人，看我真心痛苦的样子，良心发现，偷偷送回来的吧。信失而复得，我不由得又高兴起来，顾不上埋怨偷信人。

现在看来，恋爱中人说的话，有时就像高烧中的呓语，有时就是自说自话，一结婚都原形毕露了。从初恋到热恋再到谈婚论嫁，我们不断对自己提出新要求，建立高尚的人格理想，学习爱的艺术，不做语言的巨人、行动的矮子，还制定了详细规划，第一年怎么怎么，第二年怎么怎么。现在看来那些都是笑谈，但那时却是真诚的。

在我急切地渴盼他的信的同时，他也在急切地盼望着我的信，甚至更迫切："昨天雨后的黄昏，传达室那位和蔼的老头把你的信递到我的手中，我故作神秘地掩饰着自己的喜悦，一溜疾步来到洛河滩的杨树林里。我对着未拆开的信封，看着你娟秀的笔迹，像是对你说，对不起，稍等片刻，让我调整一下呼吸，让我用几秒钟时间想象一下你要告诉我什么。""昨天中午一下车，一进场门，我第一件事就是取你的信，读你的信。今早提笔铺纸给你写信时是读第四遍了。第三遍是昨天下午我独自一人去洛河滩畅游后读的。雨后的河水有一丝凉，但分明身心溶在盛夏的氛围里。那河面辽阔，那河水柔情，我赤身裸体躺在温热的沙滩上，墨绿的岸，墨绿的山，蓝色的水，蓝色的天，我枕着清悠而执着的涛声，闭着眼睛接受阳光的沐浴，太阳风的柔指抚摸着我的全身，惬意极了。”

那时我们都很穷，记得那一年物价飞涨，白糖由0.8元一斤涨到1.3元一斤，我都舍不得吃。那时他一个月工资50多元，还要抽出五分之一来资助我的学业，然而我们讨论的话题却很豪迈，很“高大上”。他在信中说：“对于人生，我是抱着天生我才必有用的自信的。孟子说，鱼，我所欲也，熊掌，亦我所欲也。二者不可得兼，舍鱼而取熊掌也。对于爱情，我这样认为，真诚的爱就是在你思念那个人的时候，自己的人格升华了，并且心中的情爱燃着不息的火，要能一生从那个人身上获得喜悦、感动和勇气。对于爱情，我有自己的憧憬，那就是忠贞不渝，新美如画。对于友谊，我也有自己的看法，应该广交不同层次的朋友，或年龄相仿或忘年之交，但决不交酒肉朋友，就是宁缺毋滥。”

除了谈情说爱，我们还指点江山，激扬文字，我们一起读刘再复的《性格组合论》、戈扬主编的《新观察》，还有六集电视剧《河殇》的解说词，并为之热血沸腾。

最初考上这所师范学校，我想得很美好，心想把功课捎带学了，剩余时间可以用来大量读书，从事自己喜欢的创作。谁知进校后，第一年就开设了十一门课程，每天要听老师讲六节课，早上两节，中午四节。为了赶进度，每个老师都是见缝插针地满堂灌。作业堆成山，不做吧，要应付考试，将来还要转正；做吧，实在克制不住自己的厌倦。20多岁的人了，还在做中学生的事。这时他就写信鼓励我，让我尽最大努力学好各门功课，在班里争取名次，还让我注意学习方法，一是课前预习，二是课后复习，同时抓住课堂45分钟，集中精力听讲，弄清概念等。他还用诗句鼓励我："如果大自然为我们准备了如约的花期，我们一定要当仁不让地开放。"在他的鼓励下，我过关斩将，最后以第九名的成绩顺利转正。

每当在学习上遇到挫折、和环境产生深刻矛盾时，每当内心充满困惑、一丝倦意袭上心来时，我就想把内心的烦恼和困惑都向他倾诉："今晚又是周末，寝室只剩下小美和另一个女生，我借着蜡烛的光给你写信。你此刻在干些什么？望着清冷的弯月挂在树梢，想象着两个孤单的身影，不能不使人生发出几分苍凉之感。真可谓'几家欢乐团圆聚，几家飘零在外头。'在这凋零的季节，在这寒冷的夜晚，只有想起你，才使我感到温暖，感到踏实和希望。相形之下，这冰冷的宿舍，这充满冰凉气息的教室、作业本、教科书，都是多么可厌啊。"

大集体生活热热闹闹，却没有自己的私人空间，连写个信都是慌慌张张。我总是在课间或者大家催促关灯的叫喊声中匆匆画上最后一个标点。有时也不是没有时间，但那种美好的气氛和美好的心境总是被人破坏。有时候实在找不到宁静的场所，我就拿上纸笔，跑到操场边，或者坐在田野里写信。5月的早晨，天气晴朗，麦穗轻扬。望着西边如黛的群山，一抹岚烟轻绕，说不出的生动、美好。那灿烂的朝霞，隐隐的青山，习习的清风，都润泽着我的心。这时写出的信就诗意盎然，充满喜悦之情。如果心情不好，写的信也潦潦草草。

"在水一方情如故，离愁别绪终有期。"信写到第84封时，我们终于调到一起，结束了两地分居。

这些20世纪80年代的情书，现在看来宛如鸡肋，食之无味，弃之可惜。几次搬家，我都想把它们处理掉。夫却说：“你呀，没有一点收藏意识。你想，你现在手里要是握有许多封 100 年前人的情书，该有多大价值？咱这些信呀，不能扔，保存到 100 年以后，能值好多钱呢！”我说：“想得美，你又不是什么名人！”

致　家　乡

1. 清明偶书

我 40 岁以前对老家没有印象，即使有一点，也是从别人那里听来的，难以复原成一个囫囵的梦。那时的老家对于我，似乎蒙着层层的禁忌和神秘，还有躲避。从我 40 岁往后数，连续几年，我回了几次老家。在这不断的探访中，我对老家逐渐有了一些认识。它像刻在竹简残片上的文字，虽然是片断但却令人印象深刻。

人总要为自己的懒惰寻找一个理由，比如忙啊，比如不方便啊。其实我在单位并不忙。一年 365 天，我有许多时光都是在闲散中度过的。但对于回老家，我总觉得找不到一个回去的理由。这几年，父亲的年事已高，对老家的渴念愈深。每年清明节，他都想回去上坟。陪伴父亲，成了我义不容辞的责任。父亲总是说，今年回，明年还不知能不能回。我这才有了紧迫感，觉得回老家，也得像抢救历史文物一样。

其实老家并不远。从县城出发，小车在光滑的柏油路上奔驰半个多小时，就到了我老家的村口。老家的村子被两条河流环绕在一个三角洲式的高地上，背靠大山。两条河的河水欢快地流动，河水不急，用“悠悠”足以说明它的灵动与清澈。河边长满高大的杨树、柳树，河水后面是山，这山是一座一座的，忽起忽立的孤山，然后又连绵起来，形成一种磅礴的气势。就像人们说的，我老家风水很好。近乡情更怯，每次走近老家，我心里就产生一种说不出是神秘、陌生、新奇，还是忧伤、痛惜的感觉。反正那感觉很深很沉。

这是清明节的前五天。回家的主要议程是上坟。我们在村里吃了饭，叫上二哥，就朝坟地出发了。老坟在鲁家咀，离村子有20里路，属另一条沟。天气不冷也不热，河川里氤氤氲氲，罩着一层朦胧。阳光像经过茶色玻璃滤过一样，宁静、安详、舒缓。一川碧水，水边长满高大的杨树、柳树，有森森的凉意扑来。车在河边慢慢走过，父亲指着一块大石头说，他小时候老在这里钓鱼。有一次，城里的炮火响得连天，逃到这里的陕州专员的大小姐，还一个劲让父亲给她钓鱼。父亲带上她，钓了半洗脸盆的鱼拿回家，正准备拿面掺了炸着吃。忽然，大人们让赶快跑，说日本人来了。大家就慌慌忙忙跑到后山，结果鱼也没有吃上。父亲说，这河里还有老鳖、螃蟹。父亲小时候经常和一群小孩子整天泡在河水里，捞鱼、摸螃蟹。车从山根过，父亲又指着半山上说，你看那是寨墙。小时候，一遇到刀客来抢、两军打仗，村里的人就赶快上到寨上，关闭寨门，一躲就是好多天。父亲还指着药王庙那道山梁说，那时山上的狼虫虎豹很多，有一次赶庙会，一只豹子从南泥糊方向跑过来。镇上一群人连忙四面包抄，豹子被驱赶到药王庙下的山坳里。“嘣嘣嘣”一阵枪响，豹子被打得奄奄一息。一个性急的小伙子就冲上去。谁知将死的豹子一跃而起，一口吞下小伙子的脑袋，摇啊摇。下面的人急得大喊，又不敢打枪。直等得豹子力气用尽，倒地而亡，人们才七手八脚把小伙子从豹子嘴里弄出来，抬下山。他养了一个月伤，最后还是因惊吓而死。

老家是不兴女人上坟的，我也不知道爷爷是否同意我来给他上坟，我就随父亲来了。虽然我对老家没有多少概念，但就像你长久地思念一个人、一个地方，虽然没有机会相见，但神交已久，梦里已多次和他对话，所以一见面就很亲切、很熟稔一样，来到老坟，我就有一种“这是我们家”的感觉，丝毫没有生疏感。

埋在这里的只有爷爷和三叔。六十年过去了，他们的尸骨早已化作泥土，长成树，被砍掉，又长成树。现在这坟上只有一棵刺槐和一棵油松。我们就在坟上的树枝上缠绕白纸条，风立刻把它们吹得招展起来。我和父亲扎纸条，妹妹上香，还点了两支烟，把两个桔子、两盒酸奶献上，还烧了许多“冥国银行”面值万元的票子，妹妹边烧还边唠叨着，让故去的亲人“都来领”，二哥则用锨一锨一锨垫土，让坟头隆起些。这坟是几经破坏的。父亲说，坟早先是埋在地中间的，后来被人挖了，以后修梯田，又移到地堰上面。就在爷爷和三叔的坟前面，端端地又隆起了两个坟头，距离都没有50米。据说，他们认为这老坟的风水好，想要埋在前面，截取一些风水。不知占了风水的人家的后人是否成器，光景是否好过一些。他们都是我的父老乡亲，但愿他们如愿。

空气很静，河水很静，坟后的大山更是千年不语。只有坟东边那座山，人们正在日夜不断地开采石英石。隆隆的机器声，日夜陪伴着爷爷和三叔，使他们免于寂寞，但也聒吵得他们日夜睡不好吧。山，已被掏了一个很深的洞，早晚有一天会被打透的。坟地四周开满蒲公英和紫花地丁。这些小花是如此亲切，让我有一种想扑在它们身上打滚、想把它们拥在怀里的冲动。星星点点的金黄和醒目的紫红，以它们跃动的生命，点缀着这死寂的坟地。春天，桃红柳绿，到处洋溢着勃勃的生机，连坟上枯朽的腐草也散发出生命的腥气。我忽然明白了，古人为什么选择在万物萌发的春天祭祀祖先、上坟扫墓了。他们最懂得生与死，懂得物质不灭的定律。

烧纸，上香，磕头，放鞭炮，做完这一切，然后我们消停了，坐下来，喝饮料，吸烟，休息了一会儿。也许是来过两次了，我的感觉很平淡。但如果按风水学的眼光看，坟地的前面是一河水，水后面是大山，风景很舒服，很优美。爷爷和三叔，头枕青山，脚蹬碧水，面朝蓝天，长眠在这生他们养他们的老家，这一方神奇的山河。我想，对活人来说看上去舒服、优美的地方，死人也一定感到舒服、优美吧，不然，为什么许多人要给自己寻找一个葬身之地，临死时要给后人交代自己死后埋到哪儿。

在静坐的那一刻，我忽然想到一个永远都不可能有答案的问题，那就是世间到底有没有魂灵，到底有没有另一个世界——阴间？我知道拷问这个问题，已经太幼稚、太可笑了。但此刻，我竟希望有。我想，如果没有另一个世界，没有阴间，那么我们和死去的亲人如何交流？如何弥补他们生前留下的遗憾，还有悔恨？

我们说到三门峡正在引卫家磨水库的水。父亲说，卫家磨的水，就是这条河的水。啊，将来在三门峡，如果能吃上我老家的水，这想起来让人几多欣慰、几多感慨啊！山回路转，人最后都要回到初始的地方。

我在心里念着，老家啊老家，这就是我的老家啊！据说早些年这里河水更急，河上游着一群群鸭子，还有雪白的鹅，那该是多么幽静。

有不少人经常在我耳边说，我们老家那房子盖得怎么样。县志上民居一节里也提到了我老家的房子。还有许多人大老远地专门跑去看，但我来了几次，一次也没有去看过房子。因为我对它没有一点概念，因此也就没有那种渴望。从坟上回来，我们在村中间本家嫂子家吃饭的当儿，我忽然想去看看房子。本家嫂子还一迭连声交代说："不要说你是谁哦。"她还是忌讳。我说，没事，谁知道我是谁啊。是啊，六十年过去了，六十年的时间足以让利剑锈成废铁，让仇恨消弭成理解。人已换了一茬又一茬，谁管我是谁呢？

我和妹妹，还有司机也好奇地去了。来到村中间，我们看到三所院子。第一个院里上房门开着，但没有人。左边厦房门口一个中年妇女正在烧火，显然才从地里回来。我和她搭着话，问她住在这里感觉如何，她诺诺，说不出什么。我进到门里看了看，房内摆设很简单，放着一些杂七杂八的东西。但院里的台阶、房子的门窗、梁柱，都保存完好，檐下雕刻着各种花纹。穿过一个圆洞门，我们又来到右边的院子，依然是上房、厦子、下房的格局，院子铺着砖，很规整。两处厦子门都锁着，上房有一个 50 多岁的男人，说刚从地里回来，正在蒸馍。上房是五级台阶，门口坐着一个老太太，显然是这男人的娘。我问中年男人："这房子是你分的吗？"他说不是，是从人家手里买来的。我进到屋里，看到脚地铺着青色的方砖，立刻有一股清凉扑上身。房子很高，分两层，上面是木楼，楼门很高。我又问，儿子们都搬出去了？他说，两个儿子都在外面住，老婆偏瘫在床，还有老娘，家里都靠他。

我叹息一声，又问房子住着啥样？他说，冬暖夏凉，住着可舒服。原来主人姓张，他说经常有人远天远地来看这房子。我说，我们也是外地的，听说这儿有老房子，来看看。张姓男人热情地给我指点，让我们看这房子的梁、隔扇门，还有雕花窗户。我说，厦子房的门窗怎么看起来挺新呢？他说，人家洗过了，我家的没洗。他又说，有人来买他檐下的雕花，出一千元，他不卖。我说，好好保护，不要卖，出再高的价也不要卖，房子越老越值钱哩。听我赞扬他房子的雕花，他说："这不算最好的，还有一家的房子比这还好，可惜糟蹋完了，只剩下腰房。你想看，我带你去。"

我忽然明白，刚才看的并不是我家的房子。问他才知道，这是东院。本姓在村里，分东院、西院、上场。我们家是西院。张姓男人非常热情地带我们绕过村中几户人家，来到另一处院子——西院。西院是三进院子，但上房、厦子都没有了，只剩下腰房。所谓腰房，也叫厅房，对前院来说，它是下房，对后院来说，它又是上房。据说，这院子别致的地方，也在这里。下房已经东倒西歪了，只住着一个孤寡老人，也姓张，是带我去的这人他哥，老人红光满面，很健康，很热心。兄弟俩非常热情地给我指点，让我看雕花门扇，看房梁上的四个字"家世书香"，左边还有一行竖写小字"主人题"，很清晰。我仔细地辨认着，他们又指点我退到腰房外面的山根处，仔细看这几个大字。原来前面是小字，后面才是大字，但"家世"不甚清晰，好像是用泥涂过了又揭掉的。看到"主人题"三个竖字的小字，我的心头一热。"主人"，不就是我爷爷吗？这几个字让我哑然。我想，我们家未必是书香门第，但中国历史上从来崇尚读书，士大夫的最高理想就是"耕与读”，所以这也是老主人的一种理想，一种寄托或者一种附庸风雅罢了。我又问这房子是谁盖的？他们说了一个我很熟悉又很陌生的名字，那是我爷爷。他们说这名字时，有一种尊重，有一种向往，还有一些炫耀的成分在内。他们指点我看隔扇上的雕花，说：你看人家这房子盖得多仔细，多讲究，门，一扇一个样，雕得多仔细。我仔细看，一扇门上雕的是仙鹤，一扇是荷叶，一扇是鱼形，还有一扇是剑，还有各种吉祥的图案。那功夫，那手艺，那耐心，怎一个“妙”字了得。穿过百年岁月的风尘，它们依然活灵活现地呈现在我们面前。我用手机给这些隔扇门一一拍了照，我觉得这房子有价值的地方也在这里。我问：这房子有多少年了？他们说：有七八十年了吧。后来我问父亲，父亲说，不知道是哪一年盖的，但中间翻修过一次，翻修这次离现在也都八十年了。他只记得房子翻修时，请了当时最有名的工匠杨兴。他当时四岁多一点，一次从房下过，有人说：“走快点，小心塌住你！”可不是八十年了么？

我又问张姓兄弟，为啥东院的房子保存得好，西院的房子毁坏了呢？他们说，东院分给个人了，西院是大队部，还作过粮库，没有分。公家的东西没人心疼。又说上房原是分给一户莫姓人家住的，但没过多时就失火被烧光了。说是有一年上房忽然着火了，那火来得奇，烧得邪，“呼呼呼”地四面扑，火焰蹿起有几人高，打着呼啸尖叫。人们闻讯赶来救火，但一看，根本到不了跟前，只好眼睁睁看着上房烧光，把木楼里的莫姓老娘的棺材也烧掉了。村里迷信的人都说，这是神鬼报应，莫家人消受不了这个福。腰房现在还属于村里。我从腰房的过道处看到那些梁啊柱啊，都是粗壮的原木，我问：哪来这么粗的树啊？他们说：早先咱这儿大树可多了，是原始森林呢。我又仔细看，那些明柱都烧得焦黑了，明柱下面的青石圆形基座还牢靠。兄弟俩说：早先站在河边看这房子，明晃晃哩，柱子起明发亮，可漂亮了。我问这院子的砖怎么都是半截？他们说，院子里本来是一律的方砖，五八年大炼钢铁时，人们在这里砸矿石，把砖全砸碎了。

我去过山西的王家大院、乔家大院，老家的房子和它们自然不能相提并论，但在这一方也算是拔尖的。分给谁，谁就好好住呀，为什么要把它糟蹋成这样？两个老人唯唯诺诺，也说不出什么，几十年的社会变迁，起伏波荡，不是他们的常识能够解释的，就像闰土说不出几十年的苦痛一样，我也说不出什么。面对被破坏一空的老房子，我除了叹惜还是叹惜。我说，这房子要是保存到现在，就值钱了。村里卖门票，也能解决一些人的生活问题啊。

我在村子里走着，很想见到一些年纪更老的人，但没有见到。刚才在东院见到的那位老人，感觉很亲切。老人肯定知道村子及房子的变迁典故。我很想和这位老人交流，但老人伸出两个指头，象征着一个“八”字，又指指耳朵，摇摇头。她儿子解释说：我娘 88 岁了，耳朵聋，听不见任何声音。我叹息一声，一切都过去了，只有这残破的房子，还东倒西歪地伫立在风雨中，向前来看望它的人，诉说着几十年的遭遇。

回城路上，我想，所谓老家，就是由这些——老坟、老房子、老人和我的父老乡亲，还有寄托在他们身上的无尽的情思所组成的。我想，即使这些都没有了，还有留在我心头的、永远无法抹去的残破的梦，还有血脉血缘——生生不息。

2. 乡村素描

从卢氏县城坐上三轮车，在尘土飞扬的土路上，颠十来里路，就到了娘家的村子十里铺。 在公路边下车，再走一段土路，就到了娘家的院子。我总是在周末到娘家去，给父母买点好吃的，给他们洗洗衣服，打扫打扫屋子，挑一担水，干些力所能及的活，或者拉拉闲话，把自己弄得更脏些，然后在周日晚上回城，洗个澡，下个周一，再穿着干净的衣服，坐在冬有暖气、夏有空调的办公室里。

冬日的田野一片衰败，田埂小路在夏天被洪水冲塌的地方，窄窄地只能容一个人。走惯了城里平坦的水泥路，我穿着并不算高的高跟鞋在坑坑洼洼的村路上拐着，十分不舒服。天气晴朗而冷峻，有溜溜的小风刮着，遇见的乡亲都缩着脖子，我和他们一一打招呼。父亲走下坡来接我，笑呵呵的，他穿着发黄的老棉袄，腰弯着，棉袄后襟就像翘起来的样子。父亲双手笼在袖筒里，一线清鼻涕在鼻子下面“挂灯泡”，他觉不着。我说：“怎么不穿大衣呢？”他说：“干活，穿不成。”

还没进院子，黑子就蹿了出来，在我身边拱头、甩尾巴、撒欢，把灰土扬起来，弄我一头一脸。我大声嚷道："黑子，滚回去！"黑子就摇着尾巴走到一边。哥哥正在用电刨子刮木板，他戴一顶瓜皮小帽，把帽耳朵拉下来，护住上半个耳朵，看上去十分滑稽。嫂子穿着的显然是侄女退下来的红羽绒袄，头发扎撒着，正在用簸箕簸玉米。母亲怕冷，包住被子坐在床上，看见我，来了精神头，便坐了起来。我笑着对嫂子说："哎呀，你看你们一个个穿的，打扮的样子，提示我来到了另一个世界！"嫂子笑道："你看我们像耍猴哩不是？干活哩，就是胡穿哩，抓住啥子穿啥子！"嫂子又说："咱这儿还差不多哩，莲儿前儿个从鲁山她女子家回来，说那里的人穿衣服才不讲究呢，都不买衣服，都是穿儿子女子退下来的衣服。不论男女，他妈穿她娃子的中山装、西服，他爸穿他女子的红袄绿裤子。只要能穿上，都穿。你进到村里看，男女老少，红红绿绿，根本不讲究。习惯了，谁都不笑话谁。"一阵说笑，到了吃饭时分，我帮嫂子烧火，煮一大锅玉米糁，炒萝卜丝。我们各自端一碗饭，坐在阶沿上、木礅上吃着聊着。我给父亲搬个凳子，他不坐，说："我圪蹴着，省得腰疼。"

哥哥、嫂子，还有父亲，他们的手上都缠满了胶布。一到冬天，手都是裂口子，没办法，一层一层地糊，也不顶用。干地里活、挖土、动水、烧锅燎灶、吆鸡打狗、翻湿晒干、风吹着，手如何不裂呢？

父母住的三间房子，冬天时，窗户用油纸糊着，夏天钉上窗纱。现在，只有一间是暖的，有煤火。于是大家吃住就在一起。天冷，大家都缩在这里，剥玉米。话题就是不断地跑题，从东扯到西，种烟，打工，东家长西家短。父亲说："咱村的女孩都出去打工了，男娃子都说不下媳妇，也都出去了。”接着，嫂子掰着指头算，说：“你看，小春家的娟子去广东了，玉林家的丽丽去青岛了，还有张家的小萍、刘家的小憨、伍家的丽娜、贺家的小敏，荣荣家的三个女儿，都跟上出去了，都不想在家种地。”

是啊，还用说谁，哥哥家的两个女儿也是，大侄女在兰州上大学，二侄女在城里酒店当服务员，都不会留在农村。农村只剩下老弱病残了。父亲说：“德子家两个娃子，早早把房子都盖下了，一人三间，准备得美美的，先给老大说媳妇，再给老二说。但两年了，老大还没有说下。老二不干了，跟上一伙年轻人跑了，现在老大也闹着要出去，咋说都不跟他栽烟了，说：你不叫我出去，我连媳妇都说不下，要打光棍了。德子一年栽十几亩烟，全凭这两个小伙子给干哩，一走，烟也栽不成了。”不但我们村，附近村子里的女孩都出去了，老实的干出力活，精明的干美容美发，或者其他职业。最好的是靠上学出去的女孩，但很少。女孩子大多是初中毕业后就不上了。

哥哥接着说：“我要是个小女娃子，我也走了，这农村有啥留恋头。”嫂子说：“你走，你现在就走，看谁要你吗？看大门都不要。”哥哥说：“我只管说，我是小女娃子吗？”大家哈哈一笑。是啊，城里的灯红酒绿，城里的繁华盛景，即使不能拥有，能去看看也是好的。

又说起杨伍去杭州打工，跑丢了，家里人扯旗放炮寻了一通。最后杨伍在城里警察的帮助下，给家里打电话，他爸爸接住电话急着问这问那，杨伍在电话那头有气无力地说：“别问了，你让我歇歇，我十几天没吃过饱饭了。”原来杨伍没走到杭州就下了车，又忘了接头者的电话，身上的钱和身份证又被小偷偷走了，饿得七死八活，靠捡拾垃圾里的东西吃。村里人都说，杨伍这下子完了，说不了被人卖到哪里了，说不了还有这个人没有了。谁知半月后，杨伍打电话回来，他还活着。村里人当传奇故事讲来讲去，都觉得很有趣。

说话间，妹妹的三个正上高中的女儿——小析、小敏、小红都回来了，也挤在屋子里凑热闹。话题又扯到上学上。小析说："李勇他妈不给他交复习费，李勇一个星期没上课了，躲在寝室里复习。"李勇和小析一个班，高考差10分，他想复习，但父母不让，不给他交复习费，李勇又不回来，就这样僵持着。其实一年的复习费是350元，李勇父母是能交得起的。我听后感叹一阵。话题又扯到早恋上，我把儿子早恋影响学习的曲折故事说给几个外甥女听，让她们帮忙分析劝解。小析、小敏和小红都争着说，她们班都有这事，不稀罕。小析答应抽空给表弟写一封信，举例劝解帮助一下。同龄人的话儿子也许不反感。

又说到现在的孩子早熟，十四五岁就懂得太多，惹多少麻烦。儿子在市里上高中，班里男女生互相讲生理构造。小红抢着说："谁不知道呢，我们寝室的女生月经来了，不叫月经，而是通称'鸡巴子炸掉了'。""啥？小女家，咋恁野呢？"姊妹三个争着要讲故事，小红说："我讲我讲！这来源于一个故事，说的是一女子女扮男装，当兵打仗。一天，在战场上，她忽然来了月经，顺着两只裤腿往下流。连长见了，问：'哪里受伤了？'女兵说：'没事，一点小伤。'连长说：'脱了看看。'女兵不脱，连长说：'你这个人，还怪毬哩，快脱了，让我看看伤重不重。'女兵无奈，只好脱下裤子。连长一看，大声嚷道：'啊，鸡巴都炸掉了，还说没事呢。'从此，我班女生谁月经来了，就说鸡巴子炸掉了。”“哈哈哈！”小敏说：“我班谁来月经，就说真讨烦，大姨妈又来了。”小析说：“我班同学都说‘倒霉了’。”“哎呀，现在的孩子，可咋整！”大家又是一阵感叹。

三个孩子给院子带来一些生气。但她们说走，又麻雀一样飞走了。

下午，太阳也不好，我准备给母亲洗头，但她嫌冷，怕感冒，就算了。我又翻箱倒柜，把他们的衣服翻出来，陈年的，有的霉了，有的皱了，都是我们源源不断退下来或陆续给他们买的廉价的化纤衣物，大衣、内衣、外套，实在是不缺的。我边拾掇边埋怨，这咋不穿呢？那咋不穿呢？父亲不是说干活穿不成，就是说翻不出来。我给父亲翻出来一件厚棉裤，晒晒，让父亲穿上，又给母亲翻出几件，放在她床头备用。

母亲股骨胫骨折，八年了，拄着拐，一挪一挪，衣服早上穿不上，晚上脱不下。伺候母亲的重担就落在父亲身上，天天端饭，倒盆子。但父亲不怕烦，对生活很满足。他说：“现在多好呢，才黑睡，大明起，没有人来要账，不用跑，吃穿都不愁，你还想咋哩？”感恩、知足，是父亲一贯的脾气。

院落很大，空气和阳光不需要用平方丈量。只是村子中心很脏，到处是垃圾，红红绿绿，很刺眼。我去井里挑水，只看天不看地。一园竹子很绿，但竹园里扔了许多死鸡。父亲气愤地说：“鸡死了，就是不埋，随便扔。你给他们说禽流感，他们就不听。我叫三号子把死鸡埋到树根，说那样树还长得快，但他不埋，说院子里不能随便动土，得看日子。我说你那死劲，还讲究什么看日子？”

村里生活条件差，我几次商量想把父母接到城里住一段，这样也免得我整天往乡下跑。但他们坚决不去。母亲说：“我可不去，你是想把我急死不是？我那年在你那儿住了五天，嘴里急得起燎焦泡，看不见日头，看不见天，恁大一个小地方，又没个人说话！”父亲也说不去，他还说：“你没看《上塘书》里说的那对老头老太？去城里孙子家时把啥都扔了，欢天喜地地对邻居说，不回来了不回来了。后来他们到城里住了几天，上厕所不习惯，晚上洗脚不习惯，还没吐痰哩，孙媳妇就把痰盂拿来，老两口连爬带滚回来了，啥话不说，再不稀罕去城里住了。”算了，我得承认，父母是乡下的老树，我把他们挪不到城里。

赶早回到县城，去洗了澡，我又坐到电脑前，构思我的文章。我不知道我在县城的生活是真实的，还是在村里看到的生活是真实的。我的脐带在乡村，我的触角在城市，我的身子在县城。我被上下左右撕扯着，一天体验着多种感情。我无法精致，我是一个乱七八糟的人。

农村，这是另一个天地，城市人不熟悉的世界——贫穷、空旷、匮乏、寒酸、亲切，七拉八扯，剪不断理还乱。

3. 乡居的动物们

2013 年，哥哥在原来的旧房子旁边新修了平房。但父亲不愿搬，依旧住在土坯房里。随后每年冬天，哥哥和嫂子去女儿家时，我就来陪伴父亲。

哥哥的房子矗立在村子最南头，远离人家。夜里，躺在哥哥新修的房子里，如果早早睡着了，也就什么事都没有了，第二天睁开眼，天已大亮，太阳高悬，一切如昨；如果 12 点之前还不瞌睡，那心里就犯毛了，想象着从山上下来的飞禽，从沟底爬上来的走兽，团团围住这座孤零零的房子，我该怎么办？虽然可以打电话喊人，但远水不解近渴啊！村里剩下的都是老弱病残，紧急情况下济不了事的。我又反复想象着小时候那些“怕怕”，越想越毛骨悚然。又想，我到底怕什么呢，怕小偷吧，现在的小偷除了钱什么都不要；怕狼吧，现在都没有狼了；怕鬼……这世上哪有什么鬼？再说这么厚的墙，窗上还有防盗网，就是有什么东西想把门弄开，也得一阵子吧？我一边自解自劝，一边却用被子蒙住头，最后迷迷糊糊睡着了。

许多年前，我家从县城搬到乡下，在村子南头凿了一大一小两眼窑洞，就算安居了。我父亲的名字里有一个“英”字，村里有人就说：“哎，你这只老鹰，就落到崖头上这棵柿子树上了。”据说这里是“煞头”，柿子树下还是个“撂死娃子坡”，不宜住人的。但我父亲那时不信邪，硬是一镢一锨在这里凿出一个“孤岛”来——远离人家，居高临下，视野开阔，清静无为，少了许多麻烦。但正如我母亲所说：“这地方太撂了。”撂，就是荒凉、偏僻、被人遗忘的意思。门前一个坡，下去是一条大西河，往上走，通往火石坡、狼沟、茅草洼、七里坡等后岭上人家。崖背后是一条铁犁河，在坡下和大西河交汇，滚滚滔滔流到县城，最后汇入洛河。崖池上长满了柏树、臭椿树，还有荆条、酸枣棵子等杂灌木，蓊蓊郁郁，似乎里面藏着无数的鬼魅。院子周围满是洋槐树、苦楝子树，还有皂角树等。门前下面一园竹子，除了鸟儿，野鸡、野兔也都往里面藏。

话说崖头上这棵柿子树，据村里一老人讲，是他曾祖父在时就有的，树龄有一百多年，但还枝繁叶茂。这是一棵“重苔柿子”，果子甜且面，很好吃，每年 4 月开白花，结满柿子。过了农历八月十五，人们就可以摘下来泡暖柿吃了。在那饥饿年代，柿子树着实救了我家的急。可有一点不好，就是它容易“招老鸹”。

老鸹，就是乌鸦。我们这里人把“鸹”念“wa”。它们经常落在这棵老柿子树上，“呱呱呱”叫个不停。有时是一只，有时是一群。乡间迷信，说老鸹落到谁家门前叫，这里就要死人了。于是我一听见老鸹叫，就拿根竹竿去撵。

老鸹是白天飞来的，猫头鹰却是在夜间光临。说猫头鹰，大家都知道是什么。可是我要说“信吼子”和“呲角子”，有人就不一定知道了。实际上，“信吼子”和“呲角子”还是猫头鹰，不过一雄一雌罢了。这是我们本地人的叫法。信吼子的叫声是“欧吼、欧吼”，呲角子的叫声却是“嘿嘿、哈哈，嘿嘿、哈哈”。母亲经常说一句顺口溜：“不怕信吼子叫，就怕呲角子笑。”她说信吼子叫唤虽然难听，但还没事。一旦呲角子笑了，就预示着这家人一定要出事。

夜深人静，猫头鹰一雄一雌，一只在老柿子树上“欧吼、欧吼”，另一只在远处山林里“嘿嘿、哈哈”应和，听上去让人头皮子发炸。不过我没有听见呲角子在这棵树上笑过，倒是多次听到信吼子叫。有时叫的时间长了，大人就拿着手电筒出去撵。但很快，它又飞到另一棵树上，“欧吼、欧吼”地叫，有时候能叫一夜，到天明时分才偃旗息鼓。

有一次，城里来的表哥还在后岭上逮了一只猫头鹰幼崽，刚出窝不久的样子，他稀奇得不得了，专门做了个木头匣子将其装着。但七天后它还是死了，因为它不吃不喝，饿死了。父亲说，猫头鹰白天啥都看不见，它要到夜晚才去找腐鼠吃。

除了老鸹和猫头鹰，还有成群打伙的喜鹊，整天来这里吵闹。喜鹊报喜，但叼吃粮食，比如檐下晒的柿饼、红薯片。如果不“欧什、欧什”地吆，它能把一串一串的柿饼叼光吃净。喜鹊，我们叫麻野雀。有一句顺口溜说：“麻野雀，尾巴长，娶下媳妇忘了娘。把娘送到后沟里，把媳妇背到热炕上。”以此来形容那些不孝之子。

还有一种鸟，经常飞到附近的树上，它的叫声很奇特，仔细听是：“骨碌碌滚球！骨碌碌滚球！”它们在草丛中飞跳，经常对着上坡拾柴禾、挖药、放牛放羊的人叫，很犯忌的。因为上坡的人最忌讳说"滚坡"这类字眼，但对这恶作剧的鸟，又没有办法。夜里树上还有一种鸟，叫声是"哎哟、哎哟、哎哟"，一声比一声急切，像人肚子疼的呻吟。我们就叫它"肚子疼鸟"。

还有一种鸟，最常见，给我印象最深，它叫"王岗哥"。每年从春到夏，每到夜晚，你总能听到远处的山林里，传来一声声"王岗哥，等等我"的鸟叫声，绵远、悠长，含着无尽的悲伤。这里面牵扯到一个民间故事，我听母亲讲过多次，说是有一个后娘，给一亲一疏两个儿子一人一把麻籽，让他们到后山上去种。说谁种得出麻来，谁回家，种不出来，不能回家。两个儿子走在路上，互相换麻籽吃。弟弟说："哥，你这麻籽咋恁好吃呢，咱俩换换吧？"谁知后娘给老大，即不亲的儿子的麻籽是炒熟的，吃着香，但种在地里，根本不会出苗。换了以后，哥哥种的麻出来了，弟弟种的麻出不来，不能回家，后来就饿死在山坡上，化成一只鸟，整天喊着哥哥的名字："王岗哥，等等我！王岗哥，等等我！"

其实这只是老百姓对善恶因果的一种反映罢了。母亲讲到最后，总是说："存心不正，害人害己。"每次听这个故事，我都对这个后娘充满憎恨，也对死去的弟弟充满同情。

夜里在我家周围活动的，还有许多野物。冬天夜里下大雪，第二天一早起来，从雪地里的蹄爪印上可以仔细辨认，哪些是狼爪子，哪些是狐子，还有野鸡、毛哥狸以及野狗都来过了。大家一边猜测着，一边惊叹着。那时候，家家户户猪圈墙上都用白灰画上了大大的圆圈。夜里狼来了，想吃猪，又怕被象征绳索的白圈套住，就在猪圈周围转来转去。有时候它们饿急了，也不管不顾的，叼上谁家的猪娃，顺着村中心的“古咚壕”就跑了。

据说，村中心的“古咚壕”和我家门前这个坡，是两个“狼过口”。狼在村中心得了手，顺着古咚壕上去，翻过去就是崖背后，往上跑就是火石坡；若在村边或竹园得了手，顺着我家门前这个坡，下去可以跑到铁犁河，上去能跑到火石坡。火石坡那里，有条沟就叫“狼沟”，是狼的出没地。

我家的猪也曾被狼访问过。唐山大地震那一年冬天，我们姊妹和母亲都睡到窑洞里，父亲还睡在抗震棚里。夜里听见猪叫唤，父亲掂个洋槐木棍子就撵出去。他一脚踹开猪圈栅栏门，只见一只半大灰狼跳出猪圈墙，顺着门前的斜坡向上跑了。我问父亲：“你当时害怕不害怕？”他说，不怕，狼其实害怕人哩。不是万不得已，它不和人正面较量。

人们对狼，还有许多禁忌。比如夜里我们若说到“狼”字，母亲就说：“快悄悄哩，可不敢说。”据说怕狼听见。不得不提到狼时，母亲就说“毛狐子”。毛狐子，是狼的别称。村里人哄小孩时，就说：“不敢哭，再哭毛狐子就来了！”小孩子立刻停止了哭声。乡间还流传一个顺口溜，说是“日头落，狼下坡。毛狐子背着烂砂锅。领住娃子拾柴禾，领住女子去烧火。”说明狼在人们生活中是很常见的。

在乡间，日出与日落是一个明显的时间标志。我们外出割草或拾柴禾啦，母亲总是说：“等日头出来了再去。”要是下午，她会反复交代：“日头一落就回来哦。”她说，日头出来了，那些狼虫虎豹、邪魔歪道，都没有了，不管是山坡地头、老坟、树洞都可以去。而日头一落，那些野兽都出来了，还有那些小东西也趁机出来活动。小孩子家，身上火力小，容易受伤害。我想，过去农人“日出而作，日落而息”，也含有这方面的意思吧?

狼虽然有,但很少。最害人的,还是黄鼠狼和狐子。黄鼠狼又叫黄鼬,说起它总令人想起《聊斋志异》。人们传说它还会“塑骨”，就是把身子变小，钻进鸡圈，把鸡一只只咬死，然后喝血。那时每家都养鸡，所谓“鸡屁股银行”，攒下鸡蛋卖到供销社，每斤不但能卖6毛6，还有二两红糖呢。村人养鸡，就是在院边打个鸡窑子，安上栅栏门。晚上鸡进到圈里，把门一关就好了。但人总有疏忽的时候，不是忘了关鸡圈门，就是栅栏门哪根木条坏了。夜里黄鼠狼就钻进去，一次咬死五六只，甚至全部咬死。第二天女主人就心疼地掉泪，一边骂黄鼠狼，一边再巩固鸡舍。黄鼠狼吃鸡是把鸡咬死，它叼不走的。而狐子吃鸡，却是把鸡咬死后，拉走慢慢吃。狐子身量比黄鼠狼大很多，叫声是“咣咣咣”。夜里听见崖头上有“咣、咣”的声音，就知道是狐子。

有一年我家的鸡圈门忘关，夜里被狐子钻了空子，6只正下蛋的小母鸡被狐子拉走，母亲悔恨不迭。正在我家学木匠手艺的城里表哥给父亲出主意，最后在半崖上打了个鸡窑子。他说这样鸡能飞进去，狐子却上不去。鸡窑子打成后，表哥还在鸡圈上面刻了个大大的“鸡”字。他说，气死狐子，让它干看吃不上。

乡下的冬天，天气是冷的，人是少的，天是很短的。每天早上我大约8点起床，而父亲是9点半，很准时。我起床后，从崖池上跑到东岭上转一圈，有时原路返回，有时从村子中间走回来，但必须是太阳已经照到大地上了，否则我会害怕。空旷的田野，寂静的山村，尽管太阳很明亮，但是没有人还是有些令人害怕。跑回来后，父亲基本起床了，我洗脸，收拾，做早饭，而父亲则打针、溜馍，按照自己的秩序进行。他是糖尿病，吃饭很注意。饭后，我们到房顶或在房间里说些闲话。一天还是很忙的，要趁着中午天暖的时候刨葱、洗菠菜，准备午饭的一切。下午的时光过得很快，一晃就到五点了，我赶快做好饭，吃毕五点半，太阳落山了。我收拾好厨房，把新房檐下的灯打开，电热毯也打开，把手电都拿在手里，然后在父亲的房间里，说些闲话。时针指向 18 点，我们感觉就好像已经很晚了，看完《新闻联播》《焦点访谈》，还有《今日关注》。到了 21 点，甚至 20 点多，我就到新房子那边睡觉了。而独自过来睡觉的时候，望着黑乎乎的崖池，心里还是有点怕。好在有狗，我胆子才稍微大一点。父亲总要看着我进房间，他才过去。而我，又怕他栽倒了，又偷偷过去，看着他进了房间，顶了门，才又过来，把门拴好，洗漱一下，然后上到床上，看一会儿手机，再看一会儿书。一天就这样过去了。

半边村子都没有人，小时候以为很大的地方，现在看来很小。村中破旧的倒塌的空空洞洞的院落，比荒山野岭的荒凉更让人惊心。我们这南头，人更少。父亲羡慕聋子一家。聋子一家有 4 口人，一个偏瘫的老娘，一个傻媳妇，和一个患癫痫的儿子。儿子八九岁了，整天骑个自行车在门前转。父亲总是说：“你看人家，不管咋着，是一家人，热热闹闹的一家人。”这时我就说他：“你看你，不嫌人家可怜，还羡慕！”我一边说，一边心里有一丝酸楚袭来。

父亲，还有村子里的老人们，他们孤单地活着，一边还在幻想着先前的热闹时光，盼望着一家人坐在一起，儿孙绕膝。可是，不能了。

只有儿女们，还情愿不情愿地，来回穿梭经纬，偶尔给他送些正能量，以延长他苟延残喘的生命。

我和外界唯一的联系是手机，上网靠流量，很费钱。我一会儿打开，发个照片，一会儿打开，看看微信，看朋友们都在干什么。

由于大量使用农药，田鼠都没了。以田鼠为食物的猫头鹰也就没有了。狼、狐子和黄鼠狼是早都没有了。毛哥狸也不多见了，只有许多灰鼠子还在崖头上、树枝间跳来跳去。我想给它们照个相，但很难捕捉到。灰鼠子很机警，距离稍微近些，它就发觉了，“呲溜”一下，跑没影了。

4. 山乡草世界

七岁那年，我家从县城搬到乡下，全部家当用了三架子车拉。在三架子车的家当里，还有两个大大的兔笼。原来家里养了 20 多只兔子，安哥养长毛兔，平均两个月剪一次兔毛，拿到土产公司换几块钱，解决家里的点灯用油、吃盐、买学生作业本等问题。最多时卖过二十多块钱，那可是好大的一笔收入。所以放学后，我的第一件事就是提上篮子去割草。

割草，我们其实不叫“割”，也不叫“剜”，我们叫“拽”，就是用手。事实上，草旺盛的时候，用镰刀是割，草才露个尖尖芽时，拿着铲刀应该叫剜才对，但我们一律叫拽。麦田里最多的是面条菜、麦秸籽、羊蹄甲，还有一种“米米蒿”。面条菜和麦秸籽长得像，只是一瘦一胖罢了。城里来的孩子老分不清，而我们，一眼就知道哪是面条菜，哪是麦秸籽。面条菜可以“下锅”，煮面条或者熬糁子汤时，锅里放一些，饭就好吃很多。传说麦秸籽闹兔子，但兔子吃了从来没有见被闹死过。羊蹄甲长一疙瘩，叶子有些涩，兔子也吃，但不好好吃。

菜地里长得最多的是荠荠菜，还有蚂蚱菜，学名叫马齿苋。荠荠菜用滚水烫了，和鸡蛋炒了，包菜饺子，再没有恁好吃了。蚂蚱菜用来蒸馍，可好吃了。蚂蚱菜还治痢疾。还有一种草叫“喜虫蛋”，长一窝窝，很好拽。夏初它就结籽了，用手挤它的籽，叭叭响很好听。

春风一吹，草儿们都闻风而出。这时麦苗还未起身，不怕踏踩，伙伴们就三个一群两个一伙地到麦田里拽草。等到麦子起身了，“米米蒿”也长高了，夹在麦苗间拼命吸取营养。这时就得专门拔了。脚踩在麦拢间，一根一根地拽。这时，没有被锄掉的面条菜、麦秸籽也长高了，结籽了，夹在麦苗间。大人们忙着拔草，我们是一边拽一边还剥开面条菜的籽吃。“米米蒿”嫩时可以焯焯当菜吃，但后味有些苦，不能多吃。麦田里还长一种叫刺芥的草，学名叫野蓟，分大野蓟、小野蓟。田里长的是小野蓟，有凉血止血之功用。嫩时兔子也吃，老了就很扎手。麦田里的野蓟若不拔掉，割麦时就会很扎手，甚至会把手扎出血。

山坡边、崖头上长了芦芦葱、叶叶菜，还有一种浆婆婆，汁儿多叶儿旺，兔子很爱吃。叶叶菜你可以一边拽，一边掐着它的嫩叶吃。而芦芦葱，好像就是为小孩子长的。叶儿像葱，没几根，主要是吃它的花果。花还是骨朵时最好吃。不知是从哪儿传来的顺口溜，大家一边吃还一边念“芦芦葱，上北京，北京城是好收成”。坡上还长一种草，叫“掐不齐”，兔子也很爱吃。我试了很多次，用指甲掐，还真掐不齐。还有羊奶头，秧蔓长得很长，结的果像羊的奶头，很好吃。还有白蒿，春天最早露头的草，可以做成蒸菜吃，药用叫茵陈，可治肝炎。我们一边拽，一边念着大人说的“正月茵陈二月蒿，五月割了当柴烧”。

还有一种叫“毛狗秧”的草，蒸一蒸比洋槐花、桐花都好吃。我家崖上那块地里，长有很多毛狗秧，从春到秋，锄了一茬又一茬，还有很多。我就经常拽了让大人给做蒸菜。春末夏初的田里，多长灰条菜、人仙苗子，这两样都是常吃的野菜，焯焯调凉菜，用蒜汁浇了，非常好吃。现在到饭店里要一盘灰条菜，最少要你八块钱哩。

地楞堰边长的最多的是节节草、狗尾巴草，还有一种草我们叫“咕蛹毛子”，长出来的穗子蹭到人脸上痒痒的，可以编小狗、小兔给小孩子耍。学名叫什么，我不知道。这些草嫩时，兔子都吃。还有一种秃子花，花儿很妖冶，但不知听谁说，秃子花不能拽，拽了会变成秃子。我们见了就远远躲开，从来不碰它。还有打碗花，说是拽了容易打破碗，兔子也爱吃。但从来没有因拽了打碗花而打破碗的，看来它们没有必然联系。

黄黄苗，就是蒲公英，多长在山坡上、路边，牛踩人踏的，才长得旺盛。蒲公英主要是药用，清热败毒。谁身上长了疖子、痈，或者得了红眼病，拽了它熬一下再喝，很管用的。还有治妇女奶涨，奶聚住了流不出来憋得生疼时，拽了黄黄苗揉揉敷上，同时喝汁，效果也很好。那时我们常拽黄黄苗，晒干了卖钱，三毛钱一斤，药材公司会收。有一次书店来了一本书，两块八毛五一本。我想，我要拽多少黄黄苗晒干才能卖两块八毛五啊，想着就觉得很绝望。路边还长枸杞子，枝儿叶儿喂兔子，果儿红时摘下来泡茶喝。路边背阴处、石头下面，还长“酸不溜”，掐了叶子吃，酸得打牙，越酸越吃。还有一种草叫“鸡大腿”，根长得像鸡的大腿，不甜也不酸，涩涩的。我们用镰刀剜了吃。还有瓦松，也能吃。我们整天拽草，也整天吃草，把嘴吃得乌绿乌黑。大人见我们这样，就骂：“你们是猪？你们是兔子？啥都吃？除了屎不吃！”我们也不恼，我们就是猪，我们就是兔子，它们吃的我们都吃。

房前屋后，多长磨盘盘根，只要有一棵，很快就能引一大片。学名不知叫什么，据说是大补的。哥哥那时身体弱，夜里盗汗，母亲就用磨盘盘根和公鸡炖了让他吃。还有岗岗芦，根白生生的，一截一截，也能生吃。还有洋姜。这两样植物现在很少见了。但磨盘盘根还在，夏天回去，我看见门前好大一片。小时候感觉稀罕的东西，现在都没用了，一任它疯长，陪伴着荒村老屋。

至于水边的草，那就更丰富了。猪耳朵叶，很肥大，割一会儿就满筐了。薄荷、水芹菜，兔子是不吃的。但薄荷是药，谁头晕眼花了，揪一片在手心里揉揉，贴在太阳穴或脑门上，立马清醒许多。水芹菜能吃，投过浆水的菜最好，有时候我拽一大堆拿回家，淘洗后让母亲投到浆水缸里，两天后捞出来，调些盐、小磨香油，就糁子饭，很好吃的。水边还长马莲，折一片马莲叶，编一个草戒指戴上，有时编许多，十个手指都戴。还有一种“四棱子草”，它的茎是四个棱的，茎上面顶着一疙瘩花，可以“拼男女”。就是折一枝茎，让对方猜男女，用手拼了，若一下子拼成四瓣，就说是女的，若拼成三瓣，就说是男的，以此来定输赢。还有辣蓼、浮萍这些水草，兔子也吃。车前子是少不了的，我们土话叫“车里苗子”，也是一种药，利尿的，五月端午时采，药性最好。还有一种夏枯草，一到夏天就枯了。邻居薛老汉门前晒了很多车前子、夏枯草，据说他得了什么尿不下的病，现在想来，可能是前列腺炎吧。还有一种草，开黄花，夏末秋初时，开一河滩，娇艳而伤感。后来我查了下，它叫旋复花。那一年母亲得了肾盂肾炎，医生建议用旋复花煮黑豆吃，效果也不错。

我们小孩子拽草，有一半时间在玩，提着箩筐，坐在水边河畔或半山坡上，尽情地玩。眼看太阳快落山了，大家才慌忙去割草，然后虚拢着弄半筐回家了。这时兔子已经饿得在笼子里乱跳，把木头笼子咬得“咯吱、咯吱”响。大人一见就会骂：“死到哪儿去了？看兔子都饿成啥了！”由于整天拽草，我们的右手大拇指、食指、中指都是绿的，洗不掉，就到河边涩巴石头上擦。那时我经常想，什么时候不用拽草该多美！

乡野里一年四季都有草。春天春风一吹，小草儿就露头了，我们就拿着镰头开始剜，夏秋季节不用说，是草最茂盛的时候，就是冬天，背风向阳的地方，也有草可拽。除非到了大雪封山，这时就用秋天储存下来的洋槐树叶、大豆杆叶、红薯秧子喂兔子。熬过一个冬天，兔子都瘦得能撂过墙了，只有青草才能让它们吃饱、上膘、增肥。

乡村里的草，除了喂兔喂猪外，还有很多用途。一是积肥。不是有一句歌唱道“我是公社小社员哪，手拿小镰刀啊身背小竹篮哪，放学以后去劳动，割草积肥拾麦穗”吗？一到夏天，草长得最旺盛时，我们就割草，交给生产队论斤记工分。那时候很少有化肥，庄稼全靠农家肥，农家肥不够，就人工积肥。积肥用的草，主要是艾蒿、黄蒿、青蒿这一类杆粗耐实的草。田埂路边、半坡上，近处的草都被割光了，得到远处去割。沿着沟渠子割，一堆一堆的，到午饭时，再往回背。捆一捆子在背上，个子小，只见草捆不见人。有的人家用架子车拉，这是最先进的了。二是当柴烧。那时不但缺吃少穿，还缺柴烧。冬闲时，男人要到二三十里外的后山去拾柴禾。拾柴禾也是割些黄麦杠子、白草毛子，还有一种“别别豆”。“别别豆”晒干了，添进灶膛里，会发出“咯咯叭叭”的响声，很好听，这也是它名字的来历吧。村里常有女人骂自己男人懒，就说“你不给我拾柴禾，我做饭没啥烧的，把你的腿剁剁烧了”可见柴禾之欠缺。

小孩子除了帮家里拾麦秸、麦茬、玉米秸秆、棉花柴、大豆秸秆外，还要割草当柴烧。晴天割些草，晒干了，储备着，等雨天没啥烧了再用。

乡野的草，还有一个最大的用处就是药用。放学后，我们还刨远志、黄芩、柴胡、血参、地丁，以及地骨皮，就是枸杞子的根剥下来的皮，只要药材公司收的，我们都刨了拿去卖。有一阵子电影《春苗》《红雨》上演，令我十分羡慕，也幻想当一名赤脚医生，就整天翻开一本《农村医生手册》，看上面的中草药。什么科什么属什么目不重要，重要的是看它能治什么病。比如门前长的一种开白花的草，叫益母草，可以治妇女月经不调、痛经，山上长的翻白草，可以治小孩肚子疼。还有一种草叫洋金花，喜阴，房前屋后都有，叶子乌绿而肥大，开喇叭状白花，结很大的刺疙瘩果，又名“曼陀罗花”。我是从鲁迅的书里知道这名字的，听起来挺浪漫，但气味很难闻，毒性很大。有一次女伴淑玲说她偏头痛，我就建议她把曼陀罗叶子焙干揉碎喝。我让她吃一片，谁知她一下子吃了三片。她的偏头疼倒是治住了，但却中毒了，呕吐、浑身抽搐，把大人吓得不轻，最后送到大队卫生所输液才好了。对照着书本，我还采了许多中草药，薄荷、车前子、旋复花、益母草、夏枯草，还有白花舌草等，在门前晒，最后经雨淋后发了霉，就都扔了。

现在回到村子，看到满山遍野可爱的青草们，我常有一种扑上去拥吻它们的冲动。忍不住想去拽，但一想拽那些有什么用？一种失落感袭来，惶惶然。

5. 小麦扬花时节

小时候村里有个憨娃叫狗剩，不清楚自己的生日，在地里干活时，人们总是撩逗他："狗剩，你是多会儿生的？"狗剩就拖着鼻涕回答说："我妈说，我是麦扬花，小饭时。"

从此，我就记住了"麦扬花，小饭时"。

平原上的麦子已经开镰收割，豫西山里的麦子才开始扬花灌浆。上午9时过后，气温渐升，大片的小麦开始在溜溜小风中摇曳摆荡。这时你若进到地里拔灰条菜或者米米蒿，随风飞扬宛若细碎金沙的麦花，就会扑你一头一脸，粉粉的，腻腻的，很舒服。

对，小麦扬花就在"小饭时"。农村人清早起床后就下地干活了，干了大半晌，太阳升高了，肚子饿了，又饥又渴，才回家吃早饭。这个时段在9点至11点，可不是"小饭时"么？

这是一年中最美好的时节。众鸟孵雏，油菜结荚。太阳是那么妩媚鲜亮，绿叶熠熠闪光，风中飘满婉转的鸟鸣和浓郁的花香，菜田里有各种小蝶翩翩起舞。

故而有文人墨客所赞颂的“人间四月天”，故而有古诗词“芳菲歇去何须恨，夏木阴阴正可人”。初夏，农历四月天，小麦扬花时节，诗意而浪漫，妩媚而丰润。

各种动植物都在这个季节孕育。小麦忙着扬花、灌浆，野树、繁花争相吐艳。鸟儿忙碌地衔食、哺育，互相唱和。猫已经怀孕了，狗还在忙着，上蹿下跳。

各种各样的香，花香、草香，有的细若游丝，有的浓烈如香水，都在空气中氤氲，在风中酝酿、搅动，一阵阵沁人心脾。人也在风中微醺，像喝了小酒一般，期待、回想、兴奋，还有忧伤。

最活跃的是鸟儿，比如燕子、麻雀、啄木鸟，还有布谷，就是“又闻子规啼夜月”中的“子规”，也是“百啭千声随意移”的杜鹃。雀子的叫声，细碎、絮叨，“叽叽喳，叽叽喳”，惹人厌烦。啄木鸟是不声不响的，只在正午的宁静中，听见门前的大树上“梆、梆”两声，你才蓦然发现它的存在。

布谷鸟有许多种，有一种从早春就开始叫了，在门前的椿树上，“咕咕、咕咕”，想起来就叫两声，懒洋洋的，让人产生春困的感觉。麦子刚秀穗，另一种布谷鸟就来了，它的叫声是“快黄快熟，快黄快熟”，白天或是夜晚，从远处飞来，在天空划过，扔下几句“快黄快熟”，一掠而过，又飞到远处的山林里，一声声，催着麦子快熟。

等到麦子黄梢，“快黄快熟”就飞走了，它又到其他地方忙碌去了。我们这里的人把它的叫声翻译过来，就是“快黄快熟，老婆放牛，媳妇攒脚，蒜苔泡馍”！意思是，麦子熟了，天忙了，青壮劳力都要干重活了，让老婆婆去放牛吧，年轻妇女也该把缠着的小脚收拾利索，准备下地干活；而这时，正是蒜苗抽苔的时候，做饭就用蒜苔泡馍吧。

小时候我经常听大人这样讲，并且越听越像。还有一种布谷，当地人叫它“王岗哥”，从春到夏，每到夜晚，总能听到远处的山林里，传来一声声“王岗哥，等等我”的叫声，绵远悠长，含着无尽的悲伤。

斑鸠是鸟儿中的绅士，多在竹林里、花间草丛中筑巢育雏。早起到竹园拾笋叶，一摇竹子，“扑碌碌”，就飞走一群，都是灰斑鸠。还有许多的鸟儿就叫不上名字了。

蛤蟆也不甘寂寞。日头还没有落下去，河边就响起“咯哇、咯哇”的叫声，争先恐后，不绝于耳。那声音听起来遥远又切近，好像就在你的耳朵旁。

母亲把蛤蟆的叫声解释为吵架，她说是两个蛤蟆在比娃娃，一个说：“你娃黑我娃白，咱俩换换吧？”另一只回答：“我不我不。”

小麦扬花时节，也只有乡村里才有。城里也有鸟叫，但我总怀疑城里的鸟都是“移民”，不像乡村里的鸟是“土著”，是正宗的。

每当这个季节，我回到我的小山村，跟随父母到田里拔草。走在四月的麦田里，我把心隐在这万绿丛中，慢慢静下来，悠悠然回忆起许多往昔的故事，并且滤去了那时的贫瘠和粗糙。

记得当时年纪小
你爱谈天我爱笑
有一回并肩坐在桃树下
风在林梢鸟儿在叫
我们不知怎样睡着了

梦里花落知多少。

“风在林梢鸟儿在叫”“梦里花落知多少”，说的是四月，没错，就是小麦扬花时节。

竹子出笋了，每天早上，看谁起得早，我们到竹园里拾剥落的笋叶，以备五月端午包槲包用。起得早，能拾到长长的、柔韧的、刚从新竹上掉落下来的笋叶，晚了就只能拾一些又硬又脆、缺乏韧性的短巴橛。

拾笋叶时，我们还故意摇竹子，让栖息在竹园里的鸟，“扑碌碌、扑碌碌”仓皇飞走，又落到另一片竹子上。这时节没有什么可吃的，只有毛桃、青杏。

毛桃涩苦，而青杏就好吃多了。洞子窑门口有一棵梅杏，从刚卵苔时，我们就开始瞅势。几天不见，青杏就长大了，低处的早被人摘了。我们就攀上墙头，再往上爬，腿磕烂了，也不觉疼，好不容易摘下一个，一口咬下去，酸得龇牙咧嘴，啧啧。每当这时，大人准说：“哎呀，酸死了。”现在我一想起青杏，还打牙。但在当时的我们看来，是美味。

天气不冷也不热，早起如果露水大，急忙上不了工，就站在自家场院里背唐诗宋词。“花褪残红青杏小。燕子飞时，绿水人家绕。枝上柳绵吹又少，天涯何处无芳草！墙里秋千墙外道。墙外行人，墙里佳人笑。笑渐不闻声渐悄，多情却被无情恼。”“茅檐低小，溪上青青草。醉里吴音相媚好，白发谁家翁媪？”最喜欢苏轼的一组《浣溪沙》，每每令人忍不住击节长叹：“麻叶层层檾叶光，谁家煮茧一村香。”“簌簌衣巾落枣花，村南村北响缫车。”“日暖桑麻光似泼，风来艾蒿气如熏。”他写的是徐州的四月吧，但拿不准我们这里哪种物事与它有关？枣花我们这里也有，但没有体会过它落在衣巾上的感觉，麦花落时倒见过，对，就是“簌簌”，细碎，无声，又有声！

背着背着，我就把诗的意境嫁接到这个季节；背着背着，我就可惜诗人都是江南才子，写我们这北方山村初夏的实在太少，只有“山村四月闲人少，才了蚕桑又插田”和“田家少闲月，五月人倍忙”才多少沾点边。没有人指导，随意理解，错了也不改。

杜甫的诗读了不少，但印象最深的却是“今夜鄜州月，闺中只独看。遥怜小儿女，未解忆长安。香雾云鬟湿，清辉玉臂寒。何时倚虚幌，双照泪痕干？”书上说这首诗是八月写的，我却总认为是四月，你看“香雾云鬟湿，清辉玉臂寒”，秋天哪来的香雾？肯定是四月！

这个到夜晚就证实了。是农历四月的夜晚，下弦月从东山上一点一点升起，仓黄，微茫，照着这朦胧的大地。刚下过雨的地面潮湿阴重，月亮的光似乎穿不透这阴湿，很微茫，很峭然，含着一丝丝的忧伤。

空气中有花的香、草的香，把浓重的雾气也染成香雾。一丝寒意袭来，穿着单薄的我，禁不住打个冷战。远处山林里传来“王岗哥”悠长的呼唤，我忽然就很伤心，流下泪来。

不敢在月下多待，我赶快回到房间，睡在温暖的床上，就着暖暖的灯光，翻几页书，然后入睡。这是青春的忧伤，无名的忧伤。像诗里说的，多情总被无情恼。

我试着想象，就是我和我心爱的人站在这月下，也不能待得长久。就是我们相拥着抱团取暖，也抗不住这凄清如许。

回忆中的感伤，还因为两首歌。“长亭外，古道边，芳草碧连天”，在电影《城南旧事》还没有放映之前，父亲就教我了。他是在学校学的。

歌里流动着一种伤感，我小小的心也感觉到了，父亲的声音有些沧桑，现在想来，他是在怀念青春年少的时光，怀念那个早已被摧毁、只能在梦里寻找的家园，或者他什么都没想，只是想教我两首歌而已，教两首他认为的好歌。教我唱《南园春半踏青时》，他总是先唱开头一句的谱，“i – 7 6 5 5 6 – 1 5 –”，定准音，然后再教我。歌词是：“南园春半踏青时，风和闻马嘶。青梅如豆柳如眉，日长蝴蝶飞。花露重，草烟低，人家帘幕垂。秋千慵困解罗衣，画梁双燕栖”。歌名叫什么，谁作的，我完全不知道。父亲也不知道。后来才查出，这是欧阳修的一首词，词牌名《阮郎归》。我唱着这首歌，心暖暖的，还有一丝湿润。许多年过去了，许多歌都忘记了，只有这首，我还记着词和曲。

我和父亲讨论着这两首歌，父亲回忆他的小时候，我回忆我的小时候。在四月的早晨，麦扬花，小饭时。一只锦鸡走过来，站在离我们很近的地方，好奇地看。这几年猎枪收缴后，各种飞禽走兽都多了起来。野兔不用说了，獾、野猪、鹿，特别是锦鸡，和人友好相处，不怕人，走着走着，“扑碌碌”飞起来，吓人一跳。但狼是再也见不着了。

6. 三处水磨坊

从县城东门外沿着一条叫作“白水峪”的河溯源而上，一路上天女散花般地散落着许多村庄——北石桥、灰胡同、柳林、孟家圪台、东坪、河西、庙坪等。20 世纪 70 年代，沿河的村子都建有水磨坊。最有名的三处水磨坊，是上游河西生产队的水磨坊，下游柳林生产队的水磨坊，还有中间地带的我村的水磨坊。

我村就是我生产队，我生产队就是我村。这个村不是村民委员会的村，而是聚族而居的自然村。全大队有八个自然村，其中三个村临水沿河，于是就建起了三个水磨坊，担负着全大队 2000 多口人吃粮磨面的任务。因此水磨坊就很忙，昼夜不停地“吱吱呀呀”，磨玉谷，磨麦子还有豆子，在河川上唱着一支古老的歌谣。夜深人静时，“哐噹、哐噹”的踏箩声，使河川显得愈加寂静。

河西生产队的水磨坊，距离我村三里地，它有三间房，不但能磨面，还有榨油设备，还是油坊。一到冬季，收了棉花、大豆、芝麻等油料作物之后，几个生产队都去河西的水磨坊打油。

关于河西生产队的磨坊，记忆中只有一件事，就是那年生产队派5个人去榨油。这可是个肥差，5个人可以尽情地吃油了。于是，他们炒菜、炒馍花、炸油菜、炸馍片，白天吃，晚上加班还吃。不知道是空了一年的肠子不受，还是新榨的油暴气大，总之没等油榨完，5个人都开始“蹿鞭杆”，也就是拉稀，拉成直线，拉得提不起裤子那种。于是不得不换人。以后在地里干活时，榨油“蹿鞭杆”的故事，被当作笑料，很愉悦了大伙一阵子。末了，调笑的人总说：“没材料，饿死鬼脱生哩，欠吃死了。”

不管怎么说，那年油料丰收，社员们都分了不少油。一口人3斤多，我家一下子分了17斤多。家里两只油罐都装不下，最后又用一个葡萄糖瓶子装了满满一瓶。

柳林生产队的水磨坊历史最悠久，悠久到解放前。它最早属于私人。这个私人，不是别人，而是我姨姨的公公——富农杨老三。

杨老三是南阳人，早年“一担两筐”来到卢氏，靠竹匠手艺养家糊口，逐渐积累下一些家产。但杨老三真正发起来，却是靠水磨。

柳林村有一园好竹子，杨老三常年在这里干活，给人编席编篓。讲究的人家，一般竹器只用竹青不要竹黄。杨老三白天给东家干活，晚饭吃得撑饱，走时把人家不用的竹黄带回家，熬夜加班编成风门子，再拿到集市上去卖。白天干活挣工钱，夜里编风门子再卖钱。吃了人家的，省下自家的，晚饭吃得饱再顶半夜。你说杨老三多会打算！

在柳林干活时间长了，他又发现了商机：村前这一河好水白白流过，何不在这里建一盘水磨？

他本人不但是竹匠，还是石匠，会锻磨，于是就投资建起一个水磨。

那时候，河川上下还没有水磨，他的生意很红火，方圆附近的人都来这里磨面。

解放初期，卢氏处于拉锯地带，军队来往频繁，有国民党的部队，还有共产党的部队。但不管是哪一方的队伍，来了都要吃饭不是？杨老三就给部队磨面。除了挣钱，还可以落下许多麸皮子，他又用这些麸皮养了十几头猪。

一次，杨老三给部队磨面五天五夜没合眼。第六天他回到家里，坐到灶火门口，老婆给他递上一碗饭，他吃了两口，就把碗一撂，杵到地上瞌睡了。老婆以为他中了邪，脱下一只鞋就朝他脸上打。打了好几下他才醒。他说："你打我干什么？我老瞌睡啊，你叫我美美睡一觉。"结果他睡了一天一夜才醒过来。

姨姨是解放后嫁过去的，但姨家的水磨一直到"四清"前才充公。因为有了这个水磨，他们家不缺粮食。三年困难时期，姨姨经常接济我家，使我们顺利度过难关。

后来柳林村的水磨坊成了生产队所有。每次进城路过，父亲都要给我讲杨老三的发家史。父亲说，土改时杨家被划为富农，属于征收。但运动搞起来，谁还管政策？富农的财产照样没收。

一次，农会人把杨老三绑在浮梁上，把家里的东西一扫而光。杨老三心想，这下算完蛋了。然而他一抬头，看见捶布石头下面的锻磨家伙还在，一根錾子，一把锤子，又"噗嗤"一下笑出了声，心想，只要这两样家伙还在，老子不愁挣不下家业！第二天，他就掂上这两件家具下乡给人锻磨，一个月后让驴驮回来一担粮食。

我村的水磨建于 1967 年秋。

父亲是个木匠，东坪村要建水磨坊，须找匠人打水磨轮子。请外地匠人打一副水磨轮子，要价 470 元。生产队拿不出这笔钱。于是有人就给队长建议，说县城有个木匠，在城里吃不饱，想下乡落户，咱把他收下，他就成了咱队的社员。社员给队里干活，只挣工分不挣钱。并且有了这个木匠，水磨啥时候坏了啥时候修，何乐而不为？

于是经过熟人牵线搭桥，我家就从城里搬到这里，成了生产队的社员。

父亲给生产队打了一副水磨轮子，做了 3 个面仓，还有磨盘之类，生产队给他记了 300 个工分。当时生产队一个劳动日值 4 毛，合计为 120 元，比请外地人合算多了。

父亲擅长打水磨轮子，他说这是粗糙活，不用合缝，都是钉子钉。把周长拿 3.14 一除就是直径。九分之一留一个卯榫就对了。老式水磨轮子立轮和平轮是 24 比 20，父亲打破禁区，打了一个 20 比 20，水一放照样转得欢。

水好养磨子。但我们这河水不行，带碎沙子。一副水磨轮子只能用七八年，然后就得换。

我村的水磨建在河边一处落差很大的地方，人工挖好再用石头砌成，叫轮坑，很高很深。房子三面建在地上，一面悬在空中，悬空的墙用木板钉成，半空有一只小窗户。水磨由两扇石磨扇和中间的木头磨盘组成。上扇固定不动，用木头吊起在房梁上，下扇磨扇转动磨面。水流打动立轮，立轮再带动平轮，平轮和立轮靠“拨子”啮合带动。平轮一转，固定在老轮桩上的下扇磨扇就跟着转动。水流大，磨子就转得快；水流小，磨子就转得慢；没有水，磨子就不转了。

磨面需要两个人。一人踏箩，一人收磨盘上的粮食绊子，同时往磨上倒，还得拨磨眼。一个人就顾不过来了，又要踏箩，又是收磨盘，就赶得很。箩面中间的柱子，俗称“挨打毛”，箩面时要左一下右一下地挨打。

水磨坊常年有两种动物，一个是老鼠，个个都肥硕，毛都油汪汪的，门一开，只见老鼠“哧溜”一下就钻到墙缝或木板缝里。还有一个是麻雀，老在房梁上、墙缝里、瓦楞上，“扑碌碌、扑碌碌”乱飞，啄食磨道上的粮食。

每次磨面，大家都要把面仓、箩子、磨盘上、磨眼里一扫再扫，因为有老鼠豆豆屎，还有麻雀橛橛屎。

水磨坊里发生过许多故事。一个寡妇来磨面，就有村里的光棍前来帮忙。夜深人静，两个人孤男寡女，在远离村中心的水磨坊里，就“咕咚”到一块了。水磨坊里，放有一张铺着烂席片的床，以备磨面人乏了偶尔在上面躺一躺，现在就成了他们的“作案工具”了。还有一家人孩子小，男人一个人来磨面，中途出去尿尿，一眨眼工夫就被贼偷了。

水磨坊还出过人命。一个叫天生子的中年人，夜里磨面时，水大磨子停不下来。他就拿一根杠子去顶立轮的辐条。待到他去抽杠子时，储满水的轮子猛一转，一下子把他别到轮坑里。等天亮人们发现时，他已经死啦。

我家住在村子最南头，离水磨不远，下一个大坡，再拐一个弯就到了。但记忆中总是夜里磨面，这是我最发愁的事。

那时，父亲常年在外干木匠活，夜里磨面就是妈和哥的事了。他俩去磨面，剩下我和妹妹在家，我心里害怕，就把门死死顶住。老鼠吱吱叫，我以为是鬼；门缝吹来风，我也以为是鬼。听着空旷的夜空，“叮哐、叮哐”的踏箩声，我心里愈加害怕，用被子蒙住头，大气不敢出一下。直到哥哥和妈磨面回来，我才放心大胆睡觉。

我在家里害怕，在水磨坊磨面的他们也害怕。有时半夜磨完了，大家就把水磨坊的门顶住，等天明了再回家。

白天磨面，就由我给妈打下手。她用“铲瓢”收磨盘上的粮食绊子，往箩里倒，而我只管踏箩。坐在高高的凳子上，我的两脚够不着，就站立着踏，“叮哐、叮哐”。不一会儿，腿就困了，我又用手推，“咚、咚、咚”，但又觉得吃不住劲，怎么都不舒服。

小孩子要心大，我还常常爬到木板墙的小窗上，往下面吐唾沫。看着唾沫被轮子上的水浪卷走，我很开心。再不就是爬到窗户上，望对面路上过往的行人，妈就喊：“哎，又仰憨脸了，赶快，都堆住了。”

水磨坊的墙上、地板上，甚至墙角的蜘蛛网上，都落满了白面。磨完面，人也就涨成“面娃娃”了，回到家，要用刷子好一番打。

磨子不快了，要请石匠来锻。但刚锻过的磨子磨的面，吃着瘆人。

水磨渠是一个专有名词。渠水，清澈如许。它比河水洁净，也规整，从上游一路流下来，一直流到水磨坊，有 600 多米。

夏天，渠边长满水芹菜、辣蓼、猪耳朵，还有马莲。蝇蠓、蝴蝶，还有“花花舌儿”都来这里飞。我们在渠边割草，用马莲编草戒指，还逮“水叮叮”。

冬天，水磨渠表面冻住了，但水还在下面流，“淙淙、淙淙”，像没有人关注的小孩，自己跟自己玩。放学回来，我们在渠边扳一根冰溜橛啃，也很快乐的。

水磨渠还有很多功能。

淘粮食。妈用筛子、笊篱，把粮食放到水里漂，淘净再捞出来，我负责把麦子挑回家，晾干。玉米不用淘，只用湿手巾抹一下就行，而麦子要淘，晾时不能太干，也不能太湿。不干不湿，磨出的面才最好。

洗菜洗衣服。水磨坊墙根处有两块大石头，洁净光滑，且有阴凉，洗衣服最舒服。但不好的是，一不留神，衣服就被冲走了，冲到轮坑下面，沉好大一会儿，才能浮上来。围巾啊，袜子啊，常常被冲走。

洗澡。夏夜，一群女子，在渠边洗澡，说啊笑啊。而河滩，是属于男人的领地。野河滩，野河滩，水磨渠与它比起来，就温柔多了。

我村的水磨一直到 1984 年底才彻底废弃。村里有了一个钢磨，柴油机带动的，虽然还是人工上料，声音震得人头疼，但比起水磨来，效率还是高多了。

完成了历史使命的水磨坊，矗立在村头河边上，孤零零地一任风吹雨打，先是门锁生锈了，再是房子墙倒屋塌，再后来轮坑也坍塌了。水磨轮子也朽了，被拾柴禾的人一片一片扳坏拿回家，再后来，两扇磨扇也不知所踪，大概做了谁家猪圈的垫脚石。

柳林和河西的水磨坊，是何时倒塌的，都说不清了。

7. 槲包飘香端午来

一到农历四月下旬，县城东门外关于端午节的交易就火热进行开了。一街两行，有卖黍谷、黏米的，卖大豆、稀豌豆、红小豆的，还有卖槲叶、笋叶，以及车拉人挑成捆的槲包的。这都在提醒你，一年一度的端午节很快就要到了。

故乡人过端午，中心思想围绕一个“槲包”展开。不管是买谷子碾米，直接买黏米，还是买槲叶、笋叶、红豆，都是为了包槲包而准备的。人们从十多天前就开始酝酿、造势，到临近端午时达到高潮，由此把一个端午节拉得悠长悠长，烘托得热火朝天，不由你不过。

端午吃粽子，纪念爱国诗人屈原，这习俗全国通行。但我们伏牛山人却是吃槲包，这是许多人所不知道的。

“槲包”是用我们这里山上特有的一种槲叶，包上黍米后煮出来的美味佳肴。槲包极具地域特色，豫西一带也只有卢氏、栾川、鲁山、西峡等县的山上才长这种槲叶。槲叶在20世纪90年代曾出口日本，经脱水后作为食品包装材料，很受欢迎。三门峡六县只有卢氏人吃槲包，和我们紧挨的灵宝，都不知道槲包是啥。

南方人还有其他北方人吃的粽子，和我们卢氏的槲包一比，简直就像白开水。

著名教育家、翻译家曹靖华先生曾写过一篇散文，名为《粽香飘飘忆当年》。他文中所说的“粽”就是指家乡卢氏的槲包。曹老为何不写“槲包”而写“粽”呢？因为写“槲包”，外地人看不明白。

槲叶是豫西山上长的一种灌木叶子，和桦栎树、青冈树的叶子有点相似。每年春天发芽，端午节前成熟，有浓郁的香气。人们上山采来，让它阴干，就去掉了生涩气，然后包上黍米，煮熟就成了槲包。槲叶在树上时，质地稍坚硬，采下来经过一段时日的熟化，就变得柔韧了。拿它包上黍米，再放到锅里一煮，槲叶那特有的清香和黍米的香味结合起来，愈加沁人心脾。

包槲包必须用粘小米。小米是我国最早的粮食了，它分两种，一种是饭小米，就是烧汤用的，一种是粘小米，专门用来蒸吃或包槲包用。还有一种黍子，颗粒比小米大，也很具黏性，用它包的槲包也很好吃。

小时候，过端午吃槲包，是我最向往的事了。包槲包、煮槲包那漫长的准备过程和等待过程，把一个端午节弄得清香四溢、韵味悠长，也把我们小孩子的耐性拉到最长。那真是让人怀想的季节啊。

初夏，竹园的竹子开始长笋，等笋叶开始落了，我们就进竹园拾笋叶，准备到时候包槲包时捆槲包用。拾笋叶，要起得很早，起晚了，别人就把好的、长的笋叶拾走了。你只能拾那些粗且硬的“短巴橛”，不好使。

接着是舂米。那时没有碾米机，人们就用碓臼舂。村子里有几个碓臼，一到端午节前就开始忙了。大人们白天下地，只有趁夜里的时间舂米，把谷子倒到臼窝里，用石碓子一下一下捣。满村都能听见“对光、对光”的声音。碓臼俗称“对窝”，大人干活，小孩子不帮忙，还在一边看笑话，边跳着皮筋边念着顺口溜骂那个舂米的妇女：“老王婆，捣对窝，今年不胜年时过。”“年时过”就是去年，就像把“昨天”称为“夜过”一样。

农历五月初三或者初四，性急的人或许更早就开始包槲包了。包槲包不是一个人的事，一个人架不起那个势，要两个以上的人分工合作才能完成。

头天晚上，大家把槲叶用开水烫一下，泡一夜，泡得软软的，第二天一早，把槲叶拿到河畔，在清水里慢慢搓洗。两片叶子，左手一片，右手一片，面对面“滋滋滋”搓两下；再背对背 “滋滋滋”搓两下，用水再冲一下，就洗净了。

包槲包除了用粘小米以外，还有红小豆、稀豌豆。豆子也是头天晚上已经煮好的，要煮个半生不熟，煮熟了蒸就没味了，生的到时候煮槲包时又煮不熟。豆与米分别放置在两个盆里，也是头一夜就泡上了。

开始包时，用两个槲叶，叶尖对叶尖，放在左手，右手从盆里分别捞些米和豆，比例要掌握好，纯米煮出来的槲包太硬，不好吃，而豆放太多了，又缺少黏性，也不好吃。母亲总结出来的比例是 10 斤米 3 斤豆，包 7 个槲包，这样最好。米放进槲叶里了，右手就把两个叶子合起来一折，再一折，然后把两个叶柄对住，包成一扇，夹在左手食指和小拇指前，再开始包另一扇，然后两扇槲包对起来，用笋叶劈成的绳子捆绑住，一捆槲包就成了。

讲究的人家还要在槲包里面包些红枣，西南山人还要在里面包上毛栗子，那就更好吃了。包槲包时，我们小孩子的任务就是劈笋叶，把笋叶用针劈成一条一条，再做成长长的绳，这是绑槲包最理想的绳子了。

两个人或三个人，包啊包，包一整天，包一百多个槲包或者更多，晚上才开始煮。煮槲包要用大锅，蒸馍用的大锅，把槲包一茬茬放在大锅里，压上草圈，盖上锅盖，再压上大石头，架起木柴绊子，“噼噼啪啪”烧啊烧，烧两个小时才能熟。

槲包装锅了，架起柴禾，风箱一拉，呼呼的火苗蹿出老高。我们就开始等。烧啊烧，锅里冒出白气，槲包的香味出来了，我们都禁不住吸鼻子。啊，香啊，太香了。该熟了吧？但母亲却说：“还没哩，还得捂一夜哩。”

实在等不及了，我一个劲问：“咋还不熟呢，咋还不熟呢？”又央求母亲，“给我捞一个吧，都熟了嘛。”

母亲总是说：“没哩，没哩。槲包全凭捂哩，不捂不得熟，不能吃。吃了肚子疼。”

我说：“不嘛，我想吃啊。”

母亲吃不住央求，就揭开压锅的大石头，从雾气腾腾的锅里给我捞一个，当然是有些生硬，但也可以吃了，只是不好吃而已。吃了一个槲包，我心安了，等不及就瞌睡了。

第二天一觉醒来，我就嚷着吃槲包。经过一夜的捂，槲包这时是真熟了。母亲一个一个捞出来，放在箩筐里淋水，然后让我给东家送几个，给西家送几个，还要留出一些给城里的亲戚。

我心里是一百个不愿意，但母亲说：“过端午就是这样嘛。人家吃了传名了，自己吃了填坑了。”

母亲包的槲包最好吃，软、硬、黏度都掌握得非常到位。村里也有人给我们送，但他们包的都没有母亲包的好吃。

包槲包麻烦，吃槲包更麻烦。性子急的人就吃不成。吃槲包也要有技巧，没有技巧，你吃不到嘴里。首先是剥着麻烦，要一层一层剥开槲叶，摊展了，撒上白糖，然后用筷子，一筷子挨着一筷子夹着吃，或者拨到碗里，蘸上白糖，黏黏的米和着白糖，香甜香甜。

若性子急或者不会剥、不会夹，叶子上就粘满了米，筷子还不时把叶子戳个窟窿，吃不成。一燎焦，连叶子带米扔了。小孩子不会吃，常常吃到鼻子、脸蛋，甚至眼睫毛上都粘上米粒，看起来非常滑稽好笑。

槲包煮熟后，再热的天，只要一天熘一次，放一个月也没事。但要天天熘，越熘越软，越熘越香，到最后不剩几个了，槲包才越发好吃。

五黄六月，上地里割麦子，回到家里，人又热又乏，什么都不想吃，这时候解开一捆槲包来吃，凉爽可口，既顶饥也顶渴，那真是绝美的享受。

卢氏西南山人保存槲包的方法更妙，他们把槲包放在篮子里，用绳子吊在井下，井下温度低，能保存很长时间。有的人家能吃到农历六月六。

槲包好吃但颜色不好看，一煮黑糊糊的，看起来好像很不干净。夫是灵宝人，参加工作分到卢氏那年的端午节，林场里的大婶大嫂给他送来槲包，让他吃。他望着那黑糊糊的东西直发愁：什么呀，多脏啊，怎么能吃呢？后来问人，人家说不脏，叶子都是经过一再清洗的。

他这才吃，谁知越吃越好吃。

槲包生来是属于乡野里的美味，特有的叶子、特有的米、特有的柴禾，一到城里，就失却了那种特有的色彩和味道。

现在精明的小商小贩，端午节还没到就开始包槲包卖槲包了，买几个吃吃也方便。但端午节来临时，家家还是要买槲叶、买米，费尽周折地自己包。为什么呢？要的就是那个气氛，那个麻烦和热闹。

年年的端午节都在麦前，人们吃罢槲包就开始割麦了。空气中飘满艾蒿的清香、麦草的香味，再加上浓郁的槲包的香，一个浓郁的五月从此开始。

8. 疯玩的童年

在我关于童年的记忆里，似乎除了玩耍还是玩耍。那时上学、读书、做作业都是“搂草打兔子——捎带”，而大部分时间就是玩耍。学校不追究，大人更不督促，也没有家庭作业这一说。我和小伙伴们一起村里村外、满山遍野地到处疯玩。我们白天玩，晚上玩，放学玩，上学还玩。故乡的田野就是我们的乐土，故乡的山川河流就是我们的广阔舞台。我们在这里自由生长，我们在这里收获童真。那时每户农家都喂有几只兔子或一头猪，放学后我们提着篮子，三五成群地去拽草。而拽草的时间也不多，其间多是在玩。

女孩子玩得最多的就是抓子、跳方格、踢毽子、跳绳。抓子，要到河畔里用石英石去砸，我们叫“火石”。用“火石”砸出来的子，一开始涩巴、扎手，但经过一段时间的磨炼后，就变得光滑圆润了。抓的时间长了，子就磨小了捉不住，然后再砸。一副子是七个，一方开始抓，抓失手了，就叫“嗨了”，这方“嗨了”，就轮到另一方抓。最后比谁得的分多算谁赢。一年到头，女孩子右手的几个指甲中间都是坑，那是抓子抓成的。

做毽子，要用麻钱和鸡毛。家里好像总能找到一些麻钱，甚至有时在粪堆里都能刨出麻钱。麻钱就是过去朝代的钱，中间有方孔，两个麻钱相叠用布纳住，再在上面栽个野鸡翎后面的细管子，管子里插上鸡毛就成了。

鸡毛必须是公鸡尾巴上的，色彩鲜亮，羽毛柔软。每到冬天的夜晚，家里那只长得最好看的大公鸡就遭殃了。待鸡都上架后，我们就嚷着让大人捉住公鸡拔毛。鸡毛要尾巴中部的，靠后不行，靠前的也不行。靠后的鸡毛短粗，插不到管子里，靠前的鸡毛，又不鲜艳。

除此之外，我们还玩更多的游戏。

在夏夜光洁的麦场上，我们翻跟斗、打水磨轮子、藏猫狐。藏猫狐时，一个人说："辘辘把，绞三绞，开开后门我先跑！"然后就跑了，随后剩下的人都去找。我有时跑到鸡圈里，有时藏到猪窝里，只要让大家找不着，什么地方都敢藏。还有老鹰抓小鸡、指星星月亮、丢手绢、过家家，那真是太有意思啦！

后来大队成立了"毛泽东思想宣传队"，排练样板戏和其他节目，宣传队经常组织到各村去演出，小孩子更是跟着模仿。夏夜里，几个大孩子领着一群小孩子，站在村头，用纸卷的喇叭筒对着河对面的村放声高唱样板戏，那边听见了，也对着唱。两家互相对阵，最后嗓子都唱哑了。女伴中属淑玲的嗓子最好，又高又亮，她选唱《红灯记》中李奶奶的唱段，很有名气。

不论在哪个场合，只要有权威的孩子头说声"淑玲，来一段"，淑玲就开始"痛说革命家史"了："十七年风雨狂怕谈以往，怕的是你年幼小志不刚，几次要谈我口难张……”到最后，这几乎成了她的专利，每到一个场合，人们都要求淑玲唱。

那时大人忙，每家的孩子也多，做父母的顾不上管。母亲最多交代一句：“不要去崖边，小心掉下去！”我们爬坡沿崖，爬高下低，没有不敢去的地方。不像现在一家一个孩子，这不敢，那不敢，把孩子管得死死的。所以我们也就无所顾忌，整天在外面疯玩。

长大以后的我，再看家乡，只觉得村庄很破败，田野很贫瘠，三道梁，四面坡，两条河水绕村过，村前一园竹子，人们住的大多是窑洞，远处是光秃秃的山，实在谈不上什么好山好水，但那时却是我的乐园。

我们整天在村子里、田野上跑来跑去，以至于现在闭上眼睛，我还能说出村子里的人家，谁和谁挨着，上屋住谁，下屋住谁，谁家院子里栽有什么花，种有什么树。我还能叫得出村里块块田地的名称，它们的方位、形状。什么十亩地、扣窝地、后村崖畔、硝土窑、苇园地、前河畔、土地庙、后堂庙、北坡跟子，还有六亩坑子、老坟边子、大河沟、小河沟、狼沟、咕咚壕等，我都记得清清楚楚。

童年的玩耍，一是和吃分不开，二是和生产劳动紧密相连。小时候，我非常爱吃。而处在饥馑年代，家里没有什么可吃的，糁子饭、糊涂面能填饱肚子就不错了，哪有什么零食？家里没有，我们就去野外寻觅。

春天里桃花刚落不久，我们一群孩子就开始剥吃小桃，那时桃核还是软的，我们就把桃核塞到耳朵眼里，说是“暖鸡娃”；四月里的青杏，酸得让人打牙，但我们照样上树偷摘，酸得龇牙咧嘴也不肯罢休；到田野上割草时，我们吃芦芦葱、酸不溜、荠荠菜、叶叶菜，还有一种叫“鸡大腿”的植物根茎，吃得嘴巴乌绿乌绿的。

在我们小孩子眼里，没有什么是不能吃的。麦子快熟时，我们掐嫩麦穗回家烧着吃；农历五月，我们到崖畔摘“破板”吃，它们红红的，味道像草莓一样，酸甜酸甜的；还有一种叫“疙门”的果子，也是很好吃的。母亲常嚷我，说：“吃嘴妖精，太糟害人了。”

秋天自然是一年中最丰盛的季节，玉米快熟了，我们到田里折“甜甜杆”啃，那是没有结玉米穗的光杆子，和甘蔗一样甜；农历六月六刚过，我们就开始摘核桃吃，说是“六月六，灌香油”，也就是核桃刚灌浆，还是稀水汁子时就开始吃，一直吃到核桃仁饱满。我整天用一把小刀剜核桃，手被染得乌黑乌黑的，见了人很不好意思，总把两只手藏到身子背后。有一次，我急得到河边寻个涩巴石头磨，想把手磨白，结果把手都磨烂了。

秋天下霜后，柿子红了，小孩子一起上树摘柿子吃，常常被涩得龇牙咧嘴，有时连嘴巴都张不开。山坡上的野果子都开始熟了，酸枣、欧李子、木胡梨、野葡萄、八月炸，什么都有。每天放学后，我就带着妹妹，爬坡沿崖找野味。我们还到邻居家后院摘桑葚吃。冬天里，实在没有啥可吃了，我们就拿上镢头去刨菅草根吃，也甜津津的。

学校门前有个大队林场，林场有许多梨树。春天里梨花雪白雪白的，非常好看。到了秋天，梨子挂满枝头。梨子一天天长大，很是诱人。人从梨树下走过，馋得口水长流。但看园子的人看得很严，大家根本没法到树跟前。

有一次，我和一群小伙伴商量好，绕到梨园背后，在距离庵子很远的地方，摘了一些梨，结果被看园老头发现了。老汉一边喊叫一边撵，把我们撵得屁滚尿流，但小孩子家腿脚利索，一蹦子跑了老远。我们不敢往回家的方向跑，朝着相反方向跑，一直到天黑下来，才绕道回家，到家后大气不敢出一声，乖乖睡觉。第二天上学，还怕看园老汉认出，我们忐忑了一阵子，见没有动静，心里才安生。

村里有个郭老汉，喜欢种果树，他家的院子里栽有杏树、樱桃树、梨树等。但郭老汉整天板着脸子，看得严，谁都害怕他。村里村外的果子不等熟，都被小孩子摘吃光了，但他家院子里的果子还完好无损地挂在枝头，伸过墙来招摇着诱惑我们。每次路过，我们都馋得直流口水。大家就想，怎样才能吃上郭老汉的果子呢？有一次，眼瞅郭老汉挑水去了，我就和小红几个人，攀着树枝上到郭老汉的墙头上摘他家的大梅杏。刚摘了没几个，郭老汉就回来了，他边走边喊：“这是谁家的娃子，杏还没熟呢，就偷着摘了吃？走，寻你家大人去！”我吓坏了，双腿直哆嗦，溜下墙头，低眉顺眼地等着郭老汉训斥。谁知他走近了，却没有再说难听话，还把撒在地上的青杏拾起，塞给我：“不是不让你们吃，是得等熟了。”我接过果子，撒开腿跑了，从此见了郭老汉都觉得不好意思。

崖畔上种了两亩西瓜，队长派村里最厉害的二杆子叔看瓜。二杆子叔高腔大嗓子，为人不讲情面，人们都怯他。一次晌午，我和几个小女伴，商量好去偷瓜。我们在瓜庵子里和二杆子叔攀扯，派另外两个人在地头摘瓜，顺崖滚下去。等摘得差不多了，我们走出瓜棚。谁知她们摘的瓜都不熟，用拳头擂开，里面的瓤还是白色的，但我们还是你一块我一块地啃起来。

我的整个童年就是在故乡的田野里、山坡上度过的，我对土地、山川、河流有一种天然的亲切感。以至于后来，参加工作后，我住在城里好长时间都不习惯。过一段时间，我好像得了什么病，头痛、胸闷，呼吸不畅，浑身乏力，说不出的难受，只要星期天回家转一圈，看看山，看看水，站在山野上呼吸一下新鲜空气，就什么毛病都没有了。

9. 父亲的木匠生涯

改革开放前，木匠在乡村社会生活中占据着十分重要的地位。从有耕耘作用的犁耧锄耙，到盖房子用的房梁木架、门窗户扇，日常生活中所用的桌椅板凳、茶几箱柜，厨房里所用的锅盖、风箱，一直到交通上的车、船，还有水磨轮子、轧花车子，量粮食用的升、斗，织布机子、纺花车子、小孩坐的坐车子，还有烧砖瓦用的瓦札子、砖斗子，以及人死后用的棺材等，这些都离不开木匠。

在陶瓷业不发达、塑料产品还没有出现以前，人们用的桶、盆、缸，也都是木匠用木头箍的。还有许多工艺品，亭台楼阁、雕梁画栋、飞檐走壁、小桥流水，也都少不了木工。

据说，20 世纪 30 年代以前，陕州一带没有木匠，盖房子做家具都是请的洛阳木匠。因为洛阳是九朝古都，古建筑多，催生了一大批能工巧匠。洛阳匠人来这里干活，从年头干到年尾，最后挣一把钱回去。洛阳木匠称自己“我们是河南府的”，本地人也称他们是“河南府的匠人”。

后来，本地人开始跟洛阳木匠学手艺，用的木匠家伙，比如斧、锯、刨，都是从洛阳人手里买来的。那时洛阳一带缺吃的，来干活的徒弟娃子，初来乍到时都是面黄肌瘦，跟着师傅干上一段时间，都吃得胖乎乎的了。我老家 1935 年翻修房子，就是请一个叫杨兴的洛阳木匠领着人干的。

我父亲小时候喜欢舞刨弄锯，家里请木匠干活，他就跟在人家屁股后面嘁嘁喳喳，帮忙凿个眼啦，拉个大锯啦，乐此不疲。土改时，大家庭土崩瓦解，17 岁的父亲跑到西山跟一位姓陈的师傅学会了木匠手艺，一生靠这个养家糊口生存下来，并成为这一带有名的木匠。

作家周同宾说，学木匠要“三年斧子五年锛，十年刨子学不真”。我父亲说，没有那么难。他只跟陈师傅学了一年半，就出师了。所谓三年徒弟，不是三年才学会，而是学会了要报答师傅给他白干一段，这是规矩。

最初学木匠的人都是目不识丁，若稍微有点文化知识，就好学了。你只要知道圆周率是 3.14 就行，甚至只知道个 3 就中。他还说，只要基本功扎实，会推磨就会捣碾。他跟师傅只做过斗、棺材，以后就什么都会了。

父亲擅长打风箱、打水磨轮子、穿瓦札子，最拿手的是做棺材，我们这里叫“板”。方圆附近的老人都希望用上“骆师”做的“板”，他会在“板”上面挑祥云、仙鹤，还有牡丹花、“寿”字等图案。

小时候，家里到处是木匠家伙，墨斗、方尺、锯子、刨子、斧子、锛子、凿子，还有木工用的扁铅笔，到处都是。那时做木匠活，没有电锯、电刨，一切都靠人工。没有一身好力气，是吃不了这碗饭的。做家具都是从解“木头轱辘”开始，常常是母亲给父亲打下手，父亲拉上锯，母亲拉下锯。把木头捆在大树或木桩子上，搭起斜板，两人站在高高的斜板上，一脚前一脚后，“噌噌噌”地你来我往，非常卖力。解到一半时，再把斜板放低，人站在低处拉锯。有时母亲顾不上，父亲就用一面镜子照住木头对面的墨线，一个人独自拉。

诗人流沙河被划为右派而流放乡野时曾当过六年“解匠”，就是拉大锯的。他说过一个顺口溜，很形象地表明拉大锯是个出力活：“解锵解，解锵解，裤裆那个东西两边甩。”而每当父母拉大锯时，我们在一边唱的是：“拉大锯，扯大锯，姥姥家里唱大戏。大大去妈妈去，就是不叫小娃去。”

母亲还帮父亲吊墨斗、捻棕绳。吊墨斗就是给木头打线，一人按住这头，一人按住那头，然后用手把墨线弹起，“嘣、嘣”，笔直的墨线就出来了。捻棕绳是穿瓦札子用的。母亲说，那时哥哥小，才会爬。她和父亲干活时，就把哥哥抱到很远的地方，然后他俩开始捻绳。但不一会儿哥哥就爬到跟前了，再抱再爬，非常执着。那时干木匠活，都是夜里加班，白天要给生产队干，夜里才能偷着干“体己活”。

父亲说，他经常熬夜给人做瓦札子。一副瓦札子 20 元，在那时可是一笔不小的收入。但哥哥体弱多病，经常要打针吃药。父亲只要加班穿一对瓦札子，哥哥第二天一准要打青霉素。一支 20 万单位的青霉素要 10 元，父亲熬夜挣的钱，刚好够给他打两针。父亲说，有一次他一连熬了三天三夜，累得张嘴打哈欠，夜里听到母亲和哥哥一大一小香甜的呼噜声，心想，能饱饱睡一觉该多好啊。可是他不能睡，人家第二天一早要来取货。

父亲虽然是木匠，但家里却缺椅少凳的，桌子和箱子都很简陋。母亲就说：“当席匠溜光炕，大夫守个病婆娘，木匠住的是柯杈房。”我问啥叫柯杈房，她说就是用几根棍子撑起的简易房，形容会啥家里缺啥。母亲还经常说：长木匠短铁匠。意思是木匠用料要长，长了可以截短，要是短了就没有办法了；而铁匠用料短了可以锻打变长。还有“木匠斧子一面砍”，意思是遇事只讲一面理。有时父亲做了什么错事，母亲就说：“美，美，你木匠做枷，自作自受吧。”

父亲年轻时背上木匠家伙走四方，吃百家饭，见过许多世事。虽然木匠也是出力活，社会地位也不高，但比起面朝黄土背朝天的农民，还是要好许多。他说当木匠有三大好处，一是可以吃得饱，还能省一口人的粮食；二是相对于干地里的活，要轻省许多；三是可以挣些小钱。比如，那时他一天挣 1.8 元，给生产队交 1.5 元，记 10 分，还可以落 3 毛钱。这样，光景就比村里其他人好过一点。方圆附近村子的人家，父亲都给他们做过活，大到盖房子、做嫁妆，小到修猪圈栅栏门。有的人家大方，好吃好喝招呼你，而有的人家很小气，不但不让匠人吸烟，有时连开水都不给喝。

父亲干木工活，也有许多轶闻趣事。农村人给老人做棺材，很庄重，像盖房子一样。上梁这天，亲戚朋友都要来喝酒庆祝。有一次，他给一户人家做棺材，主人很满意，活起时热情款待，几个人轮流给他端酒。父亲喝着喝着喝多了，最后晕晕乎乎不知怎么睡到了棺材里。主人一家寻不着父亲，发动全村老少四处寻，把人都快急疯了。半夜时分，父亲酒醒，自己从棺材里爬出来。

还有一次，他给一户人家做风箱。这家人割肉包饺子，他们把肉丝藏起来，把肉皮子剁剁包饺子给匠人吃。父亲很生气，也没法说。把风箱做成后，他心生一计。一开始他们试用，呼呼生风很“过”。临走时，父亲用一张白绵纸把风箱口糊住，待到晚上这家人去做饭时，风箱怎么拉都不“过”。他们找着父亲，父亲说：“这风箱得喝酒哩。”于是这家人准备了酒，请父亲给摆治。父亲喝了两口酒，照住糊纸的地方，“卟卟”两口，纸湿后烂了，风箱一拉又“过”了。这家人说：“你真神。”

还有一次，他到灵宝干活，只背了斧子和刨子。这家老汉问：“你背这两件家伙出来咋做活？”父亲说：“没有两把刷子就不敢出来。”那人说：“噢哟，口气还怪大哩。那你先做两个凳子再说。”父亲两天做了两个凳子，圆角圆腿出线，算是细活。那家老汉把凳子拉过来拉过去，嘴里没说心里却很满意。后来他又说：“你再给咱做个条盘。”父亲一听，还是试手艺哩。条盘就是灵宝人用来放馍放菜的木盘子，四周镶嵌一圈木棱，连馍菜一起放在土炕上或饭桌上，用餐完毕后再一起端走，很不好做。一般一个条盘两个工，父亲一天就做成了。

老汉拿起条盘，反复掂量，晃一晃，里头还当当响。老汉问：“这里边是啥东西？”父亲说：“没啥窍门，挖个槽，装两个小石头子儿。”老汉这时才说：“我有几件活想做哩，当地木业社人做活老粗糙，不想叫他做。我想给闺女做份美美的嫁妆。”父亲说：“你咋不早说，试了我三天。”后来老汉才把木头翻出来，父亲给他做了一对椅子、两个箱子、一个柜子。老汉很满意。

那个年代，学一门好手艺是唯一的生活出路。因此很多地主子弟都成了能工巧匠。铁匠受固定场地限制，泥瓦匠、小炉匠、竹匠又都没有木匠方便，于是许多人都跟父亲学木匠。我的几个堂哥、表哥，还有小舅都跟父亲学会了木匠，靠手艺度过艰难岁月。生产队也有不少人跟父亲学木匠，但成事的没几个。因为他们学木匠的目的不纯，主要是想不受日头晒，不用去地里干活。

经常有人问父亲："一副板咋说是副好板？"父亲说："都是哄人哩，多磨砺几个工。再好的板最后都沤到地里了。"

10. 母亲的俚言俗语

前段时间，我在 QQ 空间推出：“我妈说，怯活狠饭。我妈说，夜明珠出在鳖身上。我妈还说，杀鳖饶不了四只爪……”立刻就有网友续下：“我妈说，吃馋坐懒。我妈说，羊毛出在羊身上。我妈说，王八四十鳖四十。我妈还说，小娃勤，爱死人；小娃懒，狼叼没人撵……”如果这样续下去，每个人都能想起许多“我妈说”。小时候，我就是在听着“我妈说”的过程中长大的。长大的我，还在不断地回味着“我妈说”的话，汲取着母亲传承的精神营养。

小时候，父亲常年在外干木工活，母亲就领着我们挣工分过日子。母亲常常一边劳作，一边说些俚言俗语。生活的哲理，做人的准则，世态百相，世道人心，都通过“打比方”，被一点一滴地灌输到我们耳朵里，渗进我们的血液中。

冬天的早上，头顶的“小喇叭开始广播了”，我们还赖在被窝里不想起来，母亲就说：“赶紧起吧，早起三光，晚起三慌。”我问是哪三光，她说：“头光，脸光，脚地光。”

那时有许多“要饭的”，每当“要饭的”到门前讨要时，母亲就挖一碗糁子或取一块馍给他，从不落空。我们不愿意，说：“咱都没啥吃哩，还给他？”母亲就说：“人都有遭难的时候，没听说‘有话送给知人，有饭送给饥人’吗？”

每次吃饭，在饭桌上，母亲都教我不要掉馍花，她说：“饥时一口，饱时一斗，一米还能度三荒哩。”

每当说起村里谁谁谁不好，再不和他来往时，母亲就说：“话不说尽，路不走尽，不走的路还要走三匝哩。”

小孩子骂人，专挑别人的缺陷，母亲就劝道：“打人不打脸，骂人不揭短。”

当我们在外面吃了亏回家诉说，她就劝：“吃亏人常在。”

姊妹们因为什么闹气了，母亲就劝道：“要得好，大让小。没听说，有今世的姊妹们，没有来世的姊妹们吗？”

母亲手巧，会剪衣服、做蒸糕、捏窝窝等，村里谁家有事都来找她。她常常耽误了自家的活。每次我嘴撅着不愿意，她就说：“邻居瞰舍哩，谁不用谁？没听说‘远亲不贴近邻，近邻不贴对门’吗？”

有时候应承了别人什么事，她再难都要办到。我若埋怨，母亲就说：“应人事小，误人事大。人家靠给你了，再难也要做到。”

教育我们要独立自主，不要依赖别人时，她就说：“有山靠山，没山独担。”意思是有外来的支援更好，没有了你要自己撑起来。她还说：“指亲戚靠邻居，饿了肚子老嘈人。”

在日常生活中，母亲就事论事，一点一滴教导我们行为规范。吃饭时，她教我们身子要坐端，所谓“食不言，寝不语”。我们说话时，她就指点："说是说，笑是笑。没听人说，'连说带笑，必定差窍'吗？"

她教育我们干什么都要坚持，说："不怕慢，单怕站。只要有恒心，铁棒磨成针。"我若帮助母亲做点事时，她就鼓励道："一把手啪不响，两把手响叮当。"

母亲做针线活很细致，我跟她学，总是不耐心，毛毛糙糙。母亲就说："没有好人穿，还有好人看呢。"

她讲卫生，爱干净，总是把院子、脚地扫得净光。一年到头，母亲床上的被子总是叠得整整齐齐，冬天再冷，她也不习惯往床上坐。她常说："坐是坐，站是站，不要倒脚卧行。"父亲总是说："单子不是铺烂的，都是让你妈给扫烂的。"那时家穷，缺吃少穿，但我们姊妹的衣服总是洗得干干净净。冬天换不过，母亲连夜把棉袄拆了，洗净，搭到腾笼上烤干，赶天明纳好让我们穿上。她还说："笑脏不笑烂嘛。"

母亲很会操持光景，她常说："命薄一张纸，殷勤饿不死。""吃不穷穿不穷，打算不到一世穷。"她还经常劝我们"吃饭穿衣量家当"，不要和别人攀比。说到住的地方不好时，母亲就说："宁叫心宽，不要宅宽。"

母亲善良、聪明，与人为善，处事也很灵活。邻居之间有纠纷，来向她倾诉，她就说："常言道，清楚不了，糊涂拉倒。要得公道，打个颠倒。你忍忍他让让就过去了。就是辩个是非曲直又能咋着？"但她同时又告诫我们："糊涂饭吃得，糊涂事做不得。"她让你知道，道理都有两面性，你要学会把握其中的分寸。

母亲也有一套劝解自己的办法，每当遇到重大困难，几乎过不去的时候，她就说：“马到山前必有路，上不去了鞭子抽。”有几次我丢了钱，很心疼，影响情绪，母亲就劝道：“算了，风吹鸡蛋壳，财去人安乐。”有时我上当受骗了，一直耿耿于怀，她就劝说：“不要想那事了，割过的肉都不疼了。”

那时生产队的人都偷庄稼，我们偷不上，很生气，母亲就劝：“吃了凉粉凉凉的，没吃凉粉淌淌的。没有长下那勾勾嘴，就不要想着吃那瓢瓢食。”

当村里妇女来诉说，说到谁待谁不亲时，母亲就说：“这个事不要强求，没听说‘猪是猪，羊是羊，猪肉长不到羊身上。’”还有说到付出与回报的关系时，母亲说：“没有行下清风，就想要细雨哩？”母亲的劝解，使你凡事想得开，不钻牛角尖，无论是在人生的高潮还是低谷，都能够做到平和、自省，保持基本的心态平衡。

对待人际关系，母亲也有一番见解，她常说：“亲戚远来香，邻居高打墙。”意思是人与人之间要有距离；她还说：“穷到街头无人问，富贵高山有远亲。”母亲教育我们不要固执己见时，就说：“大家群小家轮嘛。”说到大集体，人哄地皮、地哄肚皮时，母亲就说：“人多没好饭，猪多没好食。”

母亲也很幽默，说起村子里哪个懒婆娘时，母亲就说她是“白天游门摆四方，黑夜熬油补裤裆”。说谁是个懒汉，母亲就说他“槽里吃食，圈里蹭痒”。母亲把她的所爱所恨、所喜所恶，都通过俗言俚语、打比方的方式传递给我们，让我们在不经意中懂得，什么是美什么是丑，什么是善什么是恶。

母亲守旧、认命、本分，同时也胆小、怕事。她常说：“我是针尖磨眼里熬出来的人，树叶掉下来都怕打住头。”作为家里的长女，她从小伺候五个弟妹，帮大人做家务活，“当丫头女子使唤”，没有机会上学。她所有的知识，都是从外婆那里得来的。

在风雨飘摇的年代，她用她的智慧，辛苦维持我们这个家，使我们的家庭能够浑全，使儿女们能够健康成人。她言传身教的那些东西，总是在不经意中指点着我的人生。

11. 我的灵宝婆婆

婆婆在我们家里一直拥有绝对不可动摇的权威地位，不论是“内政外交”、亲朋往来，还是庄稼农事、修房盖舍，一应事务都是她在操持。在她巨大光环的笼罩下，公公成了应声虫。婆婆说：你去东。公公说：嗯。婆婆说：你去西。公公说：中。

除了干活吃饭，公公基本上不操什么心。婆婆的嫡系部队有她的三个儿子、三个儿媳妇、一个女儿和一个女婿，非嫡系部队有大家族里的三妈、四妈、五妈、六妈、七妈、八妈、三叔、四叔、五叔、六叔、七叔、八叔，三奶、四奶，她同龄的“老伙”，嫁在本村的外甥女、外甥女婿，侄女、侄女婿，以及她平日为他们说媒、帮他们埋老人拾小娃而广泛联络的村民们。

婆婆具有超强的外交能力，她指挥一切调动一切，能穿插一切领域，能让风马牛不相及的人和事串在一起，能“一根葛条扯得满坡动弹”。比如把这方亲戚的亲戚和那方亲戚的亲戚串连起来，就像“你表爷的小舅子的妹夫的侄子”一样；比如我侄女找对象的事，她很关心，我妹妹的婆婆，她也很熟悉；比如七妈去娘家串亲戚，她也会跟着到七妈的哥哥家转转；比如她会把村里的“老伙”拉到市里坐她女婿开的车，如果这天女婿不当班，她就会坐到女婿同事的车上，并说我女婿是谁谁谁；再比如她还把村人领到她儿子的同学的店里买东西……

不定哪一天，她老人家不宣而战，就带一大群村里人来我家了，说：“这是你东头姨，这是你北村婶，这一个你得叫爷，那一个是你七姑哩。”谁能记住啊，我们只好“呵呵呵”傻笑。你要敢给她讲道理，让她不要多管闲事，不要和谁都拉扯，肯定要遭她一顿训，说：“都是村里那俩人，沾亲带故，亲哩没法哩，外人我还不叫他来哩。”生气的时候，我就对夫说：“你妈就是个八扯，胡拉八扯！仿佛天底下的人和事，都能扯到一起似的。”

三个儿子，一个女儿，业已成家，并各居一地自己过活，但思想上都受她老人家的约束。我调侃夫说：“军队要在党的绝对领导之下，你们都是在你妈的绝对指挥之下啊。”虽然近年来，她已很少干预儿女们的家中小事了，但只要和她在一起，你还是能感受到一种威严的气场。

婆婆嘴勤手勤腿勤，上午还在村里，下午就跑到城里了；今天还在街上，明天就串到女儿家了。婆婆热衷于乡村里的一切事务，通晓生老病死的一切规矩礼数。她日常的工作除了自家的活路外，主要就是帮村里人说媒，“混事情”，谁家娶媳妇了，谁家埋老人了，谁家嫁女子了，谁家生小孩了，每每都要请她去，一忙就是三四天。最后的收获就是村人的尊敬以及一包方便面或一条毛巾以及几个红皮鸡蛋之类。

婆婆不但参与大家族里的一切事务，她还积极参政议政。党支部、村委会做出什么举措，干什么事了，自有人来给她禀报。她若赞同，就帮着说好，比如“这个事不错劲”“这还差不多”；她若不愿意，就会拐弯抹角说风凉话：“这伙女子养货，不干正事。”

改天见了支书或主任，她就说：“你弄这就不对，人家社员有意见。大伙好赖到乡里歪歪嘴，这钱你都弄不到手。”再不就“刺溜”人家几句。说不定这村干部，就是她的晚辈或拐弯抹角的亲戚，也不好把她怎么样。我有时调侃夫说：“你妈是‘在野党’。”

有次村里修村志，夫是顾问之一，忙得年也没过好。但婆婆很高兴，仿佛他儿子受到重用似的。村志里写到一个媒婆罗丝，婆婆不愿意了，她对夫说：“你妈说的媒比她说的多了去了，你得把你妈写上，写得美美的。你不写我，绝对不行。”夫连连称诺。

如此性格的婆婆是一个妇联工作者的好人选。我就问她：“那你年轻时咋不当妇联工作者呢？”她说：“我要是当妇联工作者，就没有她们什么事了。”我说：“那你咋不当呢？”她说：“起先是成分不好，后来不论成分了，我又不想听人家背后怪声拉叽地说闲话。不管谁当妇联工作者，村里人都说她和支书不清不楚。我可不愿意落那个名。你伯这人没话说，我要出面当妇联工作者，人家都小看你伯，我可不干。”原来如此。

婆婆一年到头都是五点多起床，然后忙到半夜。她种棉花，然后纳成被子，单的棉的，厚的薄的，给老大送，给老二送，也给老三送；或者织成粗布手巾，一卷子一卷子压到箱子底下，逢年过节送亲戚送朋友；或者过一段时间蒸些馍，给儿子女儿送来，再不就是扯几苗菠菜，坐老远的车给你送来。

婆婆热衷于“生”，她更热衷于“死”。她常说：“谁谁谁死哩可好了。”每次回家，她都把箱子打开，让我看她做的活儿。她把自己和公公的老衣都做好了，帽子、鞋、袜、枕头，一应俱全。她把老衣串起来套好，说有朝一日她死了，别人给她往身上一套就行了。她还把儿女们将来要穿的孝衫、孝帽、搭头、眼罩一一做好，孙子孙女外孙子的，按着一家一家的人头，包起来，让小孙子在上面写上“波家”“高家”“海家”，她还把侄子侄女、外甥外甥女的也一家一家做好，提前送给人家，以便将来她死了，大家穿上便能哭。

她说，她经常给死人穿衣服，看到有的人家老人倒了头，要啥没啥，“乱了五营”。她说做这些，都是夜里做的。我问为啥，她说：“我不爱听她们说三道四，我悄悄做好了搁着，不叫她们知道。”我逗她说：“你弄得再好，我们到时候不给大家发，看你怎么办？”她说：“我管你，反正我弄好了搁那儿，发不发是你们的事。”

婆婆最喜欢她将来死了儿女们能哭狠些，她喜欢的最高境界是“谁谁谁都哭滚到那儿了”，我就哄她说：“将来我们不但自己哭得滚到那儿，还要花钱给你请个哭家，保证哭得星月无光，天塌地陷。”她就非常高兴。

婆婆心态好，她总是信心满满，意气昂扬。在村里同龄人中间，她穿的衣服最时尚。她经常说，谁谁谁说：老贞（婆婆的名字有个贞字），你穿这衣服咋这么好看呢？

她也是村里同龄人中第二个有手机的人。大约五六年前吧，有一天她给夫打电话说：“你得给我买个手机。村里引娥都有手机了，老在我跟前腥，眼气我。”于是夫给她买了一个手机，从此她时不时用手机给儿子女儿发号施令。有一次她上街，手机丢了，心疼了好久。随后女儿又给她买了一个，夫负责给她交话费。有了手机，她说媒更方便了。

家有家规，国有国法，城里人有城里人的活法，机关单位有机关单位的行为方式。但婆婆不管这些，她只用她的乡村意识和经验来衡量一切世事。说起什么事，她总是“甭说恁些，那就是那”“就是那回事”。就是哪回事？就是人情、亲情、人际关系，拉拉扯扯。可也许正是因为有婆婆这样“好管闲事”的人存在，用朴素的道德观念衡量是非对错，乡村的秩序、传统才得以维系。

我有时不喜欢婆婆的强势，不喜欢她的包揽一切，以及只用她的标准衡量一切人和事的做法，忍不住想抗衡一下，刺她一下。但她可不受，声音立刻提高了八度，用她的道理和理由把我压下去。于是，我只好由最初的抵抗变成后来的接受，接受她给我们送的馍，接受她给我们纳的被子和褥子，接受她给我们织的沙发套子，接受她乡村式的大红大紫，无奈又温馨。

12. 小姑的蒲剧人生

1952 年，小姑 14 岁，在村里给人放牛。新春叔看她可怜，就对她说：“玉润，你不是爱唱爱跳吗？银午剧团正招人哩，你跟剧团去吧？”第二天新春叔就带她到剧团报了名。

剧团是山西芮城蒲剧团，董银午是台柱子，人们就称剧团为“银午剧团”。剧团王团长看这个女孩身段、眼神都很有戏，就收下她。临走时，大姑给她赶做了两双布鞋，二姑给她做了一件布衫，剧团王团长送她一套被褥，小姑就这样跟上剧团走了。

艺人的生活是艰苦的，整天东跑西蹿。东到洛阳、偃师、义马，西到渭南、华阴，北到太原，南到卢氏、栾川等，更多的是在黄河两岸乡下集镇庙会演出，看哪里有人请，马车拉着戏箱和铺盖卷，人员跟着翻山越岭就出发了。

每到一地，人家给找几间房，抱些麦秸或豆秆，铺铺就是床。但小姑不怕苦，她只有一个心眼，就是好好学戏，挣一碗饭吃。每天早上四五点，外面灰蒙蒙的，看不见人，学员们就起床练功了，拿大顶、下腰、劈腿、嚎嗓子。有的人嚎着嚎着就趴到地上，瞌睡了。练虎跳时，手、胳膊、腿都要跳很快，慢了老师会拿根棍子在下面扫。

除此以外，小姑学戏，还要克服很多困难。首先是她没有上过学，不识字，戏词都是靠老师的“口答歌”传授。为了记住戏词，她在自己的铺上洒上水，不让自己瞌睡，夜里反复背。二是她的嗓音天生条件不好，她就拼命练，每天早上跑到树林子里“咿咿咿、啊啊啊”，同时主攻武旦、刀马旦，每天刀、枪、锚不离手。因为练功出汗，她冬天都没有穿过棉衣服。

那时学戏是师傅带徒弟式的，小姑不但学老师分派给自己的角色，还偷着学其他人的。她想把所有的武艺都学到手，上场就能用。

几个月后，小姑开始登台演出，她演的第一出戏是《丑配》里的程雪雁。“一轮明月照窗台，半夜子时花正开。休怪此花颜色淡，一路引得蝴蝶来。”她在台上声情并茂地唱，引来台下一片赞叹声，但她却不懂戏词是啥意思。后来年龄大了，她才慢慢品味出来，原来那意思是：野百合也有春天，丑姑娘也有爱情啊。

排练《六月雪》时，小姑演窦娥，音乐响起，“呛彩、呛彩、呛彩彩”，窦娥一手挽着长发跌跌撞撞被推进监狱时，剧情要求演员哭，小姑却怎么都哭不出来。最后老师嚷她，才把她嚷哭了。

接着是演《天仙配》里的牛郎、《意中缘》里的林天素、《红楼梦》里的丫鬟紫鹃。小姑胆子大，老婆婆敢上，老汉也敢上。在《拾玉镯》一剧中，她除了刘虎子一角没演过，剩下孙玉姣、刘媒婆，所有的角色都演遍了。

有一次演《红楼梦》，扮演林黛玉的演员临时有事，就让小姑顶替，马上熟悉戏词，马上就得上场。在唱林黛玉葬花词“我把花儿有一比，红花好比宝钗女，白花好比林黛玉”时，唱着唱着，她就把一大段葬花词给唱掉了。观众没发觉，她自己也没发现。回到剧团，银午老师说：“今个儿这戏，咋真短呢？我刚回来没多大一会儿戏就完了？”仔细一问，原来是小姑唱掉了戏词。

还有一次，她练功太累，竟钻到一堆幕布里睡着了。轮到她上场了，大家怎么都找不到她。耽误了演戏，这回她挨了两巴掌。

幸运的是，小姑所在的蒲剧团先后云集了杨老六、董银午、月里娥、王兰娃、王存才等一大批享誉黄河两岸、晋豫陕三省的蒲剧大师。这些老艺人们，视戏如生命，对艺术精益求精，对小姑他们更是严格要求，手把手传授。

20 世纪 50 年代至 60 年代初，是戏剧的黄金时期。小姑多次随团赴省城太原以及应邀到西安演出，演艺水平和鉴赏能力都得到很大提高。特别是 1956 年 11 月以芮城蒲剧团为主在太原举行的山西省蒲州梆子传统剧目鉴定演出，挖掘整理出 24 本著名的南路戏和不少罕见的西路戏剧目，如《麟骨床》《意中缘》等，后来都成为我国剧坛名剧。

小姑说，那次她在太原前后待了共 40 余天，演出 36 场。他们早上排练，夜里演出。没有人了，抄抄页子，念几遍她就得上场哩。《拾玉镯》《杀庙》《白蛇传》《破华山》，小姑一出一出地演戏，很快唱红了黄河两岸。芮城人亲切地叫她“卢氏女”，而故乡人送她一个艺名“卢氏红”。

1964 年，小姑“衣锦还乡”，跟上剧团回到家乡卢氏，演出达半个多月。

关于那次小姑回卢氏的盛况，我是听大人们讲的。据说那些天，只要有“卢氏红”演的戏，场场爆满，乡下人背上被子，住到戏园子，等着第二天排队买票。

那次小姑演的最有名的一场戏是《雏凤凌空》，又名《打焦赞》。小姑饰演杨排风，她把天波府的一名烧火丫鬟演得风生水起，活灵活现，将一根烧火棍子舞得“滴溜溜”乱转。我小时候是个“人来疯”，大人常说：“你这女子呀，活活与你小姑演的杨排风一模一样！”

小姑的身段、唱功都很好，那一颦一笑仿佛能勾人魂魄。每到一地，剧团贴出海报，只要有她演的戏，人们就奔走相告：今天有“卢氏红”的戏，一定要去看。人们喜欢她的戏，喜欢她这个人，都想一睹她的风采。

那时没有电视，没有网络，人们主要的娱乐是看戏。河东一带，蒲剧之乡，老百姓爱戏更是爱到如痴如醉的地步。有一次，剧团在乡下演戏，人潮如涌，挤得放不下一条腿。戏正演着，忽然前排一个小娃，就从大人的头顶一骨碌翻到戏台子上了。有人没处坐，就跪在台子角看到半夜。

那时的戏园子演出，一张票一毛钱。人们从地里劳动回来，出一身汗，手里攥着一毛钱去买票，钱都是湿的。附近村有几个老汉，剧团在哪里演他们就撵到哪里看，老坐在台子口方向。小姑说：“不说他们认识我了，我都把他们认下了。”

物资紧缺时，作为名演员的小姑，啥都能买下。有一次在华阴演《沙家浜》，演完戏，第二天上街买布，她拿的是山西布票，不能用。人家一看，这不是昨晚上那个“阿庆嫂”吗？马上说：“对了对了，你不用管了，我去给你换。”对她大开绿灯。那时剧团到哪里都很受群众欢迎，芮城县的老老少少对她都另眼相看。

有很长时间，小姑是团里的台柱子。她每天下午 4 点吃饭，然后就开始化妆，一下子演到夜里 11 点。刚睡下被窝还没有暖热，她又得起来练功，天天有戏，老绑在台子上。她见人家晒晒太阳、看看月亮，就觉得那是最幸福的生活了。

小姑说，她演的角色，要“革命”的就“很革命”，要“反动”的就“很反动”。有一次她在乡下演一个地主婆，可能演得太像了，台下有人扔石头打她。她演《党的女儿》里的江姐、样板戏《沙家浜》里的阿庆嫂、《红色娘子军》里的吴琼华，还有《沂蒙颂》里面的红嫂，这都是她的拿手戏。

小姑一门心思唱戏，顾不上自己的终身大事。团里团外都有许多追求者和爱慕者，但小姑心无旁骛。直到 29 岁那年，她才结了婚。姑夫是一名师范大学教授，他也是小姑的粉丝。随后，小姑随姑夫调到临汾。家安下来了，她还在那里生下两个孩子。

1978 年拨乱反正，县里成立了线腔剧团，请她回来教戏。都是培养过她的人去叫，她能不回来？就这样，加上之前两次回村务农，小姑说，她是“三进山城”，走一回，县里给叫回来了，走一回，又给叫回来了。

小姑教学生演戏很形象。她说，戏是虚拟的，需要夸张一点。比如吃面条吧，你不能像日常生活那样，端上碗就吃，你得用筷子把面条挑得老高，再放下来，吸溜吸溜地吃，让观众感觉到很香甜。演冬天冷吧，要双手夹着膀子，嘴里“咝咝呵、咝咝呵”，让台下人都觉得冷得受不了。还有摇船，动作要很夸张。戏嘛，就是做艺，做艺做得好，就是戏演得好。老年人看戏，他们懂得做艺，能进入意境，越看越有味。

小姑说，演员“一身之戏在于脸，一脸之戏在于眼”。为了练眼神，她常在眼前放个火球，眼珠子随着火球转圆圈。

她特别强调，演员德性要好，配合要好。有一次，她演阿庆嫂，在“斗智”一折中，她唱“刁德一”，下面是啥她忽然忘了。旁边伴奏的师傅悄声提醒她一个字，她马上接唱“耍得是什么鬼心肠”，台下人根本没看出来。你若是德性不好，平素和别人配合不好，关键时刻别人也不帮你，看着你出丑。

1974 年，小姑又回了一次卢氏，这次她演红嫂，动作轻盈逼真。十几岁的我，站在台子角看她演戏，她站在台上，怒目注视着“敌人”。我就在一边，她都不看我。

大幕一拉，“坏人”“好人”都一起忙，抬布景，换装，我感到很有趣。那个“牺牲的战士”，在台阶上躺好长时间了，我都替他担心，冷不冷？硌人不硌人？这时他也赶快爬起来，和“坏人”一起忙。

不演戏的时候，我爱跟着小姑上街玩。我走在她身后，模仿她的一举一动。小姑梳着两条长辫子，辫梢有点弯，她走路脚步轻盈，腰肢柔软，嘴唇棱角分明，眼睛总好像睁得很大，顾盼有神。人们老远看见她，都互相转告，说：“快看快看，卢氏红！”小姑听见了，也只是抿嘴一笑。我心里非常自豪，不由得脖子一扭一扭。

如今的小姑已经 70 多岁了，有时，她仍会在公园里练练架子。儿女们都已成家，并且都有了一份工作，能养活自己了。孙子、孙女、外孙、外孙女绕膝，可以说是“黄发垂髫，并怡然自乐”。小姑所在的电影院被一家超市承包，工资也有保障了。她已是满头白发，但精神尚好，那身段，那眼神，还有一丝往日的风采。有时候，她高兴了，也和原来剧团的同事一起，去给人家的红白喜事添添彩，创造快乐和挣些外快。

2004年，冯小宁在芮城拍纪实电影《信天游》，表现运城纪委书记梁玉润为民做主的故事，还邀请小姑扮演一个上访的老大娘。梁玉润和小姑握手，风趣地说："咱们都叫玉润，算是有缘啊！"

说起唱戏，小姑总是说："你看现在这些娃娃们多好呢，营养好，个子高，长得直条条的，动作、唱腔都很到位，而且文化高，理解能力强，拿起谱子就能唱，真真眼气人。我们那一发，不行，没有文化。"

致 岁 月

1. 虢国小二楼

对住过的旧居，不论多么不堪，我也常怀留恋之情。因为我们有许多时光，都留在那里了。我对夫说：不管什么时候，我们都不能忘记虢国小二楼。夫说：是的。

虢国小二楼对于 2002 年的我们来说是那么重要，它的意义就像一条引渡的船。我们在那里度过了 4 个春节、5 个年头。

虢国小二楼是依着农行家属楼的屁股建起的，从喧闹的街市下去一个长长的坡，再拐一个弯就到了。当初建房时是为单身职工着想的，厕所是公用的，也没有厨房。自来水管道等都是后来私拉乱建的。长长的走廊通过每一家的门前。因为靠着前面大楼的墙，就只有一面窗，通风自然不太好。一楼、二楼各住了十几户人家，小二楼的下面是崖底乡一个村子里的几户人家，院落里有平房，还有窑洞。崖上长着许多酸枣树。小孩子很多，星期天不上学的时候就在下面疯跑。小二楼的人和下面村子里的人虽然走同一条道，但不太来往，因为分属不同的系统。

夫刚来时，住着下面的一间。厕所建在中间，村子里的人也用，外面菜市场的人也来。虽然有专人打扫，但路过时气味还是很浓的。有时我站在下面仰望二楼，心里觉得很神秘。心想上面住的人，可能都是单位里的骨干吧，过道里有铁门，住在上面清静且安全。

我就在夫耳边唠叨，如果我们能住到二楼该多好，让他瞅机会向单位要两间二楼的房子，方便儿子来市里上学，并且想象着，儿子的书桌应该靠哪个方向。嘬念着唠叨着，几个月后，夫高兴地说，楼上一家搬走了，单位把钥匙给了他，是个套间。他已请人打扫、刷白。农历腊月二十七，我带着儿子来到市里，一进门，惊喜地发现，挺不错的啊。桌椅板凳一应家具都是公家的，自己只添了一张床、一台电视机。房间有暖气，很温馨。买了锅碗瓢盆后，我们就在这里过开了小光景，第二年又买了电脑，安上了空调，还有煤气灶等，慢慢地像个家了。

里间放着床和电视，外面后半间放着儿子的床、书桌，前半间放案板，炉子放在门外过道。我们拉来两个文件柜、两个铁皮柜，一番展抹擦洗后，我们将它们做了衣柜、书柜和橱柜。我们又从仓库搜寻出一个小方桌，刚好能塞到写字台下面，吃饭时把小桌拉出，用完后塞到写字台下。两人为自己把废物利用得恰到好处而沾沾自喜。春节过后，我们又在外间添了一张床，接来了婆母，儿子就在这里上学了。

吃饭的时候，小方桌就在床边，电视就在前面，一家人挤在一处边吃边看电视。饭吃毕，桌椅板凳、锅碗瓢盆要各就各位，一错位就乱了套。因此我就得很勤快，一点懒惰不得。夜里夫妻温存也支着半边耳朵，生怕晚归的人从过道走时听见。夏天天热，我总要拉着窗帘，而夫有时不讲究，穿着大裤衩子就坐在屋里沙发上。我埋怨他，他还说：谁瞅你吗？自作多情！

楼上住了十几家人，都是年轻人，有的是单身职工，有的刚结婚，还有的刚生了小孩。房子都占满了，有小孩子的哭声袅袅传来。过道上熙熙攘攘的，夏天时人们就坐在过道上乘凉。婆婆也常说："这就中，我看这就中，住着不掏钱的房子还要怎么的？"但儿子渐渐大了，就不愿和奶奶一个房间了，要求独立。然而楼上已没有空房了，只有过道口有一间，但里面放满了杂物。显然人搬走了，家具没搬。这时刚好一楼小白搬走了，夫就把钥匙要了，让儿子住到下面去了。一楼是个大敞口，外面街市的人都能进来，而二楼有门有锁。因此我很不放心，每天夜里都要到下面查看，等儿子睡着了才安生。儿子中考了，需要安静，但夜夜睡在离我们很远的地方，着实让人不放心。暑假期间，夫费事找着过道口那家的弟弟，让他把他哥哥的杂物挪走，我们才又占了一间。我头上蒙着手巾，蒙头盖脑地打扫了两天，吃了二两灰土，终于把这间房收拾好，又到下面仓库寻了一张床、一张桌，收拾干净。终于儿子也住到二楼了，我才放了心。有同事从县里来开会，我都不好意思让其来家里坐，因为地方实在太小了，来了客人坐处没有，站处也没有。我总是说，等有了地方再让他来家里坐吧。

夫好清静，但隔壁的小姑娘整天放录音机，空调的响声也让人受不了，她还喂了两只卷毛狗。夫就经常过去喊："王丹，声音小点！"然后背后骂人家！随后买下房的人纷纷搬走，楼上逐渐清静。夫就又到右边占了一间房，做他的书房。这样我们就有了四间房，虽然不挨间，但都不远。每天午睡时，夫都挑来挑去。这边吵了，睡那边，那边吵了，就睡这边，还美其名曰“东宫西宫”。

送纯净水的，送煤块的，送奶的，你只要报一声“虢国小二楼”，人家就知道在哪儿。

2003 年闹“非典”，人们就在下坡的地方设了个栅栏。那次我从县里来，被挡在门外，通过农行办了证明，才可以随意进出。随后，中医院买下了农户的地皮，要盖大楼。楼下村子里的住户都搬走了，这里清静了许多，只是下面变成了垃圾场。一年后，中医院才开始盖楼。“叮叮咚咚”的响声，聒噪得住不成人了，我们才找房子搬走。现在住在楼里的都是退休的老头老太，一楼房子都租出去了，有开印刷厂的，有做米皮的，还有打工的。

习习在她的散文名篇《王家坪四号楼四单元》里，用冷峻忧伤的笔调，描述了自己的身世遭际、住地周围环境，还有邻居的生活片断，给我留下了深刻的印象。

而我感念虢国小二楼，主要还是它在我们最初的艰难里接纳了我们。当时夫从县里来，身无分文，住在小二楼里不用掏房租，且一应家具用品都是从下面仓库里废物利用的。试想平白无故，在一个城市里，你就是简单安个家，没有万儿八千能行吗？期间小二楼收了一些房租，但也是为给每家安电表用的，包括水暖等都只收很少的钱。而当时租房，最便宜一间也要五十元，几年下来也是一笔不小的开支。其次，我们在这里完成了人生的几件大事，包括儿子上学、买房子、写作剧本等。一步一步，这里留下了我们重要的人生痕迹。

当然，感念房子的背后，还是感念人。我常对夫说：上天是公平的，你在这里失去了，却在那里得到了。不然为什么平白无故，在你最困难的时候，人家农行就接纳了你？并且行长在听了一些闲言碎语后，依然选择相信你？

夫说：是的。

东隅已逝，桑榆非晚。

怀念旧居，感谢生活。

2. 茫然的春天

每年的春天，我都有一种茫然无措的感觉。收束在心底的愿望，像渴望发芽的种子一样蠢蠢欲动，却没有一块接纳它的土壤。每天从家到办公室、从办公室到家，两点一线的生活枯燥乏味，接触的人和事也没有一点生趣。

2006 年的春天，依然如故。然而毕竟是春天了。早上心安理得蒙头睡懒觉的日子已经过去，应该干点什么了。经过一番思想斗争，起来锻炼的念头占据了上风。虽然沿河还看不见柳，天空还是灰蒙蒙的，但空气是上扬的，泥土的气息是腥的，人的心中自然也有一丝一丝的冲动，你再装作不知春到来也是不行的了。

早起锻炼的去处并不多。上山吧，山上是公墓，一路都是坟茔，提醒你最后的归宿在这里；到河边去吧，滨河公园那儿有简陋的体育设施，但河里流着臭水。城里的生活污水、工业污水最后偷偷摸摸都流到这儿，然后再流到下游去，一路带着臭，带着腥。“清清河边草，绵绵思远道”“青青陵上柏，磊磊涧中石”“涉江采芙蓉，兰泽多芳草”，这一切只能到古书里去找了。河水细细的，努力流动着，像一个瘦弱的病孩子，被两岸排山倒海的垃圾所欺侮。如果这两个地方都不去，那就得环城跑了。碰上熟人或者碰上倒尿的，那感觉也不爽。小城是一个有 2000 年历史的古城，如果依原貌保存下来，可与山西的平遥相媲美。那样的话，小城的人如今就会吃喝不愁了。可惜几经破坏，不知城墙的砖，还铺在谁家的猪圈里。

“一年之计在于春”“人勤春早”“春天正是读书天”等，这些格言都在教育我，应该做事了。天寒地冻的时候，伸不出手脚，不是推脱说，等天暖和了再怎么怎么吗？现在天暖和了，不冷不热的，却什么也没有做。有许多时间不属于自己，比如春节时，比如工作中，但在属于自己的大片时间里，却是茫然呆坐。

我看好友的博客，看他们的生活，寻找语言，寻找同类，回忆历史，查资料。历史为什么是那样的，而不是这样的？祖先为什么是那样的，而不是这样的？寻寻觅觅，家族的故事，吐不出咽不下。我像陷进一个看不见摸不着的黑洞，横无际涯，没有灵感，但并不是没什么可写，又像怀抱着一个浑圆硕大的瓜，刀子却不快，切不下去，不知道从何处切下去。这感觉很令人不爽。

活着不是为了写作，但写作一定是为了更好地活着。资料上给女人说要宽心而活，说 45 岁至 55 岁是女人的黄金岁月，是可以干点事的岁月。这时候，家庭稳定了，儿女大了，感情上的纠扯、缠绵、起伏也过了，对人生世事也有了一番独到的见解，不受周围左右了。是这样的，但这个年龄也是谈高血压、糖尿病、美容、拉皮，以及做婆婆当岳母的年纪呢。之所以不能像她们那样爽，是因为晚婚晚育，是因为儿子还小，父母还健在。这两道屏障，让我感觉身体正健，思维活跃。不抓住这个阶段，等到老眼昏花，双腿蹒跚，不成功也不成仁了。

历史、现实还有未来，许多的茫然都挤在春天一齐到来。看沙封的《草根》一文，我感触颇深。写作者，肯定都不是这个社会的主流精英，除了御用文人。这话有些刻薄，但却是事实。主流精英，都忙着在社会生活的方方面面大显身手，用他们的聪明和智慧“立身”呢，只有处于边缘草根阶层的学子们，才在这里“立言”。我们是草根，但已属于“四体不勤”了，当然不是“五谷不分”。真正的劳动者，为一碗饭一顿粥而奔忙的人，那些打工者、农民，往往是没有话语权的。我们在这里表达的疼痛和烦恼，顶多也是《诗经》里的“小雅”，而不是“周南”或者“秦风”。

夜里做梦，我梦见自己成绩不好，没有考上大学，被村里人讥笑，心里很难受。早年的不良心理暗示，经常在梦里出现。梦里梦外都不爽啊。现在儿子也不是一个循规蹈矩的“学霸”，他把自己的学科偷偷改成文科，看课外书籍，比如《挪威的森林》《追忆似水年华》《百年孤独》《国殇》《三国志》《狼图腾》，驳杂而紊乱。没有办法，我们只能听之任之，常悔恨自己没有抓住机遇乘风直上，进入社会生活的中心地带，是边缘人。老子的缺陷总想靠儿子去弥补，看来这真是一种痴心妄想。

办公室有两盆花，含笑和文竹，装点着一室的温馨。但我总没有心情去仔细伺弄它们。以前的玻璃翠，还有杜鹃，都因为没有浇水而枯萎，这才换上它们的。有人问，我总说，心不一整，没心情。但要说出心里乱的理由，还真说不上。知足吧。好友的斥责是对的：离家很近，上班很闲，每月旱涝保收领着工资，你还有什么不满足的？母亲说：花花世界，浪荡日月，人家咋过咱咋过，寻恁些烦恼干什么？

有很多时候，我知道自己的感情是不正确的。单位旁边有一个小卖部，每天有很多人围着打麻将，有年老的，有年少的。我看他们心安理得地把一天、两天，把整个时间花在这上面，很快乐、很安心，真的好羡慕。县城的街市，永远是那么热闹，那些人总是在那里游来转去，一样的心安理得。时间是什么？我为什么总是寻寻觅觅，冷冷清清，凄凄惨惨戚戚，自寻烦恼？“三八”节，县里要举行女干部联谊会，我不愿去，去年都是躲过的，今年再躲吗？县里号召发展“吃、喝、漂、睹、洗”一条龙旅游经济，女友们都去那个“让女人一天湿身和尖叫几次”的地方漂流，我不愿去；还有女人们说得津津有味的美容，我也不愿去。难道真像夫说的，自己患有轻度抑郁症？不能融入大众的感情，是一种悲哀。自己到底属于什么阶层？有一种没有归属的感觉。

我讨厌自己性格中如温吞水一般的部分，不能破釜沉舟，不敢进行休克疗法，瞻前顾后，唯唯诺诺。许多的计划，都没有去付诸实施。

然而毕竟是春天，早晨锻炼的时候，我心里还是有一些高兴的。瞅着没有人的时候，我做了一个跟年龄不相符的动作，连打了三个“车磨轮子”，还行。调整、充实、提高，慢慢来，在春天里，只要去做，总会有收获。

3. 遍地秋光

2007 年 10 月 1 日，适逢我们搬到五原路后的第一个国庆长假。人们都外出旅游去了，只有我们还待在家里。

楼上很静，室温 24 摄氏度，打开窗户 23 摄氏度。这季节很适合出游。但我们不出游，我们散步，漫不经心，漫无目的，在市区内外走。人稠的地方去，人迹罕至的地方更去。手里拿张报纸，走累了，垫屁股底下，歇一会儿；渴了，啃两口苹果，喝点水。夫把这叫“徒手散步”，就是说不带照相机之类，不留影，不选景，纯粹的转、玩、散心。

风景区、黄河大桥、桥下面的便道、河堤路、天鹅湖、车马坑、虢国博物馆、三门峡大坝、上阳苑、电视台、后川村、横向的河堤路、虢国路、崤山路，黄河路不用说了，还有正在开辟的纵向的文化路、向川路、大岭路、甘棠路等，我们也都不止一次地转。

我们沿着正在开挖的路基，曲里拐弯走，看挖掘机大嘴的威力，看路修得是快是慢，通向哪里，然后弄两脚湿泥，我们还是高兴。

我们最常走的路线是沿河堤路往西走到天鹅湖，然后走到风景区。

来回20多里路，说说话就到了。中途有许多可以停顿和拐弯的地方，我们往南走可以转到上阳苑，上到高岗上，向下看许多高高的烟囱。当然了，上阳苑、河堤路，还有天鹅湖什么的，都是近来才建成的，我们也是鹦鹉学舌，跟着别人叫这些名字。

夫很想知道火车到底是从哪里驶出市区的，于是爬上上阳苑，绕过后面的苹果园，钻墙跑到一个叫岗子的村，在村外陡峭的崖边走了很远，看到大峡谷里正在修“郑（州）—西（安）”高速铁路，后来他绕过村子，又沿东边荆棘小路下山，终于看到原来火车是钻洞了，然后离开市区，奔向远方。

最多的时候，我们是到风景区黄河边看落日。大河奔流，水草摇曳。太阳红红的、圆圆的，像一个大红灯笼挂在天边。我们看着它慢慢地、一点一点地靠到山尖，就那么生生地落下去了，水面上灰灰的，对岸平林漠漠、悠远。远望黄河大桥上的人和车，都小小的。这时候，站在河岸，我们有一种“人在何处”的苍茫感。

还有去看茅津古渡。夫说十八年前他曾从这里过黄河到山西去看我，因此对这里印象深刻，想走走老路，感受一下当年的心情。于是，我们沿虢国博物馆前面的崖攀缘下去，再走黄河边的便道，路也是水泥路，但是显然人迹罕至。天灰灰的，太阳落下去了，我的头皮森森的，心里很害怕。但夫还要往前走。有了桥以后，这里不再过船了，很荒凉。斜阳古渡，片帆只影，给人更多的遥想。当年的繁华，今日的寥落。

还有一处最美的所在，就是快速通道下面的那片树林，有大片的绿草地，雪松、水杉、国槐、毛白杨、竹子、黄杨。在城市的一角，竟有这么一片绿地。我们走了整整两个半小时，没有歇，估计也该有

20 多里路吧。傍晚或者早晨，有安静的夫妻来这里散步，有只穿短裤短衫长跑的体育爱好者，有开着公车来这里清静一下的，也有开着私家车来这里幽会的，车窗紧闭，人在里面温存。走过的人也不好奇，瞅两眼看不出什么就走了。还有骑着单车的中学生，大概是失恋了，在林地草坪晃悠，落落寡欢。

如果在市区里转悠，夫最爱去的地方是电影院、席殊书屋、书报亭、路灯下的野书摊。而我爱去的地方是百货楼、精品一条街、超市这些地方，不论买不买，先饱饱眼福再说。两个人的意见常常不一致。心情好，我们就互相迁就一下，如果不好就吵架。每走到报亭附近，夫的身子骨就开始扭麻花，不由自主地往那里靠，好像那里有吸铁石似的，把我恨得牙痒痒的。为买书，我们俩吵过无数回。但这基本上不起作用。他说：“其他的毛病，我都可以改。但买书这个毛病，改不了啦。你权当我吸烟了、喝酒了。”再不就是“我不嫖不赌，就是爱书，这瘾是断不了的。你说了也是嘴上抹石灰，白说！”气得我两眼直瞪。一天，我去超市买东西，他不愿进去。我嘱好让他掂着东西在外面等，谁知一眨眼工夫，他就跑到对面的报亭买了一本《人物周刊》。

他还经常去公园，买过几回月票。在公园里，他喜到花圃里，看养花人劳作，并请教他们如何育花。他和他们谈话，想象着自己要是也有一处花圃该多好。他到湖边看别人钓鱼，那么有耐心。

当然并不总是那么和谐。临出门时，一个总要问另一个：“钥匙带了没有？”“带了。”带钥匙是防备路上两人谈崩了，各走各的，各自回家。每次散步，一走，少则 10 多里，多则 20 多里。我们边走边聊，回来后腿上的肌肉都是酸的，还乱抖个不停，乏得不得了。这时两人就互相埋怨：都是你，都是你！

散步时聊天，话题也像车轱辘一样，转到哪儿是哪儿。时而忆起过去的苦乐年华，时而畅想未来的幸福生活，更多的时候是筹划眼前的日子如何对付。遇着高兴的事散步，遇着愁人的事也散步。走着走着心情就好了，走着走着办法就出来了。

贫贱夫妻百事哀，过日子总有那么多烦心事要面对。两人就经常互相鼓励，也时时互相打击。口才也是在这样的散步中练出来的。夫是乐观派，吃再多的亏也不改真诚，而我是保守派，一事当前就能看出它的好坏和前程底蕴。因此他总说我是“乌鸦心理”，我就骂他“猪记吃不记打”。

我说：“你看咱们经历了这么多事，我的分析判断都是正确的。女人的直觉，你不承认不行。你说，我对不对？”“对，对，对。”“你说我分析得正确不正确？”“正确，正确。”“老婆的话不听行不行？”“行行行。”“再说一遍！”“不行，不行。不听老婆言，吃亏在眼前嘛。”我们时而检讨过往时日的失误，总结经验教训；时而感叹错失的良机，珍惜现在的来之不易。还有儿子的成长、工作上的收获、家庭的变迁，我们也议论一番，感慨一番。我说：“你经常给单位写总结哩，今年也给咱家写一份总结。”夫说：“哎，就是噢，用公文的形式写一份家庭总结，也挺有意思呀。”“你要写家庭总结，一定不能忘了写上‘在老婆的正确领导下’这句。”“那是，应该是‘在妻子的一贯正确领导下’，要加上‘一贯’。全文如下：‘在妻子的一贯正确领导下，在夫的坚持不懈努力下，在儿子的大力配合下，在父母的背后支持下，一年来家里工作取得了重大成就。现汇报如下：一、……”“就是这样，就是这样。”

大多时候是两人散步。儿子渐大，不愿意跟着我们了，偶尔休息一晌，不是窝在家里玩电脑听歌，就是和同学出去玩。想动员他和我们一起去热爱大自然，比什么都难。还有的时候，是两家人散步。朋友是极淡泊的，两家人的友谊地久天长，标准的君子之交，平常各干其事，想起来了，打个电话，约一下。两家人在一起聚聚餐，吃一顿，或坛肉饺子城，或百岁鸡老店。这次你请，下次他请。小饭馆，实惠且安静。饭后两家人一起散步，男人在前面手指舞划谈天论地，女人在后面絮絮唠着家常，长了短了，悲了喜了。数度春秋，我们就吃遍了市区内外的大小饭店：杨家饺子馆、彭家浆面条、洛阳小碗汤、蜀国第一粉、小天鹅火锅城、兰州拉面。每有一家小吃店开张，我们都要去吃一顿，等质量和数量下降了，就不去了。

夫不爱锻炼身体，我锻炼身体也是“三天打鱼，两天晒网”。散步，弥补了我们这方面的缺失。

散步，聊天，读闲书，说废话。无所用心。偷得浮生半日闲，渚清沙白鸟飞回。

灿烂的阳光，散淡的心。在秋天，在四季。

4. 家有考生

每年的高考季，家有考生的父母，一定和孩子一样进入一级战备状态，那种希望与煎熬并存、向往与折磨同在的滋味，真是五味杂陈啊。想起十年前，我儿子第一年高考以及第二年被录取前后的情景，我那种寝食不安、如坐针毡，甚至有点神经质的样子，真是让人感慨万端。

如今，儿子早已大学毕业参加了工作，每年的高考我也不怎么关心了，但翻出当年的高考日记，那艰难的过程仍犹在眼前。

2007 年 5 月 18 日，离高考只剩下十七八天了，我心急如焚。好不容易处理完手头的工作，好不容易给局长请了假，我急急忙忙赶到市里。

这之前，我已陆陆续续准备好了一应物品，买好了各种药物：治感冒的板蓝根冲剂、银翘解毒片、感冒清热颗粒，治胃肠类疾病的氟哌酸胶囊、土霉素片，还有清热解毒消炎的阿莫西林、黄连上清片、牛黄解毒丸、穿心莲内酯片、三黄片，以及氯霉素眼药水、润舒滴眼液等，应有尽有。

一切为了高考。稍事收拾，我就为儿子定下了食谱。不能像有些家长那样，临阵磨枪，给孩子大鱼大肉，胡吃海喝，那样并不好。还是家常饭，平时爱吃什么，现在还吃什么。但营养一定要加强，特别是早餐。不能弄到快考试了，拉肚子或者感冒，不能让儿子在高考时由于身体原因考不好。经过几天的试行，食谱基本固定下来了。早餐：一个茶鸡蛋、一个面包、一杯牛奶、四个小笼包，外加一根香蕉。中饭：或卤面或米饭或饺子，轮番轰炸。做卤面，我最拿手，不干不湿不油腻。米饭，依样画葫芦，炒一个鱼香肉丝、麻婆豆腐之类，还能应付。我们一家不爱吃大肉，但儿子要补充营养，夫就经常下班时割块观音堂牛肉带回家。

儿子夜里上自习，晚饭一般不回来吃。但回来后，得给他加夜餐，啃些硬麻花、饼干什么的。马不吃夜草不肥嘛。

每天早上6点整，我准时去买茶鸡蛋和小笼包。开始我买两个鸡蛋，但儿子说只能吃一个。在家里煮吧，不好保存，我就每天到早市买，若是起晚了，就得小跑着去。面包，儿子要吃那种既不油腻腻也不干巴巴的那种，经过几天的试验，只有明珠卖场门前每天晚上那几个老头老太卖的，最合他的口味。但有几次晚上，我和夫贪图乘凉，在河堤上转悠时间长了，去晚了，人家卖完了，只好去面包房里买了一些，可是儿子不喜欢吃。下一次我们就注意了，早些去。一次也不能多买，隔夜不好。

家里收拾干净，儿子的床单、枕巾、窗帘，要让他一眼看到就感觉到一个字：爽！以便他心情愉快，有助于提高学习效果。

我每天采购、做饭、洗洗涮涮、收拾房间。还别说，专职主妇的日子并没有多少闲暇。得了空，还想上一会儿网，但上网查的也都是高考资讯、高考知识。

考期一天天临近，儿子照样“老和尚的帽子——平不塌”。他好像紧张不起来，遇到足球比赛照看不误，周末的《佳片有约》，他还跟我们讨价还价，想熬夜看。我气得几次想发火，都忍住了。过后，我在夫面前嘟哝：“他要给我们结个什么果呀，都什么时候了，一点不紧张。这样能考好吗？”夫劝解道：“不要再给孩子施加压力了，他心里能不紧张么？看电视也是调节一下嘛。”

干旱，热。有两个月没有下雨了，树叶子都打蔫了，大地也想冒火，人也无精打采的，一天天熬着，像死鱼。刚入夏，倒像是三伏酷暑天，温度都窜到三十一二度了。我倒没什么，关键是怕天热影响儿子高考呀，不由得一天天嘬念着：还不下雨啊，什么时候才下雨呢？老天不会下雨了吧？嘬念多了，夫就烦，说：“该下时你不说就下了，不该下时你再怎么说也没用。”直到临近高考前五天，好像才下了一点雨，温度才降下来。

报纸和电视都在炒，《中国青年报》整版整版地刊登高考资讯，《河南日报》《大河报》都刊登了大幅的高考资讯，夫每天都拿回来一摞，让我目不暇接。空气中也弥漫着高考的灼热气息。我一天一天地问儿子：“你肚子舒服不舒服，你想拉不想拉？要是觉得不对劲，就赶快喝药哦，别弄到最后考试了，喝药可来不及了。我买了氟哌酸，还有土霉素。”或者，“你头疼不头疼，要是感冒了，就喝药哦，有板蓝根哩。”儿子说：“妈，你神经了。我好好的喝什么药？”我笑，真是有点神经质了。最后三天，我早上起来去买小吃，心里急的，恨不得今天就是6月6日开考日。

我心想，快考吧，快考吧，再等下去就把人熬死了，到时候别紧张啊。说得多了，我其实是提醒他，让他紧张啊。那就不说，可不说不行，不说想说。

最后两天，我为儿子准备文具，比如2B铅笔、能擦答案的那种橡皮。这都是报纸上说的。我心里像犯了邪一样，在明珠超市买了两根，明明看见是2B，但回去一看，有一根却是3B。我又怕笔是假冒伪劣的，到时候涂不上咋办？于是换了一家超市又买了一支。还有文具袋，报纸上说，要买那种透明的。儿子说，他不需要文具袋，到时候拿一根铅笔、一块橡皮就行了。我说，不要怎么能行？人家都买。我又跑到百货楼去买。一个文具袋要2元，其实那最多也就值5毛，还有橡皮，也要2元。明明是坑你啊，但你愿意被坑。有什么办法？高考经济啊！过后媒体展开讨论，问高考谁最忙？有的说父母，有的说学生，有的说学校，其实最忙的是商家，变着法儿挣钱。最后一晚，我把两根2B铅笔都为他削好，一根稍尖，一根不太尖。

终于熬到考试了。

第一天，我俩早早准备好。儿子不让送。我们就等他走后，悄悄跟去了。每个路口，都挂着大幅标语，一切为了考生，为了一切的考生；每个交通要道，都站着戴白手套的交警，时刻准备着为考生提供最便捷的服务。学校门前人山人海，每个考生身边都跟着一个或两个大人，扒在铁栅栏门前看，看学生一个个进场。父母好像都在交代着一句话：别紧张啊。

一位母亲把女儿送进学校大门后，伏在铁门上哭得好伤心。她也许想起了女儿辛苦熬夜用功的日日夜夜？也许想起十几年的努力和期待就在这一瞬决定命运？或是一个单亲母亲抚育女儿的不易？无法知道了。我的鼻子也酸酸的。夫说，多好的镜头，拿手机照啊，快照下来。我说，滚，人家正伤心，咱咋好意思？离得这么近。

开考的哨声响了，学校门前还围着许多家长。我们等了一会儿散去。我还要去买菜买馍，准备午餐呢。

中午，儿子按时回来了，我连忙问："考得怎么样？"

儿子说："差不多。"

"题难不难？"

"不太难。妈，我早上可紧张了，去推自行车时，小肚子一阵发热，想尿，手心还出汗。"

"原来你也紧张啊，我以为你老是满不在乎呢。上午考语文，什么作文题？"

"漫画作文，一个孩子跌倒了，学校、家长、社会同时说：看，跌倒了吧？"

"你怎么写的？"

"我写的题目是《亡羊补牢的缺失》。"

我一听这题目，就知道不讨改卷老师的喜欢。我知道儿子的语文不好，不是他知识面不广，而是他不喜欢约束自己，不符合考试规范，作文没有得过高分。这次恐怕还是。

下午考英语，回来后我问儿子："怎么样？"

"差不多。"

我一听这差不多，心里就觉得含糊。差不多就是题不难，而题不难对儿子这种类型的学生绝对不利。

第二天早上是数学。数学是儿子的强项。他回来还是说，题不难，只有最后一道题有点难，他做了一步。下午是文综，儿子说，历史有点偏。

两天时间在等待、焦虑和问询中很快过去了。考试完了，休息一天，9 号估分。

估分这天，我催儿子早早去，估了就回来，我在家里等。但我等啊等，等到 11 点，等来一条短信：540。

原来儿子和同学上南苑玩去了。“太潇洒了。我们操心死了，他还有心去玩。”比照去年的情况，540 分能上个什么学校？我的心一阵阵下沉，只想等他回来，再考证考证。儿子粗心大意，保不准估少了，但又想，说不定还估多了呢。

下午两个人转街，我无心转，越想越委屈，越想越伤心。我对夫说：“你回吧，我想一个人在这里静一下。”我坐在河堤上，一个人无声地哭起来，越哭越伤心，越哭越委屈。儿子啊，你咋才给你妈考这么点分呀，你多考一点怕啥呢？平时我们对你寄予了多大希望。想自己这一辈子一事无成，现在把希望寄托在儿子身上，但儿呀，你咋这么不争气，不给你老子长脸呢？

一个人哭够了，我才往家回。

晚上一直等到夜里 10 点多了，儿子才回来。我忍住一肚子怒气，把门“啪”一摔，进屋不理他。儿子反倒生气了，说：“妈，你给我脸子看干什么？前些天对我恁好，今天分一出来，立马变成这了，你也太世俗了吧。你儿子就这水平，你希望我考得多，那是你期望值太高了。”

夫说：“你妈咋能不生气，等你等了一天，你现在才回来，你要理解她。”一家人“不欢而睡”。

高考过后，儿子像出笼的鸟儿，怎么也拴不住。不是同学喊他出去玩，就是他喊同学出去玩，没个安静下来的时候。我一再询问、考证，问他估的分到底准不准？他说，上下不错十分。我希望儿子耐心地坐下来，再把题做一遍，再正确估一下分，幻想着能多一点，但儿子就是不做，说做了没用。他爸拿回来的高考题他根本不看一眼。我气得无可奈何。

接着就是15号之前填报志愿。夫买回一本《高考填报志愿指南》，“咚”地扔到我跟前，说：“好好看看。”我说：“就爱花闲钱，儿子不是有一本《高考招生之友》吗？”他说：“不一样。”

随后我看起了书，两本交叉着看，像饥饿的人扑在面包上，狂啃起来了，越看越觉得懂得少，越看越觉得学问大大的。三天三夜，我恶补高考知识，了解高校、专业和各学校历年录取情况，分析对比，综合推理，看得眼都睁不开了。看后和夫交流，他说：“我不爱操闲心，我只负责买书，剩下的是你的事，最后给我报一下选中的几所院校就行了。”这填报高考志愿，学问可是大着呢，跟隔布袋买猫似的，有两个不知道，一是今年的分数线你不知道，二是你自己的分数不能准确知道，真得成立一门高考学了。报上还说，考得好不如报得好，把人弄得心乱，生怕因为填报失误，耽误了儿子。我只能凭以往的数据来推理了。我一边看书看报，一边还在网上查阅许多资料，专门对着这个分数段，看能上什么学校。

几天的恶补，不能说没有收获。随后朋友为子女填志愿，都来咨询我。和几个家长在一起议论，我也能说个一二三了。

随后，各地估计的分数线都出来了，各地估出的分数线比去年高出许多。这期间，儿子倒不操一点心。筛选到最后，死马当作活马医，我给他挑了一个外地的农大。儿子把志愿卡涂了，我又检查了几遍。

我的希望慢慢破灭了。

6 月 26 日，高考分数终于下来了。我心中忐忑不安，打开网页，不敢查儿子的分数。我先查外甥女小娜的分数，她原来估了 540，而现在却是 568，超出二本线 15 分，英语考了 135，听力满分。我高兴地给她报了喜，同时又为当初给她报低了志愿而遗憾。然后再查儿子的分数，号一输，出来个 528。再一输，还是 528。复读吧!

接下来是去哪里复读的问题。其实在此之前，我俩多次暗暗琢磨过，儿子今年一般情况下上不了，权当是练兵哩。毕竟年龄还小，明年十八岁考上也正常。从他几次一练二练的情况来看，也就 500 分多一点，最后考 528，也算正常发挥。只不过人总爱抱幻想罢了。

整个5月到6月，直到7月，我都在为高考之事而操心、期待、学习，或者帮别人参谋或者为自己查询。身处事中，不能潇洒。

直到最后，儿子报名复读，这件事才告一段落。我知道，这只是一次预演。明年我还得经历一次这样的大操劳、大折磨。每一个家有考生的人，也都得像我一样。

2008 年 6 月 20 日。持续一个多月的等待，终于落下帷幕。我心里的一块石头落了地，但同时也失去了想象的空间。

儿子被成都大学录取。他考了537分，比这一年的二本线多出27分。

头天二本分数线出来之后，依旧让人捶胸顿足。我不由得对儿子说：“你要是报西南交通大学就好了，2 个名额，530 分以上才报了一个。”“你要是报四川师范大学就好了，最低投档线才 521 分，你要报河南大学二本也走了……”诸如此类。

其实说是说，谁也没有长前后眼，谁也不敢在事前冒险，拿自己的前途赌一把。

这年高考过后，大家普遍感到文科题难。儿子一直认为自己考得很差，为此萎靡不振。

为了实现入川读书的愿望，报志愿时他选择了录取分数一向较低的成都大学。

成都大学，也就是一个二本里的 B 段吧，连续五年比二本线最多多 3 分，最低压住线。谁知一向恒温的成都大学，今年一下子火了起来。11 个名额，报了 24 个，把录取分数提到了二本分数线上 10 多分。540 分以上，录了 3 个，530 分至 540 分，录了 8 个。而每一个专业，在河南都只有一个名额。于是，儿子报的第一专业广播电视新闻学，就不知道被哪个小子顶上了，儿子只有被第二专业中文录取了。他开玩笑说，到学校后，要去找那个小子，把两本现代传播学的书送给他。我说，很好找啊，要是个女孩就更好了，送书就送出由头来了。

高考，除了成绩因素外，除了那些考清华北大的绝对好学生外，剩下的许多人还真得赌一把运气。运气好的话，你可能就是某重点大学里的一名学子，运气不好的话，你可能就一路跟头跌到本省某个最次的二本学校里。所以说，实在没法衡量哪个学生好，哪个学生不好，哪个学校好，哪个学校很差。

浪漫是骨子里的事。儿子想去四川，翻越大秦岭，穿过无数个桥梁和隧道，进入那个一马平川的天府之国一直是他的梦想。他最初想考四川大学，后来又想考成都理工大学，理想和现实对碰之后，最后选择了现在的这个。为此他经常看有关四川的书，什么《上帝为什么造四川》《四川人是天下的盐》《四川省地图册》等。

报志愿时，我们一家三口商讨了许多方案。但最后儿子一锤定音。他把南京晓庄学院、河南工程学院、洛阳理工学院、河南科技学院作为平行志愿。但从前一天掌握的情况来看，河南科技学院第一志愿满额了，南京晓庄学院7个名额报了9个，报这个绝对能读上第一专业。如果成都大学录不上，那么下一个就是洛阳理工学院了。同时，我也做好了他填报征集志愿的准备，周口师范或者许昌学院等都得接受。

我和侄女在网上聊，侄女说："大姑，学校和专业真的没有你想象的那么重要，我现在看张哲就像你当年看我一样，以后的路还长着呢。大学真不是个决定因素，只能是比较重要的一步罢了，甚至连重要的一步都算不上，就是很平常的一个阶段。"我说：我相信。

冥冥中，有许多天意。当初儿子上高中时，我们都让他选择理科，希望他将来成为一个理工科的专业人才，因为他的数学一直很好，学数学几乎不费一点劲。谁知他在文理分班时，却自己偷偷改成文科。千回百折，冥冥中他似乎继承了父母的许多遗传因子。这也是没有办法的事。

许多人把上大学作为就业的对接，我认为是，也不是。大学应该是塑造性格、积淀文化基础、培育良好性格、陶冶性情、让孩子享受快乐四年的地方，同时也是他们走向社会的练兵场。作为文科来说，没有什么绝对的界线，会推磨应该就会捣碾，打好基础才是最重要的。

每一种选择都会有付出，同时也会有回报。愿儿子在未来的大学生活里茁壮成长！像许多父母相信自己的儿女是优秀的一样，我也始终相信儿子是优秀的！

5. 云南提亲记

念嘬了又念嘬，筹划了又筹划，2016 年国庆节长假，我们终于成行了。目的地是云南楚雄州，事由是和亲家见面，给儿子订婚。

我曾经非常喜欢徐千雅那首《彩云之南》，不期然真的就和云南结下了缘，就像谁说的："活着，才能见证奇迹啊！"为此，我在网上做足了功课，搜索路线，制定方案，多方咨询，直到最后一刻才决定，自驾而去！

据车主指南平台曰：三门峡至楚雄，走京昆高速，总距离 1787.15 公里，总耗时 22.4 小时，油费 1072 元，路桥费 830 元。国庆七天长假，高速路免费，省掉了过路费。

我们决定由两个老司机担纲：妹夫、同学。前者是公交车司机，后者有 20 多年驾龄，跑过东北、广西等长途。除此再没有更合适的人选了。

我们 9 月 30 日下午出发，傍晚时分穿过西安绕城高速。

在连霍高速上，由夫开车，他一会儿右手离开方向盘，指着前面说："快看，黄河！"一会儿左手离开方向盘，指着左边说："快看，华山！"

两个老司机不断提醒他专心点，他还是不由自主地手指舞划。

接近西安绕城高速前一站，同学一把夺过方向盘，说：“开车一定要专心，不管别人说什么，你的眼睛只能盯住前边。你是新手，太胆大,你就不知道啥叫怕!这连霍高速是四车道,还好点,到后面翻秦岭，三车道，两车道，要很小心呐!”

这时古城西安已是万家灯火，出城后我才发现，导航导的不是我事先查的京昆高速，而是包茂高速。人家一时也顾不上想，就这样走吧。是夜，我们一路狂奔，过柞水，翻越大秦岭，过汉江、安康，经紫阳进入大巴山区，于23时40分到达四川万源，下了高速路口，和许多车辆一起等待10月1日零点的到来。

等待的期间，我们借着微弱的灯光，看到两个巨大的广告牌，宣传当地的旅游资源,特别是红色旅游。这里是当年红四方面军的根据地，“赤化全川”这条巨幅石刻标语，就在万源的崇山峻岭中。

这条线路明显远于京昆高速，我有点懊恼，一定是定位错了。我要求再定一次导航，但夫不同意，他怕麻烦，还不相信导航。我们只好将错就错。

10月1日凌晨时分，我于昏睡中发现车子停住了，原来前面发生了事故。有交警在前面疏通，好在堵的时间不太长。等我们路过事故现场时，只见地上散落着车辆、物品碎片，一拉一溜子，很长，令人惊悸。据说是发生了连环撞。我的心里一阵后怕，好险啊，要是早到半个小时，我们也赶上了。高速路上真是惊心动魄，一辆车稍有闪失，连带的一溜串都不能幸免。我发了一条微信：“2点40分，包茂高速大竹段发生严重车祸，十几辆车损毁。”奇怪的是，第二天网上并没有显示这起事故，查不出来。也许是发生在深夜，又是人烟荒芜的地方，人们急于赶路，没有人上报的缘故吧。

车过万源，已进入大巴山腹地。夫地理学得好，他向我们讲解大巴山，说它是嘉陵江和汉江的分水岭，也是四川盆地和汉中盆地的地理分界线。由于山体长期受河流的强烈冲刷和切割，多峡谷，谷坡陡峭。我对这些没有概念，上学时学的地理知识早就都还给老师了，这时只能想起李商隐的“巴山夜雨涨秋池”。但李商隐的巴山，则纯指蜀地。

10 月 1 日中午 11 点半，我们到达云贵高原的安顺市。沿途经过了陕西的潼关、渭南、西安、柞水、镇安、安康、紫阳，四川的万源、达州、大竹、邻水，午夜过重庆的綦江区，从桐梓进入贵州，一路经过遵义、息烽、贵阳、安顺、晴隆、盘县。历史和现实在这条道上交叉进行，遵义城和安顺场，让我想起八十年前那次壮烈的长征；看到息烽，我想起杨虎城将军的囚禁之地。而路边“瓮安”两个字，则让我想起那年的“瓮安事件”。我的脑海里起起伏伏，一会儿到这儿，一会儿到那儿。车路过晴隆县，我看到了蓝天之下的24拐，又想起抗战、史迪威等关键词。接下来是盘县、六盘水，这里的房子都盖在公路边，非常逼仄。但它却是“中国凉都”。

车子穿行在云贵高原上，大大小小的山峰在眼前掠过，有的像馒头，有的像麦秸垛，和桂林的山有点相似。

一路顺利，两个师傅四个小时一换，不怕疲劳，连续作战。但下午 4 点，进入云南富源县，快到曲靖时，我们却被堵住了。大大小小的车辆像一条瘫了的长蛇，趴在地上望不见头尾，一个多小时后才开始走。在距离昆明120里的马龙县，我们又被严严实实地堵住了。一辆娶亲的车也被堵在这里，夫下去和司机攀谈，他们原定5点到昆明举行婚礼，但现在不知道要堵到什么时候。司机还拿出车上的喜糖、花生、瓜子让我们吃。我们等啊等，等得心焦。终于通行了，天却下起了大雨。下午4点57分，亲家发微信问：到哪儿了？我说：到昆明了。亲家说：下雨堵车，路不好走，慢慢来吧！

黄昏时分，我们进入昆明绕城高速，这里四车并行，挤成一疙瘩，像蜗牛一样慢慢爬行。后来又下起雨，暴雨如注。而这时大灯又出问题，灯光照在湿漉漉的柏油路面上，被吸光后，我们更看不清路面了。车子好似一个盲人，在路上摸索前行，十分令人心焦。但在穿过一条长长的隧道后，雨又彻底停了。几次三番，我们终于在午夜11时到达亲家家里。据报道，楚雄州牟定县遭遇暴雨袭击，县城街道被淹。而距离牟定80里的亲家这里，天气还是一片晴朗。我心中庆幸不已，亲家若在牟定，我们这时是该救灾呢，还是该订婚呢?

这一路，我们分别走了包茂高速、兰海高速、十天高速、厦蓉高速和杭瑞高速，分别绕过了三个省会城市和一个直辖市：西安、重庆、贵阳和昆明，一路见证了三起车祸，看见二十多辆事故车被拖走。正所谓歪打正着吧，因为导航的错误，我们路过了这么多轻易不可能到达的地方，尽管是走马观花。

当我们披荆斩棘奔向云南时，亲家也在做着紧张的迎接工作。10月1日这天，他们早上5点就出去采买，听说我们到达贵州遵义，两口子就开始炒、煎、烹、煮，做好了满满一桌子菜。谁知道由于路堵，我们比预定的时间晚了整整五个小时。夜里11点我们到达时，亲家一家已经等了好长时间了。饭菜热了凉，凉了热，反复几次了。可见对于这次“彝汉结盟”，双方都是十分重视的。由于时间太晚了，我们草草吃了饭，寒暄几句，亲家公便带我们去宾馆休息。这一天太累了，我没有洗漱，倒头便睡。

临去云南时，我一直在搜索天气预报，但网上显示，楚雄地区一周都有雨，我十分担心。想到下车后，水淋淋地往下卸礼物，那该多么狼狈。谁知第二天一觉醒来，艳阳高照，碧空如洗。看来老天爷也赞成这门婚事啊。

虽然两个孩子已经“剧透”了两家的情况，各自父母的脾气性格，但是一见面，感觉还是不同的。此前担心的语言障碍也不存在了，亲家公说的是普通话，说得比较慢，亲家母说的是地道的云南话，我们都能听懂。两口子真诚坦率，没有通常意义上两亲家之间的拐弯抹角。见面之前，我还准备探问对方，看谁年龄大。若对方男的大，我们就称他为哥，称女的为嫂。按照我们北方人的习惯，正所谓“不管你大还是你小，嫁给我哥就是我嫂”，谁知我们在路上，亲家公第一次给我发微信，直接就称我们“亲家”了，那我还忸怩个啥呢？直接称“亲家”多好！这让准备担任媒人角色的同学，也少费了许多想象中的口舌。

头天晚上说好不让对方管早餐，我们睡饱后逛早市。来到宾馆后面的农贸市场，这里是当地土特产的集散地，各种各样的野生食用菌让我大开眼界。我一向以为我们县是食用菌大县，来的时候还有人建议带点木耳香菇之类，谁知这里的野生食用菌才是全国集大成者，松茸、鸡枞、牛肝菌、红菌、各种树花等，琳琅满目。穿着鲜艳民族服装的彝族人，令我眼前一亮。据说他们都是凌晨两三点，戴着矿灯上山采菌子，然后五六点骑车来到农贸市场销售。我仔细观察这些彝族同胞，不论男女，都是黑黑的、小小的，但看起来十分精神。姑娘、媳妇的眼睛都是大大的，十分明亮，和这里的天空大地非常相宜。

10 月 2 日中午，亲家给我们做了一个菌锅，七八种野生食用菌，浓浓的，酽酽的。亲家一边吃一边给我们讲解，这个是松茸，这个是小鸡枞，这个是牛肝菌，营养很丰富的。他说，孩子们每次从学校回来，家里都要做一个菌锅，因为在外面吃不到真正的菌锅。为了这次的菌锅，亲家公早上 5 点多就出去采购了，一公斤松茸六百多元，鸡枞也得六七百元一公斤。我们吃的这顿菌锅，花费在一千多元以上了。可惜我不会享受，嫌锅底太油了，还建议说，直接兑一半青菜才好呢。云南腊肉也是第一次品尝，肉片较厚，没有过多的搭色，一股烟熏味，吃起来油气较大，起初有点不习惯，但味道还是蛮新鲜的。

晚饭不让亲家管了，同学和妹夫想喝酒，我们就满大街找小酒馆。云南人酒量不大，也不善劝酒。饭桌上只放一瓶白酒，不管人多人少，喝完不再上第二瓶。对妹夫和同学这两个有点小酒瘾的中原汉子来说，可谓“毛毛雨”啦。最后在出租车司机的带领下，我们来到一家“镇南农家菜”，要了一壶当地产的“小灶酒”。我们四人正吃着，儿子、儿媳妇、姊妹几个都来陪我们了。大家喝得十分高兴，最后竟喝了 4 斤小灶酒。同学高兴，喝多了，一连说了十几个“千里姻缘一线牵”，最后醉倒在宾馆里。第二天酒醒，他满脸羞愧，说：“我把人丢大了，从中原腹地丢到云南边陲了。”

10 月 3 日，亲家安排我们去转楚雄市。一早，他开车在前，我们的车在后，大家来到楚雄州看福塔。

对于楚雄，我的感觉是神秘。那年随团旅游，我们去大理时在这里住了一晚。导游告诉我们，楚雄是少数民族地区，秩序有点乱，夜里千万不敢出来转，连宾馆的大门都不要出。结果我们就酣睡了一夜，真的连宾馆的院子都没有出。过后，我感到很后悔，好不容易到楚雄，连楚雄长什么样都没有看一眼。这个坏导游，骗我们呢！

这天，我们转了楚雄福塔公园。福塔建在半山上，高耸入云，市区景致尽收眼底。福塔一共九层，每层两个弥勒佛，笑眯眯的，与长假人们的喜悦心情合拍。中午，亲家招呼吃了一顿十分别致的饭——在一条大街上，用一个好像筛子似的竹器铺上松针，上面放各种菜肴。天空湛蓝，白云悠悠，大街绿树成荫，洁净清爽。菜很好吃，有豌豆尖、芽尖等土特产，还有的我叫不上名字，但都给我留下深刻印象。

中午休息，下午 4 点，亲家又带我们去看一个彝族山寨。家里 95 岁的老奶奶也去了，老人家一听说出门，十分高兴。

这个彝族农家乐，位于南永公路边，是“咪依噜风情谷”的一个景点。路边的岩壁，被村民铲平，上边绘着巨大的壁画，讲述着一个动人的故事——美丽善良的咪依噜姑娘为解救寨子里被囚禁的姐妹，与凶残的土官共同饮下了带毒的酒，她的情人得知噩耗后，眼睛哭出了血，染红了漫山遍野的杜鹃花，彝人称为马樱花，彝语即咪依噜。待看完这个故事，举目四眺，一幅美丽的山居图映入眼帘：古老的水车、清亮的池塘、欢腾的小河、葱郁的绿树、金黄的稻田、叠翠的山峦，在午后夺目阳光的照耀下，层次分明、相互映衬。山寨的房屋若隐若现，所有的色彩都是明快鲜艳的，激发你走进去一观的冲动。寨子里有许多“夫妻树”，墙壁上有彝族文字，还有“姑娘房”，还有修于20世纪50年代的彝族土楼。我们经得主人允许，还上到土楼上仔细参观彝族人的生活场所。晚上，我们在这里又吃了一顿充满彝族风味的农家饭。

云南楚雄距边城瑞丽1200里。也许是接近缅甸、泰国的缘故吧，这里充满浓郁的佛教传统。家里95岁的老奶奶，那天在彝家山寨，看到一棵“夫妻树”，不顾地上湿滑，马上上前，放下拐棍，虔诚地俯身跪拜。还有那天在游楚雄福塔时，儿媳、姊妹在观音像前的跪拜姿势，很让我感动：他们先是双手合十，举三下，然后俯身下跪，手心向上拜一次，手心向下拜一次，十分认真到位。过后我问，才知道她们双手合一，举三下是先额头后嘴巴再是心，各过一下。而我们北方人，遇着祭拜时，只是很潦草地三鞠躬或者磕三个头，没有那种虔敬的仪式感。亲家公也是信佛的，他一见我们就谈论修行，他的脸色红润，神态自如，大概与他的潜心修行很有关吧？可以说，南国，包括云南，有很深厚的信佛的渊源和土壤。临走时，亲家公还送给我们一套雪漠的书，他劝我们好好研读，早日加入信佛的队伍。

我很喜欢家里那个老奶奶，她的面相就像一尊佛似的。从老人家断断续续的诉说和家人的补充中，我还原了她的生平。她老家在滇黔交界的贵州盘县，7岁时父母双亡，11岁时她的姑姑带她走出大山，来到昆明，在一位老板家里当保姆。她带大了老板家两个孩子，老板娘待她亲如女儿。在昆明，她认识了后来的老伴，称其为“老倌”。老倌是从四川内江逃壮丁过来的，老倌对她说：“你是个可怜人，我也是个可怜人，咱们两个就在一块过吧。”临解放时，他们来到楚雄做生意，却亏了本，没了本钱。于是，老倌给人家出苦力当伙计，她给人家缝补、浆洗衣裳。后来，解放军解放了楚雄，他们就留了下来。解放楚雄的军队里有一个团长，是她的老乡，也劝他们就在这里定居。解放后普查人口，她见人家都登记成彝族，便也说自己是彝族人。其实她的老家盘县就是彝族、苗族混居区。老太太 80 岁那年，还独自一人回了一趟盘县老家。老头子于 25 年前在家门口遭遇车祸不幸去世，老太太每遇烦心事，就跑到郊外老头子坟前，痛哭一场，在暖阳下浅草边打个盹，迷糊睡一觉。老太太说话声若洪钟，发自胸腔，底气十足，脸色红彤彤的，除了耳聋外，没有什么毛病。老人对我说了好多遍："贵州穷得很，活到六七十岁都没有见过大米。吃洋芋吃苦荞，苦得很！我的大哥死了，兄弟也死了，没得人了。"过一会儿又对我说："现在的社会，好得很，唉，好得很！"我能理解老人复杂的感情，小时候那样苦，现在的日子这么好，自己却老了。老人坐在街边自家的铺子前，不厌其烦地诉说自己的身世，虽然只是重复那么几段话、那几个干巴巴的情节，但已经包含了太多的信息量，像一幅泼墨画，寥寥数笔就勾勒出她的一生一世。老人说的盘县，刚好是我们路过的地方，这使我对这个无名的地方有了深刻印象。

虽然互联网上不断有人抹黑河南，但在我心目中，还顽固地保持着大中原文化先进的观念。因此，当儿子告诉我，他找了一个云南姑娘后，我就在心里直嘀咕。而且，不但是云南，还是楚雄彝族自治州，谁知道这是一个怎样蛮荒落后的地方！来到这里后，我的所有忧虑全打消了。这里山清水秀，没有我们北方惯常的风沙和黑灰，也没有遮挡视线的高楼大厦。亲家所在的街道宽敞舒服，人们在小铺门前放个小凳，仰望蓝天，比我们北方更适合养老吧。就像电视剧《滇西

1944》片尾曲唱的那样："有个地方，宁静而美好。红土地，蓝天空，鸟儿飞过。"

正式的定亲日子选在10月4日，亲家招呼待客。他们那里的规矩是晚上待客。下午4点多，亲朋好友相继到来，有儿媳的姑舅姨、邻居、好友，还有亲家的战友，满满当当坐了十二桌。他们这里不时兴劝酒，每桌只放一瓶白酒、三瓶啤酒、一瓶饮料，令我们这些爱喝酒的北方人不乐意了，主动去别的桌上掂酒，给亲家端，给亲戚端，给战友端，把气氛弄得热热闹闹。

相对而言，云南人个子矮，脸庞多黝黑，可能是因为高原紫外线强烈的照射吧，特别显眼的是亲家、战友那两桌子人，都是朴实的黑里透红的脸色。酒酣耳热，闲谈中，他们称我们中原人为"东北人"，个子高，口音硬。那天同学醉酒，把衣服弄脏了，我们跑了几个店给他买衣服，硬是没有他穿的大号。最后在一个店里发现一件大号的，我们十分惊喜。店家说，衣服进大号，没人穿，这件就是为你们东北人准备的。什么时候我们成东北人了？席间一个战友说，其实我们也不全是云南"土著"，也有从中原、江南迁徙而来，或移民，或战乱，或随军征战的将士后代。这让我记起那天去两岔河彝族山寨途中，看见一个"汉军屯"的村子，想必是前朝古代来自北方的汉族军队来这里征战时驻留过吧。想起我们来的时候，一踏上云贵高原，一连串的地名，"镇安""镇南""镇宁""靖边""定安""普安""正安"等，都是这个意思吧。

宴席结束，他们坐车先回家了，我和亲家母、儿子儿媳，一路步行走回，路上相谈甚欢。我们决定10月5日返回。

第二天早上天麻麻亮，我们就出发了。这次导航定正确了，我们穿过姚安、永仁，经攀枝花、昌都、小凉山、雅安直插成都，一路上穿山越岭，见识了许多荒无人烟的地方、适合人居住的地方以及不适合人居住的地方，于晚上 8 点抵达成都。

6. 我陪儿子当房奴

2017 年春天，成都房价暴涨，政府出台最严限购令。网上一女青年哭着大喊："成都不要我们了。"想想真有些后怕，前年如果不狠心下手，不跳起来摘桃子，现在再来买房，那真是"马尾巴串豆腐——提不起来"，一没有购房资格，二没有翻倍的资金。虽然那段时间，儿子要交房租，我们要还首付贷和月供，每个月都"压力山大"。但我们咬咬牙，还是挺过来了。

三年前一个炎热的下午，儿子去他上学的城市打拼，撂下一句话："给我两年时间，混不下去我就回来！"

这让我很纠结，两年后你在城市站不住脚，二十六七岁再回乡又得从头开始。就算你混下去，父母势必要帮你买房。大城市房子那么贵，可不是闹着玩的。唉，真是儿大不由娘啊。

那年 10 月份，我去成都给儿子送衣物被褥，想看看他到底过得怎样，是不是如电话中所说：成都环境好，吃住便宜，心情愉快。经过十九个小时的火车旅程，我抵达成都，住在磨子桥附近的小旅馆。

每天他下班后，我俩在川大西门见面，去吃饭，转街聊天。一开始，他不让我去他在桂溪的住处，说不方便。我一再坚持，他才领我去了一次。

那是个五室一厅的套间，进门后我还没看清格局，他把手指放到嘴唇前“嘘”了一声。拐过两道弯才到他的房前。房间大小适中，许多地板革已经翘起，踩上去有些虚。深秋了，阳台敞着，床垫上只撂了被单，别无他物。另外，厕所和厨房光线都很暗。

我有些心酸，问：“就这，一月还要600元？”

“这是最便宜的了，你以为这里是咱们那儿啊，这是成都，西南省会城市！”儿子月薪刚由2800涨到3500元，交房租、搞定衣食住行，月月不到底就光了，我少不得接济他。回家后每次通电话，我都交代他注意防火，那地方一旦起火，跑都来不及。

从那以后，我和夫就念叨着在成都买房的事。儿子没有回乡发展的准备，租房不是长久之计，房子早晚得买。可哪儿来的钱呢？刚装修完在三门峡的房子没两年，手头没有积蓄。

春节儿子回家，说正在追一个女孩，云南人，很优秀。我和夫盼他恋爱成功，同时对买房的事更加上心。儿子谈恋爱是引水，我们买房子是修渠，水到渠要成。我俩散步、吃饭在说房子，睡觉起来也要说房子。有几个月，一闲下来我就上各大房产经纪网站看房子，恶补房产知识：刚需、首付、月供、契税、商贷、公摊、公积金贷、贷款利率、满二唯一……

一套房子五六十万，原本在我眼里像是天文数字，后来越看心越野，越看承受能力越强，感觉七八十万都不在话下。反观我们当地的房子，只值二三十万，简直小菜一碟。

看房时，我和夫关注点不同，我关注房子本身，他关注宏观经济形势。做过很多研究后，他多次对我说："房价五年内翻一番，现在房价低迷，但最迟2016年底、2017年春，绝对大涨。"

这番话让我更加急迫。我俩相互鼓劲，抓紧，一定要抓紧，争取年前入手。

2015年夏天，我们夫妻俩口挪肚攒，终于有了八九万，找亲朋好友又凑上五六万，心想年底凑够二十万就去成都买房。

那时朋友们见面就问："你儿子在哪里上班？"

我说："在成都。"

"那你得买房子吧？"

"买嘛，他要是不回来就得买啊。"

打电话给儿子谈起这事，他总是说："成都周边空闲土地很多，房子贵不起来，再等等。"我知道他没钱，又不想麻烦我们，才这样说。

这时听闻儿子的心上人已基本答应和他在一起，我与夫商量："你想咱儿子一个河南蛋，"光尾巴溜猴"在外地混，人家女孩凭什么信他？要是他混不下去拍屁股走人，人家咋办？况且还有姑娘父母那关要过。"必须尽早买房，这桩好事才有保证，这身汗早晚得出，不能慢慢攒首付了，得想其他办法。

我和夫还有公积金，关键时候能救点急。我们到县公积金管理中心咨询，得到的回复是，儿子买房可以用父母的公积金，但必须有购房合同才能提出来。可还没买房，哪儿来购房合同？

事情迟迟没有进展。忽然有一天，小区一银行的广告启发了我。

上面说该银行贷款“利率低，期限长，五天实现放款，房产抵押贷款最高可以贷300万”。我何不把家里的房子抵押，贷个十万八万做首付？当初想攒够二十万去买房，只是自己想当然，加上契税、物业、评估等杂支，以及装修、购买家电家具等费用，二十万哪里办得妥。

贷款的想法得到夫支持，原本想贷十万，他要贷十五万。他大概算了笔账，给我分析：“贷十五万咱俩每月还1700多元，儿子那边还月供3000多元，加起来不超过5000元，可以承受。现在勒紧裤腰带，以后你我的工资得涨，儿子工资涨幅更大。将来小两口结婚，那边月供交给他们，咱们就轻松了。”

方案敲定，我到那个银行咨询。工作人员让我提供必需的资料，户口本、结婚证、夫妻双方身份证、房产证、收入证明、公积金密码、最近4个月工资明细等。

七月流火，我来回奔波于县城和市区之间，开收入证明、找评估公司、办抵押手续，忙碌到8月底，十五万贷款终于到手。

俗话说金九银十，正值收获季节，我准备国庆节去成都买房。但这时儿子说，国庆节他要去女朋友家，成都之行只能推迟。

2015年10月18日，我怀揣二十五万，雄赳赳地踏上成都买房的征途。彼时儿子和同学在科华路合租了一个套二，押一付三，儿子住主卧，每季度要付4200元，还有中介费和押金，负担挺重。

他俩都谈了女朋友，房子租得有点贵，但那房子给我的感觉并不好，装修超过10年了，反复收拾也干净不了。厨房和卫生间窗户很小，橱柜的板子脱落，常有虫子乱跑，让我感觉身上不舒服。客厅插座少，电线、网线拉得满地都是。室内的白炽灯，既费电又昏暗。我去后住在儿子的房间，儿子只能睡沙发。这一切促使我加速购房进程。

儿子工作忙，请假不容易，看房买房只好我自己来。头几天我看的都是大牌楼盘，售楼人员很热情，但这些房子每平方米售价都在万元以上，我手心攥的这点米，根本不敢招架，一听价钱赶紧跑掉。几天下来，东到西河镇，西到机投镇，南到天府新区，北到龙潭寺，除了收获一大堆宣传单、推销电话外，我毫无头绪。

这天在住处附近转悠，发广告的妇女给我一张“幸福里”的传单，热情邀我去看房。幸福里，这名字听着舒服，在网上也看过这个楼盘。我婉拒她的邀请，预备自己去看。

第二天是周日，我和儿子坐公交车到达川师大南门。幸福里和川师大是邻居，周边许多年轻人，人文气息也很浓。那天看房的人不多，售楼部有点冷清。听过介绍后，我相中一个 75 平方米的套二户型。销售员小冷算了一下：单价 10500 元一平方米，总价 78 万，首付 23 万左右，月供 3400 元。价格稍贵，但在控制范围内，并且是准现房，12 月底便可交付。

我问：“可不可以进去看看？”

小冷说：“按规定不能看，正在施工不安全。但你们可以从旁门偷偷进去看看，被发现了别说是我的主意。”

母子俩钻过栏杆进到院子，工人正在铺楼梯、栽花木，房间门都开着。在楼栋里溜上溜下看了许久，我们认定 75 平方米的套二最适合。回到售楼部，小冷告诉我，看上就赶快交订金，否则可能会被别人订走。可真要决断的时候，两人都有点顾虑，眼下该户型只剩 5 楼和 29 楼的两套，5 楼视野不太好，29 楼又太高。

我们犹豫不决，说回去再考虑一下。

那天夜里考虑再三，我决心从那两套房子里选一套。次日又去到售楼部，接待我的小冷下午才上班，其他人对我都爱答不理的，我心想等下午小冷一来再交订金。

转身走出售楼部，我陷入沉思：这一锤子砸下去，就没有回旋的余地了，砸偏了半辈子都翻不过身，全家希望寄于我一身，这样决定到底正不正确？

中午，我焦虑地徘徊在售楼部附近的小树林里，并给夫、侄女打电话反复说明这套房子的情况，寻求心理支持。可他们的话更使人忧虑，夫认为 75 平方米太小，可以再考虑考虑；侄女则说不要着急，去别的楼盘多看看。

等待小冷期间，我准备再到房里看一下，这时一个小伙子喊住我："阿姨，你要看房吗？带你去看看别的吧。"回头一想，闲着也是闲着，我便上了他的车。

他带我看了价格各不相同的三个楼盘，都不太令人满意。在其中一处我受到贵宾般的待遇，觉得不买人家房子怪不好意思的。看房过程中，我陆续认识了四五个销售小哥，一遍遍告知他们我的号码。之后他们打来许多电话，我甚至分不清谁是谁。看过多个楼盘后，我发现不订幸福里的房子是对的，它太贵了。

一个星期过去了，我毫无头绪，心里越来越没底。怎么办？我住在这里，打扰着儿子和同学的正常生活，儿子睡在沙发上，我还要上班，请假时间太长了也不行。我决定速战速决。通过这些天的观察比较，我买房的标准更具体了。一必须是现房；二是单价不能过万，总价要在 80 万以下；三不能太偏远，二环附近最好。儿子的同学在成华区政府上班，他也给我建议说：“阿姨，你可以考虑在成华区买房，这里价格相对低些，未来发展空间也大。”

一个下雨天，儿子上班去了，我一个人坐在出租房里用他的笔记本电脑上网，搜来搜去，最后搜出三个符合条件的对象：雄飞新园国际、海上海和汇厦沙河锦庭。晚上儿子回来后一看，说：“雄飞新园国际在南三环，太远了，海上海都跑到成渝立交了，也太远，汇厦沙河锦庭倒可以去看看。你坐二环高架，记住到杉板桥路下车。”我看搜房网上说，汇厦沙河锦庭正在搞清盘销售，只剩两个户型，89 平方米的套二和 101 平方米的套三，套二 8500 元一平方米，套三 10000 元一平方米，不打折扣。我心里已经偏向这个 89 平方米的了。

我就去坐二环高架快速公交。那时我对杉板桥什么的没有半点印象。走到半路上，我问司机，到杉板桥路在哪里下车。司机说，双林北支路口站。下车后，我茫然无措，问一个打扫卫生的大姐，她说：“你直直往前走，到第一个路口不要拐，一直走到最下面，往右一拐就到了。”走了一截，我心里不踏实，又问一个老头，老头说：“你从那边往前走。”我又拐回来，路过刚才那个大姐，我说老头怎么让我往那边走呢？大姐说：“你不听我说，我在那里打扫卫生，难道不比他清楚吗？”我歉意地笑笑，又照她指引的路走。走了好大一会儿，在道路的尽头，我终于看见“汇厦沙河锦庭”几个大字。到跟前一看，售楼部标志不太鲜明，好像要撤的样子，两间并作一间，工作人员正在忙。我上前一问：“你们还有房子吗？”一个小伙子接待我，他说，有。我问：“可以看房吗？”他指示一个叫小周的拿上钥匙，带我去。小周介绍说这个户型只剩下 26 楼和 23 楼的。到楼上一看，我立刻喜欢上这个房子，房子虽是朝向西北，但视野很开阔。小周给我指哪儿是大商场，哪儿是高级别墅……更有意思的是，这个平民盘对面是个高档小区，站在窗前可以望见那边高级的花园式景观。

回到楼下，销售小罗已经给我算好账：交 1 万加入某购房网站，享 8.7 折优惠，总价 76 万左右，首付 23 万，20 年分期，月供 3500 多元；契税、贷款评估费、电梯修理费共 1.5 万左右；物业费每平方米每月只收 2.18 元，算是便宜的。

随后，小周带我去周边看一些别的楼盘，让我做比较，以坚定我的信心。我越看越心仪沙河锦庭，盘算一下，带的钱还够，就是它了。问清贷款需要的资料后，我准备回去和儿子商量。

第二天刚好就是周六，我带儿子去看沙河锦庭的房子，儿子也一眼便相中了。小罗趁势催促说：“要订就赶快订，下午怕被别人订走了。”

可我又有些犹豫了，这么大的事，让我再想想，就推托说和儿子的女友小园商量一下。走出售楼部，转到一环，儿子说：“既然看上不如就订吧，小园顾不上这事，明天我又没有时间了。”

我心里还是不踏实，打电话问家里人意见，其中侄女建议：“你看能不能再优惠一点，谈到 8.6 折。”一经提出，销售小罗立刻请示主管，回话说可以。再无顾虑，我们又打电话征求小园意见，要 23 楼还是 26 楼？小园说，要 26 楼吧。

七拐八拐折回到售楼部，已是下午 3 点多。这时售楼部来了几个拆迁户，一个妇女大喊大叫：“23 楼、26 楼我全要了！”小罗说：“不要理她，咱们去填表。”填完表交过订金，双方约定儿子弄好一应手续就来交首付。

晚上和儿子、小园开开心心地吃了自贡大餐，这是我大半个月以来吃得最安心的一顿饭。

几天后，儿子办完手续去交首付，刚好碰上央行降低利率，在4.9%的利率基础上又打了9.5折。银行卡在POS机上“咔咔”刷得过瘾，一会儿就好了。小罗带我们到银行办贷款，想象中的麻烦都没有出现，手续办得很顺利。以儿子的名义贷款52万，为期20年，每月还款3300多元，十五天内就能批复下来。

搞定一件大事，我心里的大石头落了地。夜里我到新房子附近散步，熟悉环境，看广场舞，憧憬着以后的美好生活。看见“沙河锦庭”几个霓虹大字不断闪烁，心里像喝了蜜一样，我还给儿子发微信：“多少年后你会深刻认识到，你妈当年的决定是多么‘伟光正’。”

等待银行放款的日子里，我独自在成都转悠。在领事馆附近、川大校园里转到夜间10点多，到宽窄巷子跟拍外国女人，参观武侯祠、刘湘墓园、杜甫草堂、望江公园、人民公园……还有热闹的春熙路，也让我大开眼界。有时走错了路，我就慢悠悠往回倒，享受着这份悠闲。

“尊老爱幼是中华民族的优良传统，请主动把座位让给需要帮助的人，谢谢！”公交车上，女播音员的声音在耳旁无数次响起，让我有种莫名的亲切感。

我渐渐理解了年轻人为何再苦再难也要留在大城市。他们追求的，除了物质，还有更重要的——城市文明。

一周后，贷款还未批下来。我有些着急，担心是否上当受骗了。心想这要是被骗，我一个外地人，可打不起这官司啊。

打电话询问小罗，他安抚说不要急，程序都在走着，正在报市房管局备案、报省行签字等。又过去几天还是没消息，我就几次跑到售楼部找小罗诉苦：“我家在外地，请假来买房，住在出租屋里，花销很大的，你催催他们，快快批下来吧。”

小罗耐心给我解释，不管怎么催促，他都不急不躁：“阿姨，我给你操着心呢。”对我的做法，儿子不以为然，他说人家按契约办事，不是你催催、诉说诉说家长里短就能解决问题的，还说我拿小地方那一套做法在这行不通。但我心急，总觉得催促还是起作用的。

半个月过去，贷款还没下来，我心急火燎，但没法再催小罗了，我就悄悄地直接跑去银行询问。我记得合同上写着猛追湾支行，就以为银行在猛追湾，谁知到地方一看，根本不是。那天下午 4 点多，我才摸到受理儿子贷款的那家银行。贷款员轻描淡写地回复：“明天应该就办好了。”

2015 年 11 月 16 日早上，我让儿子请假一同去售楼部催进度。儿子先是说请不来假，后又埋怨我心急。这下我有点生气了：“我请了一个月假专门来给你买房子，而你连一天假都请不了。这到底是你的事还是我的事？”想起这么长时间的奔来跑去，受苦受累，我越说越委屈，越说越心酸，最后大哭起来。

儿子见状，这才跟领导请假，而后打电话质问小罗：“你不是说 15 天内就能放款吗？这都 18 天了，到底咋回事？”小罗查询结果后回复说，款项已到账，让我们去走程序。后来才得知，我们这不到 20

天就批下来，算最快的了，有的两三个月都批不下来。

贷款到位，交完契税，房子钥匙终于拿到手，我和儿子一身气势地刷卡进小区看新房。第二天交了上半年的物业费，我便让儿子立刻给我买了次日的回程票。

7. 关注父亲

父亲今年 78 岁了，脸上出现了许多老年斑，腰也弯得更厉害了。父亲是从什么时候开始衰老的，我从来没有注意过。等我懂得关注父亲的时候，他已经老了。

父亲是一个木匠，他的一生，充满了艰辛、惊险和传奇。他能够活下来，并且能够活这么大岁数，实在是一种意外。解放那年，他还不满 18 岁。他是他们那个家庭的最后一名男丁，因此，他注定要为这个家庭赎罪。父亲 20 岁时，就被戴上一顶地主的帽子，从此一个接一个的政治运动，他都是当然的“运动员”，受尽了磨难。

父亲不是一个真正意义上的庄稼人，也不是一个纯粹的工匠，他是靠自学成才的半知识分子。虽然他只上过一期初中，一生都在农村。父亲通过自学阅读了大量各个学科的书籍，懂得许多科学道理。受父亲的影响，我从四、五年级开始就学会阅读课外书。在那个文化荒芜的年月，父亲不知从哪里源源不断地给我们找来《鲁迅的故事》《鲁迅杂文集》《红岩》《钢铁是怎样炼成的》《铁流》《童年》《在人间》《我的大学》等中外文学书籍，还有《大鲸牧场》《十万个为什么》《科学大众》合订本等科普读物，在我们白纸一般的心灵里留下文学与科学的种子。我们总是如饥似渴，胡嚼乱咽那些能够找到的书。冬夜里，父亲给我们讲《把一切献给党》里面钢铁战士吴运铎的故事，讲普希金的小说《射击》，讲英国小说《格列佛游记》里大人国、小人国的故事。父亲讲了一个又一个，直到把我们讲瞌睡为止。可以说，父亲是我的启蒙老师。

父亲的思想很进步。他说小时候，家里放有许多书，有《鲁迅全集》，有赫胥黎的《天演论》，还订有《大公报》，还有毛泽东的《论持久战》，纸质很差，还没有现在的包装纸好，他经常偷偷拿出去看，这些书对他的影响很大。他还爱和长工们一起吃、住，睡马房。冬天他赤脚上山打柴，家人把棉裤搁到炕头让他穿，他把棉裤按到水里，弄得湿淋淋，然后穿着单裤去上山。他很反感旧家庭那一套腐朽落后的生活方式。小时候，他总是给我们讲，富不过三代，财富是靠不住的，人必须有一技之长，否则将来在社会上站不住脚，等等。我们虽然听得半懂不懂的，但从小也养成了不怕吃苦、自强不息的生活习惯。

父亲虽然聪明，心灵手巧，但性格倔强、固执，脾气暴躁。他为自己的个性吃过不少苦头，也使母亲跟着生了不少气。小时候每遇父母争吵时，我们兄妹三人总是无一例外地向着母亲。也许是生活压力大的原因吧，父亲对我们很严厉，从没有个笑脸，遇事总是给人讲道理，也不管对方是什么水平，听得懂还是听不懂。说话也不好听，因此没有人喜欢他，也没有人关心他。

父亲非常勤快，非常能吃苦。我们家坐落在村头一个小山包前，盖房子的场地、院落，全是父亲一镢一锨开掘出来的。为了养家糊口，父亲除了做木工活以外，还干过泥水匠、小炉匠，盘锅垒灶，什么都会两下。农村土地承包后，父亲养过蜜蜂，50 多岁时还到四川、青海等地去放蜂。他种过果树，在自留地里种葡萄，在开出的荒地里种苹果树。他养过鸡，用土法孵鸡雏卖，喂过羊，养过牛。父亲很聪明，懂得科学种植、科学养殖，干什么都能成功。但一牵扯到买卖，他就不会了。父亲只能把事情干成，但不能把东西变成钱。

母亲 72 岁时摔了一跤，股骨颈骨折，手术后成了半残，只能拄着拐杖挪几步。饮食起居，吃喝拉撒，一应事务都要人帮忙。短暂的住院治疗后，天长日久，照顾母亲的重担就落到父亲身上。父母的角色一下子来了个 180 度的大转换。我不知道年届 68 岁，从来都是饭来张口、衣来伸手，不理家务，油瓶倒了都不扶的父亲是怎样在短时间内学会做饭、洗衣、蒸馍的。他耐心地伺候母亲服药、洗漱、吃饭、走路，一天又一天，多年如一日，并且把家里打理得干干净净、整整齐齐。母亲伺候父亲大半辈子，父亲回报母亲人生的最后一程。说母亲不容易，父亲其实更不容易。有了父亲的精心照顾，儿女们就省心多了。

人说，人老惜子。不知从什么时候开始，父亲一改年轻时对儿女的严厉、冷峻、不关心，而变得细心周到，啰啰嗦嗦，絮絮叨叨。他总是交代我，注意安全，注意安全，几乎到了小心过分的地步。

人常说，母爱是伟大的。但父亲给予我们的爱，它渗透到我们的血液里，影响着我们人生道路的选择和命运的起伏变化。只有到你成年以后，有了一定的人生阅历，才能够感受到父亲对自己的影响。父亲教我们学会读书，培养了我们阅读的习惯，这是让人一辈子受益无穷的。父亲教给我们正直、诚实的品格，他教育我们从小要学会自强自立，凡事靠自己，不要依附别人，不要贪图享受。父亲教育我们不怕吃苦，学会一技之长；父亲教我们热爱科学，不要讲迷信等。这些言传身教、耳濡目染的东西，一点一滴的灌输、渗透、影响我们一生一世。

暮年的父亲有些孤独，儿女们长大了，各忙各的，同龄的能说得着话的人一个个都故去了，甚至比他小的一茬人也都在不断离去，父亲守着母亲，守着家园，守着他的两三只羊度日。父亲最大的乐趣就是看书，看电视。他关心的事很多，伊拉克战争、中美关系、台湾问题、航天飞机等，但没有人和他交流。母亲听不懂，乡邻们也顾不上关心这些事，最能和父亲谈得来的一个“忘年交”乡友最近也患癌症离去，父亲显得有些落寞。只有在我给他送去新书、报纸、杂志的时候，父亲才显得异常高兴。我隔一段时间便给他送些书，他说这是最大的享受。

年轻时，我们忙，忙着追求理想，追求爱情，追求许多虚无缥缈的东西，好像我们自己的事多么重要，从来没有时间去关注一下父亲。如今当我们进入人生的壮年，懂得回过头总结人生的时候，才忽然发现父亲就站在那个角落里，时刻关注着我们。面对年迈的父亲，我忽然产生了一种“抢救历史”的紧迫感。父亲是他们那一代人中的幸存者，如果父亲过世，那么多的故事将永远被尘封。我想，是应该抽出时间多陪陪父亲了，听他讲过去年代发生的故事，讲时势兴衰、人生感悟，和父亲交流一下对许多问题的看法，就像小时候那样。它让父亲得到快乐，也使我们浮躁的心灵得以净化。

8. 80岁的母亲

早些年常看见古书上说：上有八十老母，下有七岁孩童。我总觉得八十老母离自己远着呢，而如今明明白白地，母亲80岁了，农历六月二十六日，是她的生日。

母亲转折性的衰老，是从8年前开始的，在她的股骨颈骨折、动了大手术之后。这之前，我们谁也没有发现母亲多么需要人关心，她照样每天忙忙碌碌，吆鸡打狗、做饭喂猪，只是头脑不太灵活了，记性差一些。当时我把儿子从她身边接走，以为这样就是减轻她的负担，让她轻省点。谁知接走儿子后，母亲没有了事做，她觉得没有一个人需要她了，一下子失落了，就得了抑郁症，最后发展到整夜睡不下，吃了40多片安眠药，从床上摔下来骨折了。

母亲在医院里受的磨难，让我肝肠寸断。在牵引了一星期之后母亲才做的手术。牵引，腿高高地吊起。当时我们是冲着省里来了专家，才去这家医院的。可是做手术时，专家根本没出场。上到手术台上，他们才发现穿刺用的钢钉型号不符，但已来不及，只好用大一号的钢钉。

眼看着三寸长的三棱钢钉打进母亲的腿里，母亲疼得昏死过去，我们的心都要碎了。我们紧抱着母亲，汗湿透了全身。最后手术做得不好，至今钢钉还在腿里不敢取。但医生说，因为她年龄太大了，恢复不好。这件事使我对那家医院和医院的医生怀有深深的成见。

母亲初病时，我整天揪心不已，整天想着这件事，时间长了，也就麻木了。

“你说我这腿啥时候能好呢？今年比去年又疼狠了！”

“唉，你说我怎么就这样了？啥也干不了，死吃活埋的！”

“你说我这可咋办？你说这可咋办呢！”

每次都是这样。刚开始，我还很发愁，很在意，想尽办法解劝她，帮助她，时间长了，就迟钝了。

“慢慢就好了，慢慢就不咋了。”“不要紧，上岁数的人都是这样的。”“咋办？慢慢过呗，年龄大了，啥也别干，养老呗。国家干部60岁都退休了，你都70多了，早该退休了。”更多的时候，是一种应付。

“好啥好，你哄我哩。只能越来越糟，怎么能好呢？”

“那你说让我咋说？”

母亲年轻时候,准确说是8年前腿没有摔坏前,她是那么勤快、能干，那么有决断，每天起早贪黑，一天到晚“不拾闲”。把我们带大之后，她又相继带大了哥哥的两个女儿，带大了妹妹的两个女儿，最后是我的儿子。待做了手术后，母亲一下子就彻底干不动活了。母亲的腿一年年萎缩，现在拄上一根拐棍后，凑合能走几步。而自从她得了病之后，就像换了一个人，什么事都要靠别人给她做主。

有很长时间，我不习惯这种角色转换，母亲曾是我的主心骨，不论大事小事，我都想向她倾诉，想从她那里讨主意。而现在，我成了母亲的主心骨了。有时候我忍不住就向她诉说自己的糟心事，结果她就着了急，一个劲嘬念：这可咋办呢？这可咋办呢？反过来我又要来安慰她。于是干脆不要对她说，不仅于事无补，还平白添些麻烦。

父亲比母亲小五岁，母亲失去劳动能力后，从前“油瓶倒了都不扶”的他，一下子担起伺候母亲的重担。这使儿女们轻省了不少。

如果没有和高龄老人在一起生活过，你怎么也想象不出人到老年有多么艰难、多么无奈。在正常人看来很容易的事，在他们那里就成了一场工程。扶东墙按西墙，上个台阶要试探再三。

老年人会啰嗦，老年人会絮叨，和他们在一起，净浪费时间，重复了一百遍的话还要说。你对答她吧，可怜巴巴的，不对答她吧，又太啰嗦。刚说过又忘了。每次去，她都不想让你走，总是商量，明儿个走吧。到了明儿，她又说，后儿个走吧。拉拉扯扯，时间就过去了。每次走，她都要问：“唉，你这次回去，多久再来哩？你下星期还来不来了啦？”并且她还关心些无用的东西，比如吃了没有。你要是没有吃饭，你只有当着她的面吃下一大碗饭，她才放心。不知道你正着急减肥呢。

母亲的记忆停留在二十世纪七八十年代。她总是说：“你一个人害怕不害怕？门可得上紧些噢。”“黑夜有灯没有？”她不知道城里灯火通明，道路平坦。

每次去，母亲总是偷声说：“唉，你嫂子不愿意理我，对我不耐烦，老不跟我说话。”这时我就赶快嚷她：“妈，你可不敢这样说噢，我嫂子待你够好了，你看村里这些媳妇，有像我嫂子这样的吗？不跟你说话，人家跟你说啥呢？说了你也不懂。”母亲赶紧说：“噢，我不说，我是跟你说哩，要说你嫂子不错。搁谁谁都烦啊，时间太长了。”我劝她：“我嫂子忙，她一天要干多少事呢，家里地里，哪有时间老陪你说话呢？”

哥嫂都下地了，父亲也拉着羊出去放了。母亲就巴巴地一个人坐在小院里，眼瞅着门外。每过去一个人，她都想和人家说几句话。偶尔，妹妹的小女儿从学校回来了，母亲就惦记得不得了，问问这，问问那，把我们买的好东西让给她吃。若是哪一次，她不吃东西就走了，母亲就过意不去，念嘬几天，弄得小孩子也不爱在她身边呆。

我还觉得母亲越老越自私，她只心疼她的儿子和女儿，剩下别的人都不关心。我们去了，好像是客人，还没洗手呢，她就支使父亲：“你赶紧给她取手巾。”还没端饭呢，她就命令父亲：“赶紧取筷子。”而全然不想，父亲也是70多岁的人了。

人老了，智力也下降了，像小孩一样，但又没有小孩子可爱。想让儿子媳妇一如既往地对她十分好，是不现实的，苛薄的。俗话说，久病床前元孝子。每次去，母亲都说：“还是女儿好。这是你给我买的，那是你给我买的。你哥都不给我买。”这时我总是劝母亲：“哥哥常年在你身边，好你也不觉得了。你想若没有哥嫂在你身边，我们能放下心，睡安生觉？我们想起来了，十天半月来一次，待一会儿又走了。我要是常年在你身边，你也觉得我不好。人心要公平。”这时，母亲就说，也是也是。但过了，她还要说哥嫂的不好。

早几年，父亲去洛阳接来大姑时，总是说：“她能吃多少？做饭时多添一瓢水就是了。”现在想来，一个人，哪是那么容易的事？一个人有多麻烦，一个老人有多麻烦，你想都想不出来。每个星期天，我都要回娘家，给母亲洗洗头，洗洗衣服，收拾一下。不去，心里不安生，去了回来，心里又不好过。即便我想得再周到，也替不了他们的难。父母的生活，完全是靠别人“输血”，他们自己是没有一点造血功能了。你给他们拾掇个啥样是啥样。

有时候，我会埋怨自己能力差，如果能给父母在城里买一套房，找个人给他们做饭，该多好。但他们又过不惯城里的生活，总说：“你若把我接到城里，就把我活活急死了。”你便是有千条计，母亲总有个老主意。她哪儿都不去，就守在村子里，守在三间土坯房里。这样我就得奔来奔去。我对哥哥嫂子很理解，总在身边的孩子没有远处的好，远处的十天半月来一回，带些好吃的好喝的，父母就觉得，我女子给我买这买那，咋好咋好。而儿子，总是在身边，每天给她支应一粥一饭，她也不觉得好。岂不知，她儿子是顶梁柱，有了儿子在身边，女儿才能放心。

有一段时间，我整日想着父母的事，心情很阴郁，好像自己的日子也被阴暗覆盖了。后来我让自己逐渐学会放宽心。在他们身边时，我尽力照顾他们，不在时就不想这事。还有，学会睁一只眼闭一只眼。其实人生有许多事是无奈的，没有办法的。人生最后阶段的苦难，是谁也替代不了的。

偶尔心里会闪过一个念头，要是母亲去世了，我就没有这么多的牵挂了，该多轻省。每次去，我总得买吃的买喝的，买穿的买戴的，买药，从头到尾，无所不买。而自己经济也很困难，总觉得负担很重。

但每星期慌慌忙忙往娘家奔，我进门就喊“妈”，那种急切，那种甜蜜，试想如果没有了妈，去娘家还有什么劲？有时也想，如果没有了父母，有了再多的钱，也没有人花，那又该是多么失落啊！想到这里，我还是期盼，我的80岁的老母，再多活几年，每天傻傻地坐在院子里，等我。

9. 从反问句到陈述句

俗话说，相爱容易相处难。何况两个“一瓶不响，半瓶晃荡”的文学青年，个性十足，自视甚高，相处起来就更难了。从“坐而论道”的恋爱阶段进入到烟熏火燎的婚姻生活，各种矛盾、各种冲突扑面而来。每每遇到亲朋好友用羡慕的口吻说：“你俩真是志同道合啊，你看都会写文章，都爱文学，夫唱妇随，有共同话题，多好！”每当这时，我就在心里嗤之以鼻，哂笑道：“唉，你真是不知道我俩之间差距有多大，生活在一起有多费劲。”

不说年轻时的外貌差异、年龄差异、文化差异以及地域差异，单就这性格、处事方式、生活习惯，也有天壤之别。

首先，我是一个沉稳低调的人，过日子讲究的是实实在在，而他却是一个性格张扬的人，血液里面似乎有火，遇事一点就着。一事当前，凭着女性的直觉，我一眼就能预感这事靠谱不靠谱，可行不可行，前景如何后果怎样，而他却是凡事总往好处想，算账只算字面账。年轻时经受不住外界的蛊惑，两次扔掉铁饭碗外出创业，都由于“仁不统兵，义不聚财”，最后都归于失败。我又帮他费心费力地把饭碗拾回来，付出的代价自不待言。

其次是他大手大脚，凡事由着性子来。与人交往，面子当先，豪侠仗义，常常上演别人请客他掏钱的轻喜剧。亲戚谁得了重病，人还在医院躺着呢，他却已经把遗像给人家放大装框准备好，偷空塞给人家儿子。朋友的女儿结婚，人家夫妻都没有事，他去帮忙招呼，最后却喝醉了。他热心别人的事务，却不操心自家的生计，在家里是“油瓶倒了都不扶”的主儿。他平生喜欢读书看报，就不管不顾地买，家里书柜上、床头、桌边到处是书报杂志，你在前边整理，他在后边丢放。为这事我们没有少吵架，但他一走到书店，一走到报亭，身子就扭麻花似地往那边拧，拉都拉不过来。

还有生活习惯方面，更有诸多差异。我感觉比较迟钝，睡觉时外面就是打鼓响雷也照睡不误，而他就一点动静不能有，连钟表都要埋到被窝里。这样一个听觉和嗅觉很敏锐的人，做事该很果断吧？他不，他喜欢磨磨叽叽。有时写一篇文章，本来正好，他却改来改去，最后投稿时“黄花菜都凉了”。还有不讲究穿衣打扮。我劝他穿好点、穿整齐点，注意形象，毕竟是单位人。可有时把衣服买好放在那儿，他都不穿。还说：“我咋舒服咋来，你自作多情，谁瞅你吗？”一句话把你噎个半死。还有生活细节方面。比如洗衣服后，我喜欢把衣服晾干收起来，叠放整齐，放到衣柜里，穿的时候一找就找到了；而他，是把衣服一直挂在晾衣架上，穿的时候一取就行了。有时候我好心帮他整理，得到的却是一顿臭骂。总之，在我看来很重要的事，他却不在意，而我觉得不重要的事，他却看得很重。还有脾气不好，开车“路怒”等。若说起他身上的毛病来，似乎只能用“罄竹难书”来形容。

于是在志同道合这面大旗下，家庭上空整天硝烟弥漫，鸡毛和蒜皮之间的格斗屡屡发生。

结婚后，我扮演了一个谆谆教诲的老师，而他却像一个不服管教的顽童。教育从幼儿园开始，吃饭不要掉馍花，吃几口馍要喝一口汤，洗袜子要弄平展了再晾干，否则晾干了是个疙瘩，诸如此类。大到人生道路的选择，小到吃饭穿衣等行为规范，一方喋喋不休，痛心疾首，耳提面命，一方冥顽不化，依然故我。亲亲爱爱的时光不少，吵吵闹闹的印象更深。有时候我们吵起来了，抛开文雅斯文，什么难听话都敢说，什么词过瘾骂什么。

我孜孜不倦的教诲，在他看来就是无效劳动：“你看你整天嘟嘟嘟，嘟嘟嘟，有啥用吗？我还不是原来的我？还不是该咋样就咋样？有啥变化？你老想改变我，你能改变了不能？”我承认我的改造工作事倍功半，却还是固执地认为：像你这种人，就是属孙猴子的，就得整天念紧箍咒，这样多少还能好一点。我要是不管你，让你信马由缰，你都不知道混成什么人形了。

他脾气也差，刚才还是清风明月，一团和气，不定那句话说不对了，脸上马上阴云密布，中间连个过渡都没有，对别人笑呵呵，在单位落得了一个“老张脾气统好呢”的名声，回到家里，对着自己人，却是毫不客气，说发火就发火。有时你做了一顿饭，很辛苦，欣欣然想等他回来表扬一番，然而等来的却是：

“菜有点咸了，面条没煮好。”

这还不够，末了再加一句：“你就没有做饭的天赋。”

这时我就很生气，生硬地说："爱吃不吃，还是肚子不饥，饥了你就不说三道四了。"

女人管语言的左半脑发达，伶牙俐齿，舌尖嘴快，吵起架来，男人往往都不是对手。每一次他做错了事，我都是不依不饶，反复用自己的对来证明他的错。而他却死活不承认，还一个劲为自己辩护："你觉得我错了，我还觉得我对着呢。"有一次吵得实在太凶了，儿子在一边小声说："妈，妈，穷寇不可追啊。"

儿子的话让我哑然失笑，是的，男人好面子，虽然嘴上不认错，莫准心里已经认了呢？再追下去，就是得理不饶人了。

对于他的毛病，我不能容忍，对于我的毛病，他也是穷追猛打，一点也不宽恕。生气的时候，我说："我对你忍无可忍。"他立刻针锋相对说："我对你，是可忍，孰不可忍！"

针尖对麦芒，蒺藜对枣刺。久而久之，两个人都练就了一副好口才，特别是反问句的运用，顺手拈来：

我就不爱听这话，你不知道吗？

我怎么知道你不爱听这话？

我给你说过多少次了，你都记不住吗？

我一天那么多事，哪能老记住你的话？

你对我说的话老是一个耳朵进一个耳朵出，你什么意思？

我没什么意思，就是关注点不同，难道不是吗？

……

有气有怨的时候，我忍不住在女伴面前倾诉，但倾诉着倾诉着，她们也说起自己的男人来了，也是毛病一大堆。罢罢罢，最后得出的结论是，男人都这德性。有时我实在不想过下去了，想一离了之，但转念一想，丢了这个坏家伙，未必能找到更好一点的。这世界，好男人是有，但都被别人占去了。自己没有修到那个福分，就只好认命吧。

恨到无可奈何之时，我就开始在心里拼命寻找他的优点，为自己当年的选择寻找理论依据。比如他不吃喝嫖赌抽吧，不坑蒙拐骗偷吧，不拈花惹草吧，还有挣来的钱拱手交给你，连工资本都交出来，不管你给娘家买什么，他从来不闻不问，给你绝对的自由。比起别的男人的小肚鸡肠，这不也是优点吗？还有从不限制你和别人来往，支持你写作，帮你收集资料、保存资料，支持你调动工作，支持你下乡锻炼。只要是进步的、向上的，他都支持。还有你散落在各处的文章、照片，你都忘了，他却帮你整理好，一旦需要，立刻就能用上。还有，日常生活，你说让他给你买什么东西，他都不会，却拐弯抹角拿上DV给你爸录像，做口述实录。虽然不能帮忙，却可以帮闲。这也算是优点吧？

兜兜转转，磕磕绊绊，转眼结婚已经30年，吵吵嚷嚷的两个人，有一天忽然发现，过着过着，父母相继离去了，过着过着，儿子远走高飞了，过着过着，早年的朋友不常见了，过着过着，兄弟姐妹也都各自忙各自的了。最后的最后，能够陪伴你到地老天荒的，只剩下那个你恨也罢憎也罢，却不弃不离站在你面前的他。这世界上的人很多，但和你有什么关系？有时走在大街上，你会想，这满大街熙熙攘攘的人，你去跟谁讲讲儿子的故事？有谁肯停下脚步来，听你讲过往时日的苦乐年华？只有对面这个人，这个独一无二的他。如果没有这个人，你在这个世界上独步踟蹰，晚境该多么孤独、多么凄凉。不管好与坏，他是你选择的，属于你一个人的。于是你懂得了珍惜，懂得了关爱，懂得了这世界上原本没有绝对的对与错。

总觉得他没有改变，其实早已今日不同往日。据说我们三维空间的人，只能看见四维空间生物的一个截面——就是此时此刻的自己，而永远看不到昨天的他，一年前的他，几十年前的他。而记忆里的他，照片上的他，都不是“目见”。如果我们有四维空间的眼睛，能看到几十年前的他，去年的他，那一定可以看出，彼此已经改变了很多。朝着趋同的方向，你中有他，他中有你。割不断，打不烂。

于是我们学着和颜悦色，学着用商量的口气。改变，从反问句到陈述句：

今天下午咱们吃啥？

做点捞面吧，不要恁复杂，切点黄瓜丝，炒个鸡蛋。

好的，没问题。

周六想去看看姑夫，你想去就去，不想去不勉强。

我不太想去，但你一个人开车，我不放心，还是陪你去吧。

……

我们发现，学会用陈述句后，沟通交流起来省劲多了，彼此也都舒服很多。

有人说，夫妻相夫妻相，就是夫妻最后都长得很像了。吃的是一锅饭，睡的是一张床，听的是一样的话，几十年如一日，慢慢地，当初你最憎恨他的地方，最后你也学了去了，忍不住用他的话去说话，用他的行为方式去做事。用他的一句话说，那就是：不管当初是如何的不同，现在都是50多岁的脸，都是一样的“闷肿闷肿”了。

人生渐渐进入老境，对对方的要求也渐次降低，不要求他大红大紫、收入很多，不要求他中规中矩、形象宜人，只希望他爱护身体、健健康康。一路走来，彼此一起成长，一起成熟，再一起慢慢变老。人生路上，两个人相伴得久一些，再久一些。你需要的只是“一个听你唠叨的人，一个和你一同回忆往事，并且连细微末节都再三求证而不厌其烦的人，一个陪你消磨时间的人”，在清晨，在黄昏，在无数个日日夜夜。

你知道了，夫妻之间的争吵，有时就是男人与女人之间天生的差异。男人天生好面子，“有大不说小，一步十三晃”，而女人就是务实，过日子，踏踏实实。演绎到夫妻之间，就是无数次的碰撞、争吵、冲突，最后趋同，就像两个民族的大融合一样。

好像最近网上流行一首改编的歌：“随他爸，随他爸，再丑也没有办法。亲生的，咋办呢，丢了也怪可惜的。”我把歌词稍微改动一下，用在这里感觉颇为合适：“随他吧，随他吧，再差也没有办法。自选的，咋办呢，丢了也怪可惜的。”

10. 在网络世界寻寻觅觅

2003 年，电脑进入寻常百姓家。当时月工资只有 760 元的我，和丈夫一合计，咬咬牙花 5000 多元买了一台联想电脑。我想，吃饭穿衣可以落后，这方面一定不能落后。

电脑买回来后，儿子学得最快，他在网上又是看足球，又是听歌，玩得不亦乐乎。我有什么问题还得请教他。一开始，是拨号上网，下载一首歌都要好长时间，后来电信推广“一线通”宽带，一年 600 元。安装了宽带后，儿子如鱼得水，上网次数直线上升。每天放学回来后，第一件事就是上网看足球消息。这样一来，他不但和我争电脑，还严重影响到自己的学习。马上就要进入中考了，这样下去怎么行？于是我俩做了一个极端的决定，把宽带停了，以绝后患。就这样，网线关了开，开了关，闹了几次，直到儿子考上大学。

在这之前，单位给每个办公室配备了一台电脑，是海关总署来县里扶贫时退下来的，牌子是“清华同洲”，内存很小，速度很慢，主要功能也只是打字，还有一些简单的游戏，如跳棋、象棋、红心大战之类。有时打字打累了，我就玩玩跳棋。但和电脑玩游戏，我从来没赢过。有时候不服气，一盘输了就再来一盘，再来就又输。后来我打字逐渐熟练了，就开始在上面写材料、写文章。

后来，一位单位领导调离，我争取到他的那台电脑，比我的先进很多。这时单位也有了局域网，上网速度也快了些。只是大权都握在管理员手里，你不能惹他不高兴，否则把你的“水晶头”一拔，你就只能干瞪眼。这以后电脑又更新了好几次，自然是越来越先进。

一天，单位小郭帮我申请了一个QQ号。第一次到聊天室，看见别人聊得热火朝天，没有人理自己，我也不知道怎样开始，如何称呼人家。好不容易有一个人过来和我说话，我就激动得手忙脚乱。聊了一会儿，人家嫌我慢，又跑了。后来好不容易聊得投机，对方说，加他。我不知道怎样加，对方急得骂：“你知道狗熊是怎样死的吗？”“不知道，怎样死的？”“笨死的。”骂我呢。我的确笨。刚开始，只要有人找，我都来者不拒。自从聊上了天，我就成了发烧友，下班后待在办公室不走，顾不上吃饭，也顾不上睡觉。过了一段时间，我也成老手了，就有选择地聊。我游走在各个聊天室，看人们都在聊些什么。不知不觉，好友板上就加了八九十个人。但我哪有那么多时间和他们聊呢？我删去了许多没有关联的网友，只留下几个爱好文学的、出版圈等方面的好友。

正当我聊得十分起劲时，有一天我的密码被盗了。这让我十分懊丧。密码被盗，所有的朋友都失去了。我只有再申请一个号，再起一个网名。玩电脑离不了手机，我又狠心买了第一个手机。这样到网站上申请注册就方便多了。

学会聊天后，我对聊天的兴趣剧减，后来干脆不聊了，除非用QQ和远方的侄女与儿子聊天、互通情报，或者和朋友谈正事。

2004年4月的一天，一个小姐妹来我办公室玩，问我发过帖子没有。我说："什么叫帖子？"她说："把你写的文章发到网上互相交流就叫发帖子。"并且推荐了一个"秋枫飞舞论坛"，立刻让我注册，还把我写的散文《四十岁的天空》贴上去了。女友很热情，又把我介绍给主持人，主持人正在找一个版主，就邀请我当版主。我也不知道版主是干什么的，就糊糊涂涂应承下来了。当时我啥都不会，什么鲜花啊，臭鸡蛋啊，网络上那一套惯常用语，我都不懂，如何能胜任版主？当了不多长时间，我就辞职不干了。主持人还觉得可惜，一再挽留。

这以后，我开始涉足论坛，积极寻找适合自己的场所，游弋其中，看帖、发帖、回复、评论，乐此不疲。

最早听说的文学论坛是"榕树下"，标志是好大的一棵树，我十分向往。但在上网还不方便的早期，它很不好注册，后来网速快了，我就以"江湖儿女"的名义在上面发了不少文章，版主和文友都给予好评，还有两篇被评为月度好文章，被做成电子书。一年后"榕树下"改版，我就不去了。后来改版成功，我又去，却登录不上。现在文章都查不到了。与此同时，我还去人民网"强国社区"，里面有一个"情感时空"版块，很热闹。我在上面发了20多篇文章，也受到好评。后来虽然不去了，但论坛还把我的文章结集，名为"罗兰兰文集"。显而易见，我在这里的网名是"罗兰兰"。

当时人民网的"人民时评"很火，我每天必看。据说一篇150元稿费，对每天发生的各种事情你都可以评论，晚上5点之前截稿。这让我很羡慕，我想，我要是一天能发一篇，一周按5天计，就是750元，好大的一笔收入啊。我就试着写评论，熬油打火，废寝忘食，投了几次，一篇也没有中。又听朋友说，若能在“千龙社区”上发表一篇长文章，稿费是1000元。我又试着投了，结果也不行。罢罢罢，咱一个中年妇女，半路出家，思想老套，手法笨拙，还想吃这碗饭？这不是异想天开吗？套用一句网络用语“这就不是你的菜”，我于是放弃。

与此同时，“西祠胡同”“红袖添香”“南方社区”“起点”“新浪”“天涯社区”等大型网站以及“军川艺术网”“明月沙龙”“忆石中文网”等个人网站，还有我们地方上的论坛“西部评论”“大河论坛”等，我都在上面发过文章。“明月沙龙”是晋城市的一个地方网站，但水平很高，让我印象很深。版主是帅好，著名的文化评论人、独立批评家、历史学者、兼职教授。我现在都记不起是怎么找到这些网站的，反正就是到处乱撞，像一只红头大苍蝇，在网上飞来飞去，结识了许多朋友，也收获了一地鸡毛。

在网上混迹多年，我先后用过的网名也有十多个，比如小芳、一江春水、青青河边草、春江花月夜、闲梦远、黑梅、关关雎鸠、自挂东南枝等。到现在也只留下“闲梦远”和“春江花月夜”还在用。

今天我在“晨风论坛”上发帖，叫“春江花月夜”，明天在“千龙社区”上登录，叫“慕稻梁”，后天在“天涯社区”上注册，又成了“黑梅”了。去的地方多了，有时候连自己都忘了自己叫什么了，结果是白搭工夫，稍微聚拢来的一点人气，都四散飞扬了，还闹出许多误会。比如在QQ论坛上发帖时，版主让我证明这个“春江花月夜”就是那个“春江花月夜”，两个“春江花月夜”是一个“春江花月夜”。我无法证明白自己，那个版主就像警察抓住小偷一样，连连追问，让我好不尴尬。

网名多，不全是见异思迁，更多时候是因为注册不上。比如我好不容易想出一个好名字，去注册时，网站就提醒：有人用过了。我只好再胡乱起一个，不管适合不适合自己。比如在“南方社区吧”，我就注册了好几个，都不行，最后我只好用“轻罗小扇”，就注册上了。其实我哪里是“轻罗”和“小扇”，和我的年龄、块头也不符啊。

记得第一次上网聊天，怯怯的，有些欢喜，但不知是技术不过关，还是那时没有发明出QQ，我一连用了多个名字都注册不上，最后一生气，就用了个“一丈青”。这下倒好，不和别人重名了，可也没有人敢和我聊了。

后来在聊天室里，我又起了一个“小芳”的名字，就惹得一个叫“末代知青”的，第二天把电话打到家里来了。他可能把我想象成歌里那个梳着两条小辫，羞涩、纯朴、可爱的农家少女了。我不耐烦地问：“找谁？”他说：“我找小芳！”我恶声恶气地回答：“小芳不在，我是她妈！”吓得对方“咔嚓”一下放下电话，我从此不用这名。后来我又起了个“一江春水”，自以为很有诗意。就有几个混混一边唱着一边调戏，这话带点流氓色彩，算了，也不用了。由“一江春水”又演绎到“春江花月夜”，这个名字用的时间最长，用的地方也最多。但经常就有网友问：“你喜欢古典音乐吗？”我羞赧，无从回答，其实我哪里懂得古典音乐呢？又有人问：“你喜欢张若虚的诗？”我回答：“是，喜欢。”其实我只是喜欢那种境界罢了，并不懂他的诗。

又有一次在“西祠胡同”上注册，我想起一句古诗“青青河边草”，但提示说有人用了，我就用下一句“绵绵思远道”，还说有人用了。

我又注册“西北有高楼”，还说有人用了，我又用下一句“有人楼上愁”，才注册上。我恨自己没有开拓精神，没有创新意识，净在嚼过的几句古诗里打转。再后来，我很用了一阵子“闲梦远”这个名字，是因为喜欢李璟、李煜的词，又简短，又响亮，又符合自己。谁知道发稿一阵子后，到百度上一查，早有一个叫“闲梦远”的女士了，人家在搜狐上已注册两年了，哪是我这个“闲梦远”呢？

还有在人民网“情感时空”上发帖时，一开始我起名叫“罗兰”，因为和自己的真名真姓还沾点边。但网站提醒，有人用过了，我就顺便在“兰”字后面又加了一个“兰”。这个名字还算硕果斐然，最后人家还给建了一个文集。但社区虽好，却不发稿酬。我终于作罢，“罗兰兰”这个俗名也从此打住。

在“榕树下”注册时，我也是注册了几个没注册上，随手想起《笑傲江湖》里的主题歌，就起了一个“江湖儿女”，用它发了几篇长稿。这时就有编辑向我约稿：“你是不是喜欢武侠？给咱写一些玄幻武侠之类的小说吧，很吃香的。”我赶紧说，我写不来的，我不懂武侠。

接触电脑时，我已是中年。网络在我面前，打开了一个全新的世界，展现出无限的可能性。我热情洋溢地投入其中，游荡在各个论坛，结识了以前想都不敢想的人，知道了以前无法知道的事情。那种欢喜无可言喻。通过初期的繁复紊乱，我开始有选择地“择良木而栖”。

在此之前，我也给杂志投过稿，但我缺乏坚韧不拔、锲而不舍的顽强精神，一次两次不行就拉倒了，结果一直没有打开局面，最终也没有成为“作家”，投稿往往是石沉大海，看不见摸不着。现在好了，帖子发上去，立刻就可以看到大家的评论，马上就有回应，很有一种成就感和愉悦感。并且网上写稿，还带有一种游戏性质，边干边玩，几个小时过去，也不觉得累。

一段时间里，我拼命地在百度上搜索“有稿酬网站”“高稿酬文学网站”之类的内容。这些网站倒是有很多，但它们都不适合我。那些起点啊，红袖啊，还有盛大啊，上面的海量文章都让我绝望，同时又像一个个黑洞，跌进去连个响声都没有。我弄不来玄幻、仙侠、灵异、穿越，不喜欢风花雪月浅吟低唱，也不喜欢心灵鸡汤小资情怀。一番筛选后，我找到两个网站：“中财论坛”和“南方社区”。

中财论坛是浙江中财集团创办的一个大型文学网站，2002年创办。我是2004年11月去的，论坛分设春夜听雨、梦游太虚、江天漫话等散文、小说、杂文版块，最初每周评一次精华，计一次稿酬，要求原创首发。这一点要求很严，一旦发现非原创首发，立即取消计酬。一篇精华小说、散文是50元，诗歌30元。

初来乍到，我兴奋异常。论坛的界面、版式都很适合我。我热情洋溢地投入到创作中，一星期争取写一篇稿子，并争取加精，废寝忘食，流连忘返，走路睡觉都在想这件事。这样时间长了，我感觉很紧张。毕竟好文章不是自来水啊，随拧随有。后来论坛改为半月计酬一次，感觉才稍微好点。到2007年9月，我已在上面发表了几十篇文章，挣了近千元，更重要的是，结识了一批文学大伽。

当我来时，这里已经聚拢了一大批全国各地的文学爱好者，有阿贝尔、马克、冉正万、敬一兵、左显辉、杨献平、陈元武、杨永康、李智红、陈洪金、吴安臣、李存刚、李有旺、张利文、刘学刚、陌笛、若荷、透透、川媚等，还有许多是网名，我至今也不知道他们谁是谁。

会员来自云南、四川、甘肃、江苏、山东、河南、山西、黑龙江等地，带来各地风俗人情，各种新思想和新思潮在这里碰撞。大家每天发表文章，互相启发，互相唱和，很认真地讨论文学，争论吵闹，论坛十分活跃。在这些人中，60后、70后居多，水平不相上下，素质旗鼓相当，他们在论坛上发表了大量的小说、散文、诗歌。就是现在看来，这些文章水平还是相当高的。

天道酬勤，春华秋实。10多年过去了，他们中的许多人现在都成了一省一地文联、作协的领导，或者省刊、市刊主编或编辑，成为或者正成为本地区甚或全国范围内的实力派作家、新锐作家，出书一本本，讲学一场场，硕果累累。而我，游走于各个论坛，缺乏恒心和耐心，最终一事无成。和他们相比，我感到愧疚、羞赧。

论坛里不仅有文字的交流，更有心灵的感应和共鸣。在“中财论坛”，我认识了马克，“梦游太虚”小说版主。那段时间，我正在创作的一部长篇小说遇到困难，写不下去了，就想放弃，是他鼓励我，督促我，让我坚持写完。当我每天写一章发上去后，他都认真点评，热情鼓励，给予高度评价。他说：“春江花月夜的语言永远有自己的特点，无论小说还是其他，不必贴标签，一望而知——那就是文学最重要的要素之一：真实。真实而有深度。即使在今天这样一个人人可写、人人能写、人人玩文字的当今社会，真实与深度仍然是值得我们所有为文者追求和赞美的基本原则。”“看得出，作者是真正用了女性心血、男人视角和文学层次的深沉思考来经营这样一部迄今为止堪称‘中财论坛’真正意义上的长篇小说。”而当我哪一天没有写，他就追问：“后来呢，然后呢？不要偷懒，不要寻找理由！”正是在他的不懈督促下，我才把小说写完。事实上，如果我当时放弃，以后也就永远完不成了。

虚拟世界的论坛，也是一个一个的江湖。三观相投的人，互相欣赏，引为知己，甚为愉悦。观点不同的人，也会互相攻击，拳脚相加，甚至反目成仇。马克的文学水平很高，也很勤奋，在“中财论坛”上发表了大量的短篇和长篇，受到网友的追捧。作为版主，他尽职尽责，鼓励先进，奖掖后学，做了大量的工作。但他性情直率，不会说好听话，更不会阿谀逢迎，这就惹得一些人反感。他们摸准他的“软肋”，故意激怒他，让他忍不住骂人，结果一再被论坛封杀，有时几个月，有时更长。最后一次封杀一年，届满后，马克又回来了。但昨日情景重现，他感觉没意思，最后彻底离开了。

马克是他的笔名，他走时没有留下任何联系方式，那时也没有人物头像之类。我至今不知道他姓甚名谁，何方人士。有一段时间，我拼命在网上寻找他的蛛丝马迹。然而人海茫茫，我到哪里找他呢？后来我在博客上写了一篇文章，以纪念这个对我帮助很大的直率网友：

“天地浩浩，人海茫茫。马克，我到哪里去找你？你似从人间蒸发，似从地球上消失，再也没有了你的信息。你撤离得如此彻底，不留一丝一毫的痕迹。其实今生今世，就是我们头碰了头，我也不知道你是你，你也不知道我是我。因为我不知道你是哪里人，你也不知道我姓甚名谁。只有那部未名的书，将我们联系在一起。你消失了，可是镌刻在心灵上的痕迹，也能消失吗？你不是说，书写完了你要贯穿起来看吗？是否你已经看了并且很失望？但真正了解并鼓励我的，只有你一人啊！”

2006年和2007年是“中财论坛”最为红火的日子，以后不知怎么，我渐渐地就不去了，其间中断了八年。如今繁华散尽，许多老朋友又回到这里，怀念那段美好时光，不由得感慨万端。在如今微信横扫一切的情况下，“中财论坛”还在一如既往地运转着，并忠实地为我们保存以往的资料。截至 2017 年 6 月，“中财论坛”已发表文章约 300 万篇，会员达到 17 万人。偶尔，我还会去串串门，但已不像当年那么执着了。

在“中财论坛”上发文的同时，我还到“南方社区”去。像钟情于《南方周末》《南方人物周刊》《南风窗》一样，我也喜欢“南方社区”这个“南方系”。

“南方社区”是一个年轻人居多的论坛，许多会员都是我的弟弟、妹妹或侄儿辈，我和他们互相唱和，玩乐嬉戏，不亦乐乎。论坛当时设有文心雕镂、情感小筑、岭南茶馆等版块，一月评一次妙帖，被评为妙帖者，就可领稿费。不记得在哪里看见一个叫丛桦的山东女作家，有许多粉丝，他们称她“丛桦奶奶”，意谓她的网络资历深厚。丛桦的散文取自日常生活，随手拈来，语言独特，嬉笑怒骂，皆成文章。每每读来，都让人“在笑中哭得一塌糊涂”，或者“在哭中笑得咯儿咯儿”。由此我对她佩服得很，但又心想，这个“神”一样的女作家，我怎样才能认识她呢？谁知这下竟在“南方社区”认识了，于是我激动得不得了。“丛桦奶奶”手下有许多崇拜者，她们一起赞扬我的帖子，硬是把我的几个帖子赞成“妙帖”。同时她还团结一帮网友，共同对付那些“无病呻吟者”，一时十分活跃。

我在“南方社区”一年多，挣了一些“碎银子”，最多一次 300 元。钱虽不多，但挺鼓舞人心的。每次从单位传达室拿到汇款单，心里还是热乎乎的。后来不知是忙还是怎的，我有一段时间就不去了。不去了，我就把自己的密码给忘了。好可惜啊，积分都达到200多了。于是我重新申请登记，重新加盟，有时忙中偷闲到社区发一帖，又脚不点地地走了。但“情感小筑”和“文心雕镂”还是不弃不离，时不时给我一些零花钱。现在，“南方社区”还在，但是那些版块已不存在了，发在上面的文章也查不到了。

从2004年8月到2007年底，是我“生命不息、论坛不止”的时候。现在回想起来，真可谓“十二年为昨，杯酒热衷肠”。后来随着“全民写博”时代的到来，我就不怎么去论坛了。

2006年，又一个网络利器普及，它就是博客。之前我就听说过博客，也知道博客就是记日记，但还是感觉很神秘，并且要到专门的网站上面去弄，因此一直没有涉足。直到2006年，我才于这年的3月9日开通了新浪博客。后来我又开通了天涯博客，再后来也在QQ空间里写过博客。有许多年，我把精力用在写博客上。秉承“生活、随想、记录”的宗旨，我记下了年年岁岁的大事小情、日常生活、单位沧桑、父母村庄、儿子成长以及生命感悟等。现在有时候上去看看，我感觉还很惊奇：这是我记下的吗？有这么多吗？当时是这样的吗？

写博客和玩论坛差不多，有人看有人评，有人等着你更新，这就有了写作的冲动和动力。在博客上我结识了更多的朋友，熟悉的，陌生的，本地的，远天远地的，还体验了各种生活，了解了各样人生。

博客最热闹的时候，我也和许多年轻人一样，每天去看韩寒和徐静蕾。但我知道自己既坐不了沙发，也抢不来小板凳，只是去看看而已，感叹一番网络造势的神奇。

时至今日，我还是觉得博客是最好的平台，虽然不时兴了，但还有许多人在认真坚守。不为叫好，只为记录自己，保存生活的原貌。每过一段时间，我还会去看朋友的博客，看看他们在做什么事，写了哪些作品，然后会心一笑或者感叹一番。

2009 年至 2013 年，儿子到外地上大学，QQ 就成了我和儿子联系的桥梁和纽带。这时 QQ 的功能也多起来了，可以发邮件，可以视频，可以听歌。只是那时智能手机和移动互联网还不普及，聊天谈话必须坐在电脑前。每天一上班，我第一件事就是打开电脑，登录 QQ，然后看到那个粉色的小企鹅一晃一晃，听到“唧唧唧”的叫声，心里就很开心。我想了解儿子在学校的所有情况，交友啊，谈恋爱啊，参加活动啊，专业学习等。我就整天深入“敌后”，到他的 QQ 空间，看他的“说说”“碎碎念”，还有“日志”以及“留言板”。我能根据他说的某句话，来揣测他的思想动态、情绪如何，然后对症下药。并由此及彼，经常闯入他朋友的空间，去串串门。小朋友们幽默、机智、俏皮，让我忍不住莞尔一乐。这就常常发生这样的事：

麦蔻（儿子），怎么回事？有个叫闲梦远的，老进我空间？

哦，没事，那是我妈！

啊，那我赶快设限！

惊回首，蓦然发现，我的 QQ 活跃天数 4038 天，3 个太阳 2 个月亮外加 1 个五角星，等级 61。

从博客过渡到微博，我还没怎么熟悉就直接进入了微信时代。我总是分不清微博、QQ 还有微信的区别，问儿子，他说：“微博是新浪的，QQ 和微信是腾讯的，各是不同的运营商。”问过了我又忘了。在互联网新技术学习方面，我不善于请教别人，总喜欢独自摸索。但最初引领我的，永远是年轻人，比如单位的年轻人、儿子、侄女等。年轻人，才是互联网时代的中流砥柱。

如今微信横扫一切，手机成了须臾不可离身的东西，以后科技发展，谁知道还会发明出什么更厉害的“利器”呢？

11. 回归

早先，夫是个“走路尿尿性子急”的人，遇事总是把人催逼得精神紧张、压力骤增。他得的病，也都是急性子病，比如上火，比如口腔溃疡，他吃的药，也都是急性子药，比如牛黄解毒片、黄连上清丸、阿莫西林之类。有许多本不该急的事，他也要急，次次都把我恨得牙痒痒的。

每次上班前，他都要嘱咐，中午饭早早做、早早吃、早早睡（他要睡午觉）。但当你真的早早做好了，他却不按时回来，让人一等二等，心急火燎。上街买东西，他没有耐性，总是说：快快买了拉倒，挑三拣四挑啥挑？我和人家谈价钱，他不但不帮我说话，还胳膊肘子往外拐，帮着店家说话：“人家做生意都不容易，就是这个价，搞啥子搞？”把本来的一对一，变成二比一。所以只要是一个人能做的事，我都不让他去。

领导给他交代个任务，他就睡不着觉，有许多次都是凌晨四五点爬起来去单位写材料。我数落他，他说：心里有个事，睡不着，快快写成就拉倒了，早晚都是这一把棉花眼。我说：你单位的保安心里肯定骂你是个神经蛋，半夜三更让人家给开门。得了病，他也性子急。口腔发炎了，他去找医生输液，要一天输两次。但输了两天，医生也不忍心了，说一天输一次就对了，多了吸收不了，白花钱。他才一天输一次。

朋友有啥事，交代给他，他就“棒槌当成针”。一群同学去上礼，约定 9 点钟出门，他 8 点半就嫌晚了，连饭都不好好吃，喝两口汤就要走，或者把汤颠来倒去地晾。有时候他让我帮他改稿子，刚交给我，他就催：“你说，几点能完成？ 12 点之前吧？”把人逼得着急上火。

我经常对他进行“欲速则不达”“事缓则圆”的教育，但他都改不了。恨得狠了，我就追根寻源、“查三代”。夫生在七月，这是一年中天气最热的时候，人也焦躁不堪，也许大自然的热都渗透到他原初的细胞里了，使他生来性子急。婆婆也是个急性子，走路“蹬蹬蹬”，说话高腔大嗓子，做事毛毛糙糙。这些通过遗传密码，也都传给他了。我说：“你和你妈咋恁像呢，没有一点稳重气！”

每遇他催逼，我常用的最狠毒的一句话就是：“急着戴孝帽子哩！”戴孝帽子咱不怕，反正死的不是他爹就是他妈。“急着死哩！”这句话不敢常说，因为死的是他，要是骂死了，我可就赔大了。

嫁个急性子人，一辈子都不能从容！

但 45 岁那年，他开始“回归”。我给他总结了两点，一是恋家，二是念旧。他自己又总结了一条，说是“变性”，就是脾性变好了一点。我说：“天哪，你千万不敢这样说，否则熟人该以为你做变性手术，由男人变为女人了。大家该蜂拥来围观，问怎么回事呢。”他又说，那叫“转性”吧。我说，转性有变性的嫌疑，应该叫“回性”。我妈说起谁谁谁的脾气变好了，就说，年龄大了，回性了。

他恋家，不是只恋我们小小的家，还恋他的老家，恋他的故乡。特别是这两年，过一段时间他就要念叨念叨：老妈不知怎么样了，老爹不知怎么样了。再不就是：我妈真有意思，我爹年轻时很受罪了。父母做什么事，他都持理解、宽容的态度。逢年过节，他都要回去看看，不时地给父母送钱送物。就是不过节，过一段时间他也要回去。这和年轻时候大相径庭。年轻时候他远离家乡工作，一年到头不回家，也不想父母。偶尔回去，和母亲相处不过三天，过了三天他就要吵架，更不知体谅父母的心情。现在他好像有了一百八十度的大转弯。

他念旧，喜欢回忆童年时的故事，上大学的故事，对过去的老亲戚、姑舅姨、表兄表妹、同学朋友都很怀念，写文章也是童年、故乡，诸如此类。而夫一旦怀旧，就要付出行动。他开始收集一些家族的老照片，扫描放大，还参与村里的一些事，给村志写序、编部分章节、担纲全书校对。八月十五，他还专门回去一趟，把所有的亲戚都看了一遍，给那些花甲老人录了像、拍了照，还给灵宝特有的地坑院录了像。此趟下来，据说花了八九百。他说，再不抢救，这些老人老物就没有了。每次回村，他都要拉我到田间地头、沟壑崖坎转悠。

说到“回性”，就是脾气改了不少。年轻时他脾气火爆，一言不合，非跳即骂，对儿子，也是三句话说不对，就吹胡子瞪眼。对此我曾经很绝望，很愤怒，很无奈。现在他好了许多，遇事也有三回六转了，就是听劝了，善于采纳别人的意见了，有了一种男人的大度从容，对妻儿老小也都有了一种担待，能“嘿嘿”笑着，容忍他们的错误。

再也没有那么多不切实际的憧憬了。人生原来不过如此，抓住眼前的，过好自己的生活，才是最大的政治。天下事，让天下人去管。这个世界，原本从来就是不好不坏。有许多的事物，你之所以感到愤怒、悲伤，那是因为你刚知道而已。作为大多数时候的边缘人，没有机会处在核心地带，我们能够了解和把握的，只是一点点。所以不悲不喜，不夸大也不缩水。过好每一天，人生只有一次，倏忽即逝。

人原来是会变的。45 岁，是人生的一个拐点。

早年诗稿

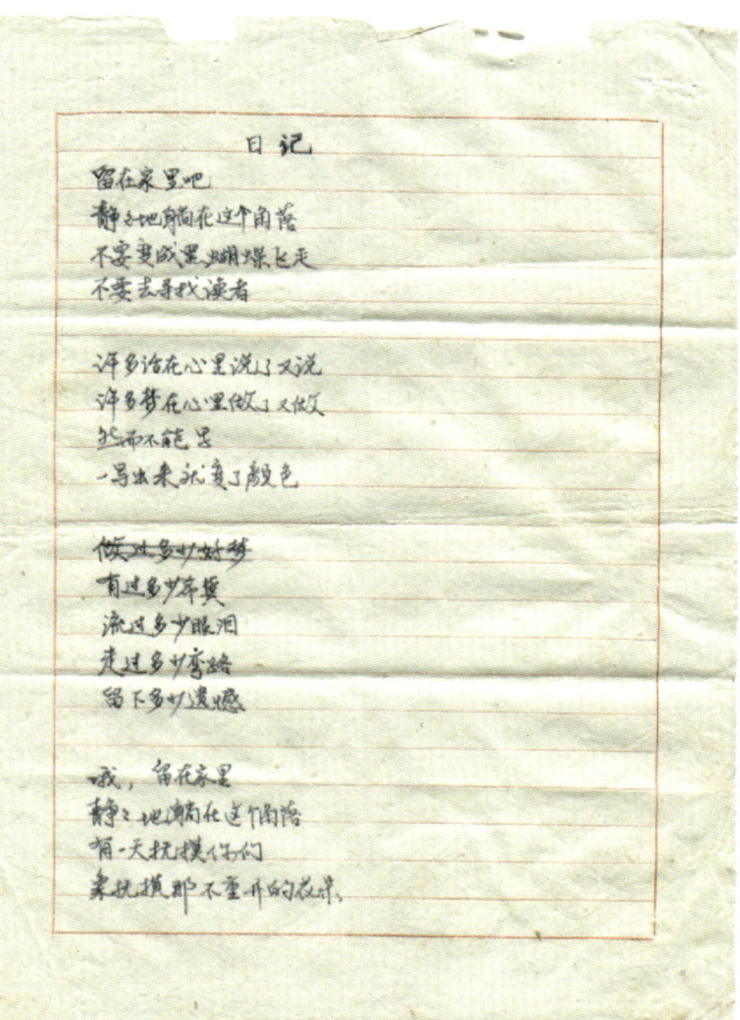

日记

留在家里吧
静静地躺在这个角落
不要变成黑蝴蝶飞走
不要去寻找读者

许多话在心里说了又说
许多梦在心里做了又做
然而不能写
一写出来就变了颜色

~~做过多少好梦~~
有过多少希冀
流过多少眼泪
走过多少弯路
留下多少遗憾

哦，留在家里
静静地躺在这个角落
有一天抚摸你们
来抚摸那不重开的花朵

七月

那不是牛女一年一夕相会的七月
那不是属于星星树和火焰花的七月
俺的七月
一面不会流泪也不会唱歌的小河

母亲下地去了
太阳在头皮冒火
放学回家吵着闹着要蜡笔和文具盒
哦，那挂在书包上的七月

下雨了，没有伞
顶着一片树叶走过人家门前
看细雨织成的帘明明悠悠地闪着
落在地上变成一个个旋涡
哦，那扔在远方的七月

枣儿没有红，柿子还青涩
满眼满沟的庄稼在久旱中嗫嚅
梦，一个个从七月的枝头跌落
看不见，找不着

还有多少七月

还有多少七月

你就不动，也不想说

把头靠在大树的怀里

看播种的播种，收获的收获

送别

暂将离别的愁绪压在心头
用挂在嘴角的一朵微笑
送你走

大雁南飞，在寥廓的苍穹
划下道道回声；
金风吹动你的长发如旗如瀑，
你长身玉立的男子汉身影在我的泪眼中模糊
模糊成一名英武的骑手

走远了，你走远了
翻过那座山峰

芮城县人民文化馆稿纸

走向你的辽阔的草原

你的紫蓝紫蓝的地平线

望着你的脚印消失在红叶背后

我停止了哭泣，也不再诅咒

我懂得等待

等待是一种甜蜜的忧愁

站在这里，举一树大红枣般的情意

等待你，带回草原上神奇的传说

带回一串优美的故事。

1986. 8. 26.

13×16=208 11.38.44.7 第 页

骆淑景早期照片

17 岁高中毕业照（1977 年）

1982 年去山西看望小姑，我们在黄河大禹渡口合影（左一骆淑景）

初中毕业时同班女同学的合影（中排右一骆淑景）

初中同学（前排左一骆淑景）

高中毕业照（前排左六骆淑景）

1986年照相馆留影，送给当时是男友的丈夫的第一张照片

1987年冬，照相馆合影

1987年春节回灵宝黄土塬婆婆家

1987 年，大王师范同班女同学

1988 年 7 月，大王师范学校毕业合影（前排右二骆淑景）

結婚證書

字第 86 号

姓名 张冲波 性别 男 年龄 24

籍贯 河南 省 卢氏 县（市）

姓名 骆淑景 性别 女 年龄 26

籍贯 河南 省 卢氏 县（市）

结婚人像片

自愿结婚，经审查合于中华人民共和国婚姻法关于结婚的规定，发给此证。

发证机关 [illegible]人民政府

[illegible]年 6 月 4 日

张冲波、骆淑景的结婚证书

婆婆

1996 年，朱阳关镇政府新一届政府班子合影（骆淑景时任副镇长）

两人世界（摄于 1995 年）

2002 年，结婚十五周年合影留念

1991 年，母与子的欢乐时光

父与子

后记

似乎是昨天，对别人说起自己是60后时，我心里还有一丝骄傲、一丝窃喜。因为那时的60后，还年纪尚轻，风头正劲。转瞬，再说起自己是60后，心头已是一片惶惑。而“60后女文青”，更像是一张上个世纪模糊的黑白照片。

不同于人们心目中长裙飘飘、娴静雅致的“女文青”形象，我是一个来自乡野的文学爱好者。25岁离开农村时，我的身上已涂上一层浓重的乡村底色。以后虽然进入行政单位，在城里也生活了20多年，但我一直没有完成转型，升级为城里人。我的感情依然是乡村情感，我的行为模式也还是乡村画风。更由于参照物的多重变换，烛照出更多底层的艰辛，从而更不容易虚饰、飘逸。

人生有许多心结，没有考上大学就是我此生最大的心结。别人用一两年时间就可以完成的“鲤鱼跳龙门”，我则用了十多年，且过程漫长、曲折、撕扯、纠结。并且，由于没有上过大学，我的读书与写作始终处于自我摸索状态，没有大师的指点，没有学院式的系统训练，文笔难免随意、粗糙、粗疏。还有不工不农、非城非乡的身份尴尬，也使青年的我，其恋爱婚姻，比别人的更艰辛，千折百回。

站在人生的中场，回望来时路，我有茫然，有颓废，也有激昂和启迪。想起每一个至暗时刻，我都会感谢自己当初的坚持，并且相信，命运从来不会抛弃一个奋发向上的灵魂，能抛弃自己的只有自己。

时光像一副茶色眼镜，它滤去过往时日的苦涩、贫瘠，又像一把筛子，筛去那时的土块、草叶以及其他杂质，呈现给人们一副“现世安稳，岁月静好”的美好图景。事实上，真实的人生比写出来的更艰难，更挫折，更杂乱无章。

像小蝌蚪渴望变成青蛙一样，我也曾经孜孜以求，渴望成为一名作家。但时至今日，我依然还是一个小蝌蚪。好在如今新媒体的发达，让写作不再是职业作家的专利。本书收录的30多篇文章，就是在真实故事计划、豫记等新媒体平台的鼓励、引导和督促之下，站在“现在”从记忆深处打捞出来的“朝花夕拾”，也是站在中年的视角写给青年时代的“后望书”。感谢真实故事计划的李意博先生，不辞辛苦、披沙沥金、孜孜不倦地推介，感谢华中科技大学出版社不弃卑陋，发掘培养，我这个不见经传的中年“女文青”才有了出一本正规纸质书的可能。

在扑面而来的新生代面前，我常常感到局促、无措。他们的灵动、多维、举重若轻，时时对比出我的老套古板、一本正经。60后经历了改革开放前后两个时段，这些记叙，也许能够唤起年轻人不同时空的同感，衔接起昨天和今天之间的缝隙。

这也许就是本书的价值所在吧。

骆淑景

2018年7月1日